Con
tinta
me
tienes

Vero García

TITANIA
Argentina • Chile • Colombia • España
Estados Unidos • México • Perú • Uruguay • Venezuela

1.ª edición Febrero 2018

Copyright © 2018 by Verónica García
All Rights Reserved
© 2018 by Ediciones Urano, S.A.U.
Plaza de los Reyes Magos 8, piso 1.º C y D – 28007 Madrid
www.titania.org
atencion@titania.org

ISBN: 978-84-16327-43-0
E-ISBN: 978-84-17180-30-0
Depósito legal: B-850-2018

Fotocomposición: Ediciones Urano, S.A.U.
Impreso por Romanyà Valls, S.A. – Verdaguer, 1 – 08786 Capellades (Barcelona)

Impreso en España – *Printed in Spain*

«Oh, sí... El pasado puede doler pero, tal y como lo veo yo, puedes huir de él o aprender.»

Rafiki. Mono, sabio y libre pensador.

1
Yo te nombro

Todo el mundo tiene esa espinita imposible de sacar, esa puñetera espinita que echa raíces sin contar con nadie, pero con la que finalmente se aprende a convivir. Mi madre no es menos y, para guardar por siempre el recuerdo de su espina particular, su primer y no confesado amor, decidió que a su primer hijo le llamaría Roberto. Ese primer hijo fui yo y resulté ser chica, así que me bautizaron con el nombre de Roberta, cosa de la que fui consciente cuando tuve uso de razón y, entonces, deseé que mi madre hubiese tenido un ramalazo de lesbianismo. De ese modo podría haberme llamado Claudia o Andrea. Aunque también podría haberse enamorado de una Gertrudis, que una nunca sabe con qué elemento va a topar en su camino.

Sea como sea, si mi nombre parece de broma, la unión de mis apellidos es ya de chiste: Roberta Lamata Feliz. Pero, todo hay que decirlo, los apellidos los llevo con orgullo y satisfacción. Si mi padre se hubiese apellidado de primero Mier y mi madre De Cilla, entonces sí que hubiese sido digno de considerarlo un atentado contra mi persona.

Lo de Lamata no hace referencia al pelo, desde luego. Como dice mi padre, «tenemos menos pelo que el chichi de una Nancy». Cuatro pelos castaños, finos y lisos sin necesidad de plancha. Pero, como ocurre con mi nombre —que mi madre jamás consintió diminutivos, a pesar de mi insistencia en que me llamasen Berta—, después de veintitrés años conviviendo con ellos, una termina por acostumbrarse. Además, tengo la ventaja de haber sacado los ojos rasgados de color confuso entre verde, marrón y ámbar de mi madre y la perfecta dentadura de mi padre. Aunque no hubiese estado de más heredar también el prominente pecho de mi familia materna, que ninguna se queda corta. Si en el útero tuviésemos la opción de ir escogiendo los rasgos que heredaremos como si de un supermercado se tratase, yo habría salido igualita a Charlize Theron, ya me las habría ingeniado yo para conseguir la mezcla. Pero no me quejo, que tengo dos progenitores muy atractivos y Paul y yo hemos tenido la fortuna de parecernos a ellos, con nuestros más y nuestros menos, que tampoco es cuestión de ser perfecto. La perfección termina aburriendo y nosotros somos de todo, menos aburridos.

En cuanto al nombre, mi hermano corrió mejor suerte gracias a que el ídolo de mi madre era y es Paul Newman. Decidió no cambiar la esencia y no lo adaptó al castellano, Pablo. Su nombre crea opiniones de diversa índole, desde lo glamuroso de tener un nombre extranjero hasta lo absurdo de llamarse Paul siendo madrileño de pura cepa.

—¡Mamá! ¡Están llamando al timbre!

—¡Abre tú! Estoy en el váter —ordena mi madre desde el cuarto de baño de su habitación.

—Puedes decir *cagando*, que estamos en confianza.

—Roberta, no seas grosera —me grita con cierto esfuerzo.

—Ya podía haberte dado el apretón en otro momento. Estoy hecha un asco, acabo de llegar de trabajar. —Intento arreglarme el pelo con los dedos y encuentro un par de hojas enredadas en él.

—No pasa nada, será tu padre. Se ha dejado las llaves.

Refunfuño unos segundos, pero termino acatando sus órdenes. Bajo corriendo la escalera hacia la planta de abajo y abro la puerta. Y no, no es mi padre. Es una señora con cardado imperial, sonrisa desmesurada y una bandeja cubierta con papel de aluminio en las manos. La desconocida me observa de arriba abajo y su risueño gesto inicial se va desfigurando hacia la confusión. No la culpo. Llevo el pelo alborotado como si acabase de salir de una pelea de gatos, aunque al menos ya no llevo hojas, la camiseta rasgada con algún que otro lamparón de sangre y un pómulo magullado.

—Hola, soy Úrsula, vuestra nueva vecina. Venía a traer unas croquetas de bacalao —atina a decir la espantada mujer.

O arreglo esto pronto, o Úrsula acudirá directa a la comisaría después de hacer entrega de las croquetas. Y por cierto, ¿eso de llevar comida a los vecinos no es más típicamente americano que español?

—Muchas gracias, Úrsula. —Cojo tímidamente la bandeja que ha empezado a temblar en sus manos—. Soy Roberta. Espero que no quiera robarme la voz —bromeo intentando desviar su atención, pero ella no parece tener muy presente *La Sirenita*—. Y disculpe mi aspecto, acabo de volver de trabajar y he tenido un pequeño accidente.

La señora sigue observándome intentando buscar las palabras adecuadas o, tal vez, dudando si continuar junto a nuestra puerta o echar a correr como alma que lleva el diablo. Ante su mutismo, decido tomar de nuevo la palabra.

—Ha sido al bajar del autobús. Llevaba los cordones desabrochados, me los he pisado y he caído de bruces, con tan mala suerte que había una botella rota en la acera y he caído sobre ella.

Su expresión parece serenarse ante mis palabras.

—Cómo sois los jóvenes de hoy en día, yo regaño a mi hija muchas veces por eso, le digo: «Átate esos cordones que cualquier día te vas a matar».

—Sí, a matar, así somos. —Sonrío tontamente y nos quedamos en el olimpo del tirante silencio.

—Deberías ir a que te vea un médico.

—¿Por qué?

—Por el corte con la botella...

—¡Ah! No, no se preocupe. Es superficial. Y estoy vacunada contra todo.

Durante unos segundos de sonrisas forzadas y silencio otra vez tirante e incómodo, decido poner fin a la conversación dándole de nuevo las gracias por el detalle y la bienvenida al barrio. Muy a la americana todo. Cuando consigo cerrar la puerta sin resultar maleducada, me dirijo hacia el espejo de la entrada. Me arreglo un poco más el pelo y pienso: «Normal que se le haya desfigurado la sonrisa a esta buena mujer al verme en semejante estado».

Enseguida baja mi madre con cara de no haber consumado su acción. Obviando su habitual estreñimiento, procedo a informarla acerca del infortunio.

—¿Que qué va a pensar esa pobre mujer? Pues que tiene una vecina muy torpe, ni más ni menos —puntualiza atusándose el cabello.

Mi madre me quita la bandeja de croquetas que aún sujeto entre las manos nada pulcras y me manda directa a la ducha alegando que estoy hecha una birria. ¡Qué atinada observación, como si no me hubiese dado cuenta!

—Y estas croquetas se las vamos a llevar a la abuela, ¡con lo que le gustan!

Mi querida abuela Isabel. Amante de las croquetas y obsesionada con la Grecia clásica. Obsesión que la empujó a endosar nombres propios de la época a todo aquel ser humano o animal al que tuvo oportunidad de bautizar.

Cuenta la leyenda que, un caluroso día de verano, Dios o Buda saben por qué, en sus manos cayó un libro de mitología griega y nunca jamás volvió a ser la misma.

No se sabe si mi abuela Isabel tuvo cinco hijos por amor a la maternidad o, simplemente, por poder adjudicar más nombres helenos. Así, mis tíos son Pericles y Zenón; mis tías, Helena y Afrodita, y mi madre, la quinta criatura helénica, Deyanira. Además, la abuela asegura siempre que dichos nombres no fueron asignados al azar. Es aquí cuando puede comprenderse el porqué de la elección de los nombres griegos más horribles para sus hijos varones. Con Zeus y Adrián, por decir algo, habrían pasado más desapercibidos. Creo yo.

La primera criatura a la que su vientre dio a luz, a los dieciocho años de edad, fue bautizada como Pericles; llamado así porque el tal Pericles fue conocido por sus contemporáneos como «el primero». Gobernó Atenas durante treinta años en el siglo v a.C. y los griegos quedaron más que satisfechos, lo que a mi abuela le hizo pensar que, con ese nombre, sería un líder nato, quizá hasta presidente del gobierno. Sin embargo, en lo único que mi abuela acertó al llamarle de este modo fue en eso de ser el primero, porque gobernar, lo que se dice gobernar, no gobernó ni gobierna nada; ni siquiera fue capaz de evitar que el perro de su vecina cagase en su puerta cuando puso el felpudo de Ikea, «la República independiente de mi casa».

Al nacer el segundo de sus hijos, sintió de inmediato que sería el más fiel, por eso le llamó Zenón. Cuenta la historia que, tras ser detenido por conspirar para derrotar al tirano Nearco y, posteriormente, torturado con el objetivo de que confesase quiénes le habían acompañado en la conjura, Zenón decidió morderse la lengua y arrancársela de cuajo antes que cantar como una gallina de corral. Pero mi abuela tampoco dio en el clavo con Zenón: hijo más maruja no existe en toda la Comunidad de Madrid y hasta ella misma sabe, muy a su pesar, que la cambiaría por un camello tuerto y sin joroba antes que morderse la lengua. Por el camello o por un fular de cachemir.

Cuando se cansó de los varones empezó a fabricar féminas. Su tercer retoño recibió el nombre de Afrodita. El nacimiento de la diosa Afrodita ocurrió cuando Cronos cortó los genitales de su padre Urano y los lanzó al mar. ¿Qué pensó mi abuela exactamente al otorgarle este nombre a la pequeña?, es un misterio. Tal vez consideró que era el más apropiado por ser la primera hembra nacida gracias a la semilla de los genitales de su marido, mi adorable abuelo Juan. Otra teoría, algo más cruel y con respeto a los escarceos amorosos de la diosa de la belleza, es que debió de ver en aquel rostro a una futura «mujer de vida alegre», lo que, observando la vida sentimental de mi tía Afrodita, se podría decir que queda justificado con creces.

Con su penúltima hija tuvo algo más de compasión y fue bautizada como Helena. En aquel momento creyó que sería la más bella del lugar, aunque después el tiempo y unos rasgos cada vez más desproporcionados fueron quitándole la razón.

Llegamos al último parto: mi madre, Deyanira, esposa de Heracles. Bueno, esposa de Heracles en la mitología griega, que mi padre se llama Miguel. En este punto no sabemos en qué pensó la abuela Isabel, ya que Deyanira envenenó a Heracles con toda la sangre fría que pudo. Y se quedó tan ancha. A día de hoy, mi padre sigue vivo y espero que siga siendo así.

Todo ello deja claro que mi abuela puso nombres basándose en su, según ella, buen ojo y, desde luego, no dio ni una. Bueno sí, acertó con la tía Afrodita, que ya va por su quinto marido, obviando la extensa lista de novios que elaboró antes de su primera boda.

Con una madre maniática de la limpieza —a la cual no hay mota de polvo que se le resista—, un tío que pierde aceite por bidones y que dentro de poco será nombrado presidente del «radio patio» en su comunidad de vecinos, otro tío calzonazos —manipulado por la arpía de su mujer y sus dos hijas—, una tía de rostro complicado y más santa que Teresa de Calcuta, y la otra tía no tan santa, considero que demasiado normal he salido yo. Por no hablar de mi hermano pequeño, que aún no sé de qué guindo se ha caído. Paul, con su pelo castaño ensortijado, esos enormes ojos marrón chocolate y los dos rosetones que le decoran siempre los mofletes, recuerda a los angelitos barrocos. Lo único que no comparte con los angelitos es lo del cuerpo rollizo; Paul no tiene ni un gramo de grasa en el cuerpo y, si tiene alguno, está localizado en los mofletes. Ese aspecto le hace aparentar no haber roto un plato en su vida, pero a sus escasos doce años, lleva ya más de una vajilla. No es que sea un niño travieso y rebelde, lo que hace, lo hace sin darse cuenta, y quizá eso sea lo más preocupante, aunque he de reconocer que tiene su encanto.

Lo de mi hermano se comprende mejor con la historia de *Rasputín*, un hámster ruso que fue su última mascota —y, por el bien de los animales, espero que la última—. Se puede pensar en que estuvo muy hábil al ponerle ese nombre, pero no, quería llamarlo *Anchoa*. Menos mal que a veces acepta consejos. No estoy diciendo que yo fuese el ingenio personificado, pero ¿*Anchoa*? En fin, no tiene sentido hacer un análisis más profundo. *Rasputín* vivió cinco días. A su muerte, Paul vino con el bicho tieso a mi cuarto cogido con los dedos en pinza. «¿Está muerto?», dijo. «No, se lo está haciendo», contesté. Tres días más tarde del fallecimiento del animal, mi hermano regresó a mi cuarto. Misma operación, bicho en mano. Me quedé estupefacta. «Roberta, no para de hacerse el muerto y encima huele mal», concluyó con su rebosante coeficiente intelectual. Yo en aquel momento me sentía incapaz de articular palabra, solo podía mirarle, preguntándome mentalmente: «¿Se le puede considerar a esto edad del pavo?»

Por algún motivo que desconozco, mis padres siguen sujetos a la idea de que Paul será el próximo Albert Einstein, solo que ahora está en una etapa de búsqueda y divagación. Resumiré mis conclusiones con una frase del genio: «Hay dos cosas infinitas, el universo y la estupidez humana. Y del universo no estoy seguro».

Mi abuelo Juan, dejando a un lado su casi enfermiza adoración por Benjamin Franklin, es el más normal, junto a mí, de la familia.

Y os preguntaréis qué sucede con mi padre, Miguel, y qué pintó él, por ejemplo, en la elección de los nombres para sus dos hijos. De puertas para fuera se trata de un hombre de carácter, a cargo de una empresa familiar que a punto estuvo de irse a pique y que ahora, gracias a su maestría empresarial y su saber hacer, ha conseguido elevar a lo más alto, dentro de una rigurosa discreción (y ahí estoy yo, trabajando con él, codo con codo). Pero de puertas para dentro, lo único que mi padre pinta son las paredes, y ni siquiera elige el color.

2
La familia del padre

Se resume más rápidamente: el único miembro que queda con vida es precisamente mi padre, Miguel.

3
Otro más a la lista

El maldito despertador situado en el escritorio, lejos del alcance de mi mano, comienza a sonar estrepitosamente. Resoplo. Cojo un lado de la almohada y me hago una empanadilla con ella, siendo mi cabeza el relleno. Un segundo despertador suena encima de una estantería plagada de películas. Aprieto más la almohada contra mi cabeza. Un tercer despertador, situado en mi estantería homenaje a Meryl Streep, se une al concierto. Suelto el lado apresado de la almohada y salgo del modo empanadilla con el cabello revuelto. Abro los ojos con dificultad y me los froto. Anoche me lavé la cara antes de ir a dormir, pero, como me ocurre siempre, me dejé restos de *eyeliner* en los ojos y ahora parezco un mapache cabreado levantándome para apagar las dichosas cajitas de ruido. Es la operación de cada mañana. De no ser por el ritual de los tres despertadores repartidos por la habitación, torturando mis tímpanos, sería imposible que me despegase de las sábanas.

Hoy precisamente estoy de mal humor. He tenido una horrible pesadilla. Me despertaba cada cierto tiempo y al volver a cerrar los ojos solo podía pensar «por favor, que pare», pero continuaba en el punto en que lo había dejado. Estaba en el baile de fin de curso del instituto, muy americano todo, como las croquetas, y nadie me sacaba a bailar. Muy digna y muy princesa me levantaba con mi vestido de tul azul y me iba acercando uno a uno a todos los chicos que me gustaban, que no eran pocos, y todos ellos salían corriendo despavoridos. Supongo que hay ciertas historias que nos marcan aunque no queramos reconocerlo, y nuestro subconsciente se encarga de recordarnos que duele.

Cuando mi mal humor y yo conseguimos ponernos en pie, voy hacia el armario y saco lo primero que encuentro. Por las mañanas soy incapaz de pensar antes de tomarme un buen café. Aunque esta vez, en mi orden de prioridades, lo primero es una buena ducha para intentar que la crueldad de la pesadilla nocturna se vaya por el desagüe.

Creo que empecé a ser una yonqui de la cafeína a los dos años. Eso dice mi madre, que siempre me bebía los culos de las tazas de café de los mayores. Ahora puedo beber libremente el café que me plazca sin esconderme, pero también tengo que hacer otras cosas que detesto, como rebajarme. Desde que empecé la carrera de Periodismo me prometí a mí misma que no haría la pelota ni lloraría a ningún profesor para conseguir un aprobado aunque aquello significase quedarme en la facultad a echar raíces (total, se vive muy bien). Recuerdo que mi abuelo paterno decía, antes de hacerse hielo entre los congelados de un camión frigorífico, que «tiene que haber de todo en la viña del Señor», así que bien podía ser yo una de esas universitarias eternas. Realmente, Narciso, mi abuelo paterno, nunca creyó en Dios, pero le gustaba esa frase. Decía que le daba cierta solemnidad a su rostro. No sé, hace ya diez años que murió, así que no recuerdo si le cambiaba la expresión de la cara al decirla. Lo cierto es que nunca fue muy expresivo, pero supongo que «la procesión va por dentro», como reza otra de sus coletillas preferidas.

Escogí la carrera de Periodismo por dos motivos: mi abuelo por parte de padre, Narciso, decía que el periodismo te hace curioso y astuto. Y, por otro lado, me aferré al dicho de «dicen que en la vida hay que escribir un libro, plantar un árbol y tener un hijo», de este modo, al menos podría escribir el libro. Para algunos puede ser un argumento bastante flojo, pero para mí fue más que suficiente. Si no iba a ser reportera o presentadora de televisión, al menos conseguiría escribir mejor. Durante los primeros tres años de carrera me negué en rotundo a cualquier camelo con el profesorado, siempre he marcado las distancias, hasta este año. Tuve que tragarme mis propias palabras e ir al despacho de Amadeo Suárez para rogarle que me subiese medio punto la nota en la convocatoria de febrero. De no haberlo hecho, me la habría jugado a una carta en la convocatoria de junio y la opción de pasar un año más con una sola asignatura no entra en mis planes.

Además de estudiar, trabajo con mi padre, Miguel. Soy su única esperanza para seguir con el negocio familiar. Y lo cierto es que, a pesar de mis primeras reticencias por ser un negocio como muy de hombres, cada vez le voy pillando más el gustillo. Y, aunque el periodismo nada tenga que ver y probablemente nunca escriba un libro, la curiosidad y la astucia vienen muy bien. Curiosidad para investigar los casos a fondo, sin dejar cabos sueltos, y astucia para resolverlos de la manera más beneficiosa para nosotros. Siempre dije que yo no era chica de oficina, sino la chica de los recados. Soy inquieta y estar sentada dos horas seguidas en una silla me da urticaria, sin olvidar que soy de esas personas que dejan todo para última hora. Así que podría decirse que es casi un milagro que esté a punto de graduarme.

La melodiosa voz de mi madre asciende por la escalera de caracol de hierro forjado hasta la planta de arriba, junto con el olor de un croissant a la plancha recién hecho.

—Roberta, se te va a helar el desayuno.

Mi madre padece de insomnio y se entretiene haciéndome el desayuno cada mañana y repasando un poco los muebles, por si hay alguna mota o huella dactilar. De no ser por su insomnio, pasaría olímpicamente del desayuno. Si no soy capaz de combinar la ropa, ni siquiera de hacerme una cola de caballo en condiciones, ¡como para hacerme un croissant a la plancha con mermelada casera recién hecha cada mañana en la Thermomix! Ese gran invento que hizo de mi madre una excelente cocinera.

Me siento en una de las dos banquetas negras situadas junto a la isla de *silestone* rojo de la cocina y observo a mi madre atusándose su rizado cabello cobrizo mientras intenta mantener el equilibrio sobre una sola pierna.

—Tendrías que apuntarte a yoga conmigo, tiene muchos beneficios —me dice mientras cambia a la postura del águila.

—A mí el yoga me da risa, mamá —respondo con la boca medio llena, y doy un largo sorbo a mi enorme y humeante taza de café mientras observo a mi madre en su tarea, con esa agilidad y esa silueta tan digna de una caja de Special K.

La cocina es el único rincón de la casa en el que tuve voz y voto a la hora de elegir la decoración. De no ser por mí, la casa al completo hubiese sido una acogedora cabaña rural en mitad de la catástrofe del Madrid centro. A mí eso del mimbre, la madera, las chimeneas, las paredes de piedra y las vacas que dan leche me parece muy bonito y rústico, pero para ir a pasar unos días al pueblo o a la montaña, no para levantarme cada mañana como si Heidi hubiese tomado mi cuerpo.

—Por cierto, no me preguntes por Alberto. Se ha terminado —le advierto.

—Hija, tienes un imán para los necios. —Un clásico en boca de mi madre desde los tres últimos años en que mi suerte en el amor pareció truncarse—. ¿Qué demonios ha hecho el angelito?

—Quedé con él para ir al cine y, dos horas antes de la sesión, me escribió diciendo que no podía quedar porque tenía mixomatosis, que se lo había pegado el conejo de su hermana.

—Por algo le dije yo a tu hermano que nada de conejos en esta casa, traen muchas enfermedades —dice ella convencida, armada con la bayeta buscando nuevas zonas que restregar sin abandonar apenas la postura del guerrero.

A veces me asombra la ingenuidad de mi madre. Y me maravilla al mismo tiempo, porque quisiera ser igual, quisiera creer en los hombres y no en su estúpida manía de hacer las cosas mal antes que optar por la sinceridad. «Mira, no quiero seguir contigo.» Y ya está, yo me retiro; con dolor, pero con una verdad en la mano. Y con dignidad, ya de paso. Quisiera que el amor me diese la oportunidad de confiar a ciegas, pero lo cierto es que no me lo pone nada fácil. Cualquier otra excusa hubiese sonado creíble, hasta ir a comprar perchas un domingo por la tarde, pero mixomatosis no, por ahí no paso.

—¡Madre! ¡¿En serio te lo planteas?! ¡¿Cómo va a tener mixomatosis?! —le digo alzando un poco la voz—. Lo primero, es la excusa más mala del mercado y, lo segundo, Andrea se cruzó con él media hora más tarde por el paseo del Manzanares y tenía los ojos refulgiendo de salud.

Mi madre me mira perpleja y medita durante unos segundos mientras saca la tabla de madera para cortar y un cuchillo. Miedo me da.

—Prométeme que al próximo le harás una prueba de inteligencia —me ruega mientras elevaba el cuchillo por encima de su cabeza y lo deja caer sobre una pechuga de pollo.

—Como mínimo.

—Cariño, sé que no estás teniendo demasiada suerte en el amor, pero eres afortunada en otros muchos aspectos de la vida. Y, tarde o temprano, aparecerá tu príncipe azul.

—Sí, y seguro que aparece desteñido —respondo con desilusión.

—Tú piensa en Paul Newman, ¡qué guapo era y qué ojos! Y mira que se codeaba con las actrices más guapas de la época, pero él siempre fue fiel a Joanne. Más de cincuenta años juntos —suspira profundamente.

—Y dijo aquello de «para qué vas a comerte una hamburguesa fuera, si tienes en casa un solomillo» —concluyo con la frase que muy seguramente iba a seguir al suspiro de fanática absoluta—. Mamá, me lo has contado mil veces.

—Es que es verdad. Si existió un hombre como Paul Newman y existe tu padre, seguro que queda por ahí alguno bueno para ti. —Me guiña un ojo de forma bastante ortopédica—. Por cierto, hablando de tu padre, me ha dicho que te ha dejado el cloroformo en el cajón que está junto a la televisión. Ten cuidadito, que entre tu padre y tú me tenéis en vilo.

Asiento con la cabeza y la charla matinal termina ahí. Querría seguir blasfemando sobre el género masculino, pero si lo hago llegaré tarde y me tocará, como tantas otras veces, esperar casi una hora tumbada al sol en el césped de la facultad. Suena bien. Pero en un ataque de responsabilidad cojo la bandolera, me despido de mi hiperactiva madre y salgo escopetada en dirección a las apestosas profundidades del metro de Madrid.

Consigo montar en el vagón con mucha paciencia y contorsionismo, y encuentro el único minúsculo hueco que queda entre la gran cantidad de personas enlatadas como sardinas. Por encima de mí tengo el sobaco de un señor trajeado y sudoroso que no para de emitir un extraño sonido con la garganta y la nariz, como si estuviese tragando flemas. En este caso, la mejor opción hubiese sido no respirar —aunque sea un acto incompatible con la vida—, ni mirar, ni escuchar, ni sentir, pero lo hago.

Menos mal que el trayecto desde mi casa, en Plaza de Castilla, hasta Ciudad Universitaria es relativamente corto. Un transbordo y cinco paradas para ser exactos. Y el regreso es más llevadero, los vagones no están saturados y al menos puedo ir leyendo. Pero ahora no, ahora mismo no puedo leer, sacar el libro e intentar abrirlo sería un atentado en toda regla. Con las ganas que tengo de seguir con *Los puentes de Madison County* y mira que me sé la película de memoria. Bendito el director de *casting* que escogió a Meryl Streep para llevar la historia a la gran pantalla. Yo la pondría en todas las películas, hasta para hacer de adolescente. Aunque quizá sería explotación.

Llegados a Cuatro Caminos, tengo que esperar a que las puertas se abran y la marea de gente me arrastre hacia el exterior y me lleve, sin prácticamente moverme, a la línea circular. Es la operación de cada día desde hace ya casi cuatro años, pero no termino de acostumbrarme. Tal vez cuando todo esto acabe eche de menos la pestilencia de los vagones, algo así como el síndrome de Estocolmo.

En el andén abarrotado de Cuatro Caminos, mientras espero la llegada del siguiente metro del infierno, veo el rostro de un chico que, aunque desconocido, ya me es bastante familiar de tanto observarle. Alto, moreno, vigoroso y tremendamente sexy. Suelo verle en este andén, o dentro del vagón, o caminando por Ciudad Universitaria, e incluso en sueños, alguna vez. Por fortuna él no estaba en mi pesadilla. Él no huía de mí.

Cuando me topo con él, le busco con la mirada esperando que sus ojos, algún día, se fijen en mí. Pero esos ojos, que aún no sé de qué color son, siempre van clavados en las páginas de algún libro. No levanta la vista ni cuando camina y, a pesar de ello, nunca le he visto chocar con nadie, ni tropezar en las escaleras mecánicas. A eso lo llamo yo maestría. El tren llega a la estación y, sin quitarle los ojos de encima al misterioso chico, subo al vagón, pero yo no soy tan hábil y, por no mirar, choco con una señora mayor situada junto a la puerta.

—Disculpe.

—No pasa nada, joven.

A la señora, aunque entrada en años, se la ve muy bien conserva-
da y emperifollada como si fuese a ser recibida por la Corte de Enri-
que VIII. Pasados unos segundos, empiezo a experimentar la incó-
moda sensación de sentirme observada, me giro y veo a la señora
mirarme fijamente con sus diminutos ojos castaños, agigantados al
ponerse el grueso cristal de sus gafas por delante de ellos.

—¿A estudiar un poquito? —me dice, mostrando su cuidada dentadura postiza.

—Al menos a intentarlo.

Estoy agobiada y no tengo ganas de hablar, pero parece una señora
entrañable y solo son tres paradas.

—¿Qué estudias?

—Periodismo, estoy en mi último año —le digo orgullosa.

—Yo era abogada forense, y una de las mejores, por cierto. Ahora
estoy retirada.

No me extraña, pienso para mis adentros. La señora tiene ya un
cólico de años como para seguir ejerciendo.

—He tenido dos maridos y los dos me han querido sin medida
—continúa con su autobiografía—. El primero falleció con cuarenta y
cinco años y me dejó diez hijos maravillosos. Pero no tardé en enamorarme de Antonio, mi último y actual marido. Él siempre estuvo
celoso de mi buena relación con Luis.

—¿Luis? —Siento curiosidad, habla de él como si yo también debie-
se conocerle.

—Sí, Luis Carrero Blanco. El veinte de diciembre del setenta y tres,
cuando fue asesinado, mi Antonio por fin descansó. Siempre ha sido
muy celoso y antifranquista. Pero ahora está más moderado.

Ya solo me queda una parada. Hasta me va a dar pena. La vida de
esta señora es muy interesante.

—Imagino que después de diez hijos, no le quedaron ganas de
más.

—Imaginas mal hija, Antonio me dio otros cuatro hijos. Todos mili-
tares, como él.

—Entonces, usted era más joven que su primer marido, ¿no? Porque cuarenta y cinco son ya muchos años para seguir teniendo hijos, cuatro más. —Intento hacer uso de la lógica, pero la peculiar señora, amiga de Carrero Blanco, vuelve a sorprenderme.

—Yo era tres años mayor que Aparicio. —Imagino que es el nombre del primer marido, ella continúa explicándome—. Pero a mí se me retiró muy tarde el periodo. Tuve a Susana, mi última hija, con sesenta y tres años.

«¿¿¿Perdona???», grita mi voz interior.

—¿Con sesenta y tres? A usted debería estudiarla la ciencia —le digo sorprendida y ella se siente halagada.

—Eres una chica encantadora. Harías buenas migas con Susana. —Se aclara la garganta con un carraspeo—. ¿Sabes? Hoy me he puesto mis mejores galas, voy a ver a mi Antonio. Está en la base de Cuatro Vientos, acaba de llegar de una misión en París.

—¿Cuántos años tiene Antonio? —pregunto intrigada.

—Cerca de los noventa y dos.

Llegamos a Ciudad Universitaria, muy a mi pesar. Estaba en la parte más interesante. Bueno, igual de interesante que lo de tener la menstruación hasta los sesenta y tres años, ¿cómo continúa trabajando el marido a sus noventa y dos años? Lo único que lamento es haber perdido de vista al chico misterioso. Pensar en él hace que se me erice el bello y un hormigueo inquieto se aloja en mi estómago. Quizá algún día me atreva a tropezarme con él, quién sabe.

Me despido velozmente de la anciana y la marea de gente me arrastra hacia fuera. De pronto, siento cómo una mano me agarra del brazo. Miro para atrás. Es Alicia, mi mejor amiga. Menudita, con unos brazos y unas piernas que parecen alambres, una cara de ángel de ojos verdes enmarcada por un largo y lacio cabello rojizo y sin pelos en la lengua. Por algún motivo que desconozco, está descojonada de la risa. ¿Llevo una caca de pájaro en la cabeza? ¿Se me ha desgarrado el pantalón y llevo el culo al aire? Nada de eso.

—Tía, pero ¿cómo eres tan lerda?

—¿Qué pasa? —pregunto sin entender nada. Aún no me he despertado del todo. Necesito otro café.

—Llevo desde Cuatro Caminos al loro de tu conversación con la abuelita. —Rompe a reír de nuevo—. En serio, ¿estabas fingiendo creerte lo que te contaba o realmente te lo estabas tragando?

—Supongo que me lo estaba creyendo —confieso.

—¡Tía! ¿Que se le retire la puta regla a los sesenta y tres y que su marido siga de misionero con noventa y dos tacos? Eso se llama demencia. —Me agarra del brazo y sigue riéndose, obviamente, a mi costa—. Anda tonta, vamos a clase.

Realmente, durante toda la conversación yo también había notado cómo esas mismas preguntas luchaban vagamente por tomar forma en mi cabeza. Sin resultados. No había caído en la cuenta de que, tal vez, aquella señora había perdido seriamente el juicio.

Llegamos ante las puertas del antiestético bloque de hormigón que acoge a la Facultad de Ciencias de la Información. Cualquiera diría que allí se estudia y no se cumple condena. Es fea, de eso no hay duda, pero es acogedora. Algo así como si te preguntan «¿qué te parece mi amigo?». Y responses «pues es simpático». Y todos sabemos que esa respuesta lleva subtexto incluido. Lo mismo ocurre aquí, esta facultad es fea, pero da gusto estar en ella.

—Oye, cuéntame. ¿Qué tal ayer con Alberto? ¿Hubo mambo? —La pregunta de Alicia estaba tardando en encontrar el camino para salir de su boca.

—Ni mambo ni cumbia. Ahora es uno más del cesto de la ropa sucia. —Finjo indiferencia—. Pensé que Andrea ya habría puesto en marcha el boca-oreja.

—La cosa es que anoche me llamó, pero estaba cenando y pasé de responder. Ya sabes que a mí el teléfono... lo justo. —Hace una mueca con la boca similar a la de un gato cuando le tiran de un bigote—. Si tuviese activado el modo vibración, al menos podría sacarle provecho. ¿Pero qué es lo que ha pasado?

—En resumen. Me dijo que tenía mixomatosis y no podía ni pisar la calle, pero Andrea se cruzó con él.

—¡¿Cómo?! Voy a analizar esto un momento. —Se para dramáticamente en mitad de la escalera, poco antes de llegar a la tercera planta—. El tipo hace una investigación para conseguir tu teléfono, porque te ha visto por la universidad y quiere conocerte. Hasta ahí todo bien. Una vez lo tiene, da el coñazo hasta conseguir quedar contigo. Vale. Durante un mes parece tu puta lapa, que solo me faltaba ir detrás con dos fregonas. Una para quitar el reguero de baba y la otra para recoger mi vómito. ¿Y ahora te cuenta que tiene una enfermedad de conejo para no verte? Perdóname, ¿esquizofrenia?, ¿bipolaridad?, ¿falta de medicación? —Lanza una bofetada al aire, me agarra del brazo y continúa subiendo el tramo de escaleras—. Mira, cariño, que le jodan, no interesa.

—Lo sé... —Y aunque aún no estaba enamorada, duele. El orgullo es un tema muy delicado y Alberto me lo ha tocado con hierro incandescente.

Si algo caracteriza a Alicia es su mala lengua, su falta de delicadeza y lo gráfica que a veces puede llegar a ser. Pero es sincera y muy amiga de sus amigos; con los pocos que tiene, claro. Es una persona poco accesible y hay que ser muy paciente con ella, pero una vez que se consigue pasar la cerca electrificada que hay a su alrededor y saltear a los pastores alemanes que la siguen, pasas a formar parte de su pequeño ejército. Vale, sí, entiendo que a la mayoría de la gente les dé un poco de miedo.

En primero de carrera llegó a sus oídos, de fuentes fidedignas, que una chica de nuestra clase se estaba acostando con el entonces novio de Andrea, Julio. Se sujetó el largo pelo rojizo en una coleta, llenó de oscuras intenciones sus ojos verdes y sin mediar palabra fue directa a la cafetería, se pidió un gazpacho andaluz con guarnición, subió la ceja izquierda hacia arriba y sin un ápice de vacile, fue directa hacia Julio. El gazpacho fue a parar a la cabeza del susodicho en cuestión de segundos, ante la atenta mirada de una cafetería abarrotada de gente.

—¿Pero qué haces, inútil? —dijo Julio levantándose de golpe de la silla. Sin duda pensó que habría sido un accidente, no un atentado contra su persona.

—Tú te tomas la libertad de poner los cuernos a mi amiga y yo me tomo la libertad de tirarte mi comida por encima. Yo lo llamo democracia. ¿Algún problema?

Julio emitió un extraño sonido de rabia contenida, pero inmediatamente se dio la vuelta y salió disparado, imagino que al cuarto de baño a limpiarse. Porque Alicia, a pesar de su aspecto de muñeca Pocas Pecas, sería capaz de achantar al mismísimo Chuck Norris. A día de hoy aún se habla de aquel incidente. Es una especie de mito en la universidad. Odiada, amada y respetada al mismo tiempo.

Llegamos a la puerta de nuestra aula y, como aún quedan cinco minutos para que comience la clase, decidimos ir al cuarto de baño más recóndito de la quinta planta para buscar a Andrea. Nunca falla. De uno de los cubículos sale humo. Entonces comienza el ritual de cada día. Nosotras preguntamos la obviedad:

—¿Andrea?

Y ella contesta con su frase habitual:

—Un cigarrito para el pecho, por lo bien que lo he hecho —comenta a media tos.

En cuestión de segundos suena la cisterna y se abre la puerta. El contraste de colores chillones que suele usar Andrea para su indumentaria, después de años viéndola día y noche, ya no nos sorprende. Como no nos sorprende que, a pesar de lo modosita que parece, tenga más peligro que una piraña en un bidé. La semana pasada, sin ir más lejos, la pillamos in fraganti en este mismo baño con un chico de primero de Publicidad. Y no estaban fumando precisamente.

Nos costó adaptar la vista a esos rosas, verdes, amarillos y naranjas fosforitos, sin olvidar los imprescindibles complementos para su abundante melena color azabache. A veces su histrionismo llega hasta el límite de cubrir con lentillas de colores lo que ella denomina unos «ojos marrones sin sal», pero lo cierto es que nos es de gran utilidad. Solemos emplear a Andrea como punto de encuentro en botellones, conciertos y calles sin farolas. La faena nos la hizo en un concierto de Metallica cuando se vistió de negro de la cabeza a los tobillos, según ella para fusionarse con el entorno. En los pies llevaba unas zapatillas amarillo fosforescente, pero entre la multitud era absurdo establecer sus pies como punto de referencia. Aquella fue la única vez que acabamos cada una por un lado. Ir a buscar un mini de cerveza era como partir a un lugar del que jamás lograrías retornar. Y aunque lo sabíamos, en un concierto tira más una cerveza que, como diría Sara, dos tetas.

Sara es la que faltaba y sí, es lesbiana hasta la médula. Pero solo desde hace tres años aproximadamente. Básicamente desde que conoció a Alicia el día de su heroicidad derramando gazpacho en cabezas ajenas. Sara estaba sentada en la mesa de al lado y «su lesbianismo se catapultó hasta la estratosfera», según palabras textuales.

Lo del lesbianismo no le afectó para nada en su apariencia física. Es decir, no le dio por ponerse camisas de cuadros a modo leñador ni por cortarse el pelo como un tío y ¡menos mal!, porque si algo tiene que llama la atención es su pelo ensortijado de un tono rubio ceniza con mechas naturales rubio platino que le llega hasta casi la rabadilla. En cuanto a la constitución es muy similar a la de Alicia. Menudita y con poco pecho. Aunque Sara imponer, lo que se dice imponer, no mucho.

Con Alicia no tiene nada que hacer, y, aunque lo sabe a ciencia cierta, se ha empeñado en jugar a que es ciega y sorda y ahora se dedica a acostarse con toda la que se presta voluntaria para, una vez más palabras textuales, «perfeccionar la técnica lésbica para el glorioso día en que se acueste con Alicia». En realidad, no sé qué parte no entiende Sara cuando las respuestas que recibe a sus insinuaciones son tales como «no te toco ni con un palo». Lo que no hay duda es que es un ejemplo de perseverancia y tenacidad.

—¡Chicas! —nos dice Sara con efusividad al vernos salir del baño—. Están entrando ya a clase y ya sabéis que cuando Ramiro cierra la puerta... ya no entra ni una mosca.

—Un inciso, ahora que estamos las cuatro... he vuelto a ver al chico misterioso. ¡Es tan guapo! —Pongo los ojos en blanco y dejo escapar un leve suspiro, al más puro estilo comedia romántica.

—Yo creo que más que misterioso es un producto de tu imaginación, porque solo le ves cuando vas sola —apostilla Alicia.

—No, lo que ocurre es que no digo nada cuando le veo y estáis vosotras.

—¡Anda! —exclama Sara sorprendida—. ¿Pero y eso por qué?

—¿A ti qué te parece? —digo señalando con el dedo a Alicia.

Porque lo que está claro es que, si se me ocurriese decir quién es el chico estando Ali presente, no tardaría ni dos segundos en salir corriendo para hablar con él y hacer las veces de casamentera.

—¡Qué graciosas! Pues nada, te jodes y que siga siendo un misterio.
—Es la respuesta de Ali ante nuestra insinuación.

Tras una soporífera clase de «Gestión y promoción de productos audiovisuales», nos dirigimos a la cafetería para tratar un tema de máxima urgencia: nuestro ansiado viaje a Benidorm. Viaje que vamos a pagarnos con una buena fiesta temática en algún garito de Madrid.

Como cada mañana la cafetería está abarrotada de gente, pero logramos encontrar una mesa de cuatro en la esquina del fondo. Una de esas mesas que solo conservan intactas una de sus sillas, con un poco de suerte dos. En los alrededores se puede observar a la gente haciendo malabares en sillas a las que les queda un telediario para partirse, o almohadillando sus sudaderas o cazadoras para sentarse sobre los hierros que antes sujetaban un asiento.

Mientras Alicia se queda a guardar el sitio —lo que, en realidad, significa que va a quedarse con la única silla que queda entera—, Andrea, Sara y yo vamos a hacer la cola infernal de las máquinas de tickets, para después entrar en una lucha cuerpo a cuerpo, junto a la barra, para ser el próximo atendido. Multitud de manos impacientes extienden el papelito de su ansiada consumición. Los más valientes llegan a dar en los pelillos de la nariz al camarero. Esos no suelen ser los elegidos. A nadie le gusta que le toquen los pelillos de la nariz, salvo raras excepciones. Así que a lo de valientes se le añade lo de estúpidos. Cuando una estrategia no funciona, inmediatamente hay que pasar al plan B. Ese es el plan de Andrea, es una chica de pocas palabras, pero sabe muy bien cómo poner morritos y ojitos. Cuando este plan lo pone en práctica un tío con barba y manos de mastodonte, no resulta tan efectivo. Doy fe.

A consecuencia de estos episodios mañaneros, corre la leyenda de que muchos alumnos de la Facultad de Ciencias de la Información han terminado con un par de centímetros más de brazo al finalizar la carrera. Lo llaman el síndrome del Inspector Gadget. Mi pregunta es: ¿quién se mide el largo de los brazos antes de empezar la carrera y, de nuevo, al concluirla?

Una vez conseguidas las consumiciones volvemos a la mesa donde Alicia nos espera, como imaginaba, sentada en la única silla que conserva la dignidad.

—Andrea, ¿te vas a zampar un bocata de tortilla a las doce del mediodía? —pregunta Alicia alarmada.

—Barriga vacía, corazón sin alegría.

—¡La hostia! Pues te vas a poner bien contenta.

—¿Quieres? —Es un ofrecimiento obligado, a sabiendas de que Alicia lo va a rechazar.

—Un coño voy a querer a estas horas, tía.

Desde luego esa no resulta la frase más acertada de la mañana. Inmediatamente Sara mira con lascivia a Alicia. Observándola, puedo imaginar el desfile de imágenes que se amontonan en su cabeza.

—Borra ahora mismo esa expresión de tu cara —dice Ali con un dedo amenazante apoyado sobre la frente de Sara, situada justo en frente de ella.

—Gato con guantes no caza, pero amenaza —interviene Andrea con la boca medio llena y dejando escapar alguna miga que otra.

—Ya cazará, ya... —puntualiza Sara sonriente, al tiempo que atrapa sutilmente el dedo de Alicia y lo retira de su cara.

—Tú te pinchas Colacao en vena, como mínimo —responde Alicia soltando un leve manotazo al aire.

Mientras Sara y Alicia continúan manteniéndose las miradas —ojos castaños contra ojos verdes— como dos bandoleras en pleno duelo y Andrea sigue devorando su bocadillo como una cría de dinosaurio, decido sacar de mi carpeta toda la información que he ido recopilando sobre locales en Madrid y sus condiciones para llevar a cabo la fiesta. Inmediatamente recupero la atención de las chicas y, dado que ninguna hace ademán de sacar nada de sus mochilas, imagino que soy la única que se ha pasado tres días buscando. E imagino bien. Manda narices que sea yo, el culo inquieto, la que pase más horas de búsqueda intensiva. Pero, como dice mi madre, cuando algo me interesa, bien que me aplico el cuento.

4

Imprevisto

Por fortuna este año no se ha cumplido el dicho de «si en marzo marcea en mayo mayea». Los casi quince días que llevamos del mes de mayo han sido dignos de crema solar y playa, pero como estamos en Madrid y lo de la playa brilla por su ausencia nos conformamos con los maravillosos céspedes que rodean las facultades. Y como aún hay clases, la llegada de este buen tiempo siempre lleva implícita la necesidad de fotocopiar apuntes de personas responsables que acuden a las aulas a pesar de las animadas calimotxadas. Antes de empezar el curso, hicimos una promesa: solo asistiríamos a las fiestas que tuviesen lugar en el césped de nuestra facultad. Pero, poco a poco, fuimos faltando a nuestra palabra.

—Yo estoy convencida de que a las tías de reprografía les hacen un *casting* o algo —me dice Alicia apoyando su brazo sobre mi hombro—. ¿Se puede tardar quince putos minutos en hacer dos fotocopias?

—Yo creo que les dan unos cursos en los que aprender a ralentizar el proceso.

—¿Y qué sentido tiene eso?

—Así nos castigan por no haber ido a clase. ¿No tienes apuntes por juerguista? Pues ahora te chupas una hora de cola si quieres intentar aprobar los exámenes.

—Tienes una mente muy retorcida, Roberta.

Oímos una voz gritando nuestros nombres. Giramos la cabeza y entre la multitud vemos una especie de moño de bailarina envuelto en una tela verde y amarillo fosforito que intenta hacerse hueco para llegar hasta nuestra posición.

—¡A la cola! —grita alguien.

—Pepsicola —responde Andrea, demostrando una madurez firme e inquebrantable.

El anónimo que acaba de increpar a Andrea por colarse, no vuelve a abrir el pico. Seguramente tema que lo próximo que haga mi amiga sea decir «habla chucho que no te escucho».

—Tomad, los apuntes de Opinión Pública, me los ha dejado Estefanía.

—¿Te los ha dejado así, sin más? —pregunta Alicia a Andrea, sorprendida.

Estefanía es la empollona de la clase y no suele ser muy generosa al prestar apuntes. Ella tiene un código: solo presta sus cuidados y completísimos apuntes por causas mayores y entre esas causas no aparece el absentismo a clase por calimotxada. De ahí la sorpresa de Alicia y también la mía.

—He tenido que convencerla...

—¿No le habrás dicho que venga con nosotras a Benidorm, no? —pregunto con preocupación, dadas las altas probabilidades de que Andrea haya empleado eso como moneda de cambio.

—Quien algo quiere algo le cuesta.

—¡Yo te mato! —La mano de Alicia se pone sobre el tirante moño de Andrea.

—Es broma, ¡suelta! Que me despeinas.

—¿Entonces? Porque no creo que te los haya dejado a cambio de nada... —Y no me equivoco.

La cola por fin parece avanzar y nos llega el turno. Una rubia de bote con vestido de leopardo y plataformas con estampado de serpiente, nos atiende.

—¿Qué queréis? —dice sin dejar de mascar chicle.

—Cuatro fotocopias de cada —le digo, entregándole un buen taco de folios.

La del leopardo se encamina a la fotocopiadora como a cámara lenta. Estas cosas son estupendas para mis nervios y mi paciencia. Llevo más de cuarenta minutos controlándome para no entrar y ponerme yo a fotocopiar. Decido dejar de observar a la rubia cuyo pelo pide un tinte a gritos y me centro de nuevo en Andrea y Alicia que están rebuscando suelto en sus monederos.

—A ver, lucecitas, ¿cómo lo has hecho? Que nos tienes intrigada.

—Fácil, sencillo y para toda la familia. Le he dicho que tenía en mi poder ciertas fotografías que podrían terminar circulando por toda la universidad, sin yo querer, claro. —Andrea pone su mejor cara de angelito y sonríe.

—¡Qué cabrona! Y parecía tonta cuando la compramos... —Alicia pellizca el moflete de Andrea y asiente con la cabeza varias veces, impresionada.

He de decir que yo tampoco habría creído capaz a Andrea de llegar al chantaje sucio. Lo suyo se limita más al flirteo para conseguir cosas, como que la atiendan en la cafetería o que la inviten a copas en algún bar, pero en este caso había chantajeado a la empollona de la clase con hacer circular unas fotografías suyas semidesnuda. Fotografías que habían llegado al móvil de Andrea porque Estefanía había tenido un rollo con un italiano que, casualmente, se llamaba como ella. Un día en que la chica se sentía ardiente de deseo, se quitó la ropa, se hizo unas fotos bastante comprometidas y se las envió por whatsapp a Andrea... Solo hay que sumar dos más dos para saber quién recibió esas imágenes.

Con todo fotocopiado, nos dirigimos hacia la Facultad de Químicas para disfrutar de una tarde al aire libre antes de tener que encerrarnos a estudiar para los exámenes que se nos avecinan en cuestión de días. El césped está bastante completo, pero logramos encontrar un hueco con mitad sol y mitad sombra y es un alivio, lo de la sombra, porque, si no, luego volvemos a casa con la cara colorada y es difícil de explicar lo de ponerse como un cangrejo dentro de la biblioteca.

Sara y yo nos levantamos a por los minis de calimotxo. Una mesa plegable de pícnic hace las veces de barra y una neverita portátil conserva, relativamente, los hielos. Mientras nos sirven los cuatro minis, un chico con sombrero de copa negro y unas gafas de pasta, con un cierto parecido a Luis Piedrahita, nos demuestra su habilidad con las cartas haciéndonos un par de trucos de magia. En estos sitios se lo montan muy bien, bebida barata, buen ambiente y, además, animación gratuita mientras esperas a que te sirvan.

—Y para terminar, ¡el truco final! —dice el mago quitándose la chistera y sacando un pañuelo rojo.

Nos muestra el pañuelo, se lo introduce en la manga, se vuelve a colocar la chistera sobre la cabeza y, justo en ese instante, mi atención se desvía inevitablemente. El chico misterioso cruza por delante de mí en dirección a un grupo de gente situado no muy lejos de nuestro sol y sombra. Un pequeño hormigueo recorre mi cuerpo y son los aplausos de Sara los que me obligan a salir de mi reciente abstracción espacio-tiempo. No me he enterado del truco final, pero me uno al aplauso.

—¿Cómo lo harán?

—Lo he visto.

—¿Qué has visto? ¿Cómo lo hace? —pregunta Sara con curiosidad.

—No, al chico misterioso.

—¿Sí? —Se agita con alegría y vierte un poco del contenido de los minis—. Uy, menos efusividad que al final llego al sitio con los vasos vacíos. —Se para y comienza a mirar a nuestro alrededor—. Dime, ¿quién es?

Discretamente, sin alzar la mano, indico con el dedo la dirección en la que debe mirar.

—El chico moreno que está de pie, el de la camisa de cuadros blanca y verde y el pantalón beige.

—¡Qué alto! Y parece guapo, aunque ya sabes que a mí los hombres... —Hace un gesto de repulsión y retoma el camino hacia nuestro sitio—. ¿Por qué no tropiezas con él como quien no quiere la cosa?

—Yo soy más de que las cosas pasen si han de pasar. El destino es el que manda.

—Tú has visto mucho *Serendipity*.

Sí, he visto *Serendipity* más de una vez, pero no por eso creo en el destino. Supongo que por el hecho de creer en el destino, me gusta tanto esa película. Sí, me gustaría saber cómo se llama, me gustaría escuchar su voz, quiero descubrir de qué color son sus ojos y estar lo suficientemente cerca como para poder intentar adivinar qué perfume utiliza. Pero no me tropezaré con él como por casualidad, ni me acercaré a él para convertir nuestro primer encuentro en una conversación forzada y ortopédica. Me niego. Sería como una especie de violación del destino. Y eso está feo.

Llegamos a nuestro sitio y repartimos los minis. Ali me dice que mi móvil ha sonado un par de veces. Es mi padre. Cruzo los dedos y espero que no haya ningún trabajo de última hora del que tenga que encargarme yo.

Me voy a un sitio un poco más apartado para poder hablar tranquilamente. Pero antes de marcharme dirijo una última mirada furtiva a ese chico que logra dejarme sin aliento.

—Papá, ¿qué querías?

—Roberta, ¿cuándo me dijiste que os ibais a Benidorm?

La pregunta me hace sospechar que lo que viene después puede que no me haga ni pizca de gracia.

—Del quince al veintiuno de julio, ¿por qué?

—Porque ha surgido un imprevisto. Justo el dieciséis de julio tengo un viaje programado a Suiza para llevar a cabo un trabajo ineludible. Ya sabes que los trabajos internacionales escasean y están muy bien pagados. Y justo me acaba de llegar otro asunto de carácter urgente que tiene que solventarse en las mismas fechas. Sé que te hago una enorme faena, pero te necesito, hija.

Lo dice de carrerilla, como si al respirar yo fuese a tener la oportunidad de poner un *pero*, y remata con esa frase de «te necesito» para que yo no tenga salida. Y me cabreo, me cabreo mucho porque el viaje ya está programado y no es posible escoger otras fechas, no solo porque a estas alturas sería imposible encontrar otro apartamento en pleno julio en una de las zonas más turísticas de España, sino que, además, son esos días en los que Sara tiene vacaciones.

—¿No hay posibilidad de modificar las fechas de vuestro viaje? —pregunta ante la ausencia de respuesta por mi parte.

—No, papá, no hay posibilidad. ¿No puedes contratar a ningún externo para esta ocasión?

—Imposible. Para este trabajo solo me fío de ti. Es un hueso duro de roer.

Que la gente confíe en ti a veces supone un martirio. Y más cuando esa persona es tu padre. Pero ¿qué puedo hacer? Nada. Resignarme.

Fastidiarme. Enfurruñarme. Y quedarme en Madrid mientras mis amigas se van a disfrutar de unos estupendos días de playa, sol y guateque. Fantástico.

—Pues nada. Me quedaré sin vacaciones —digo refunfuñando e intento que mi voz transmita a mi padre un poco de sentimiento de culpabilidad.

—Lo siento, Roberta...

—Da igual. La familia es la familia, ¿no? Aunque ahora mismo me caes muy mal, papá. —Y cuelgo, aunque me siento un poco mal por haberle dicho que me cae mal.

Me dirijo de mala gana hasta mis amigas, con un deseo irrefrenable de coger el mini y lanzarlo contra una pared para expulsar un poco la mala leche acumulada en cuestión de segundos. Un acto estúpido lo de lanzar un mini contra una pared, pero algo alivia seguro.

Según me acerco, con el humo saliendo de mis orejas, observo que el chico misterioso está junto a mis amigas. Me escondo detrás de un matorral. Acto bastante infantil, lo sé. Solo espero, por el bien de mi amiga, que no se le haya ocurrido atraerle para intentar hacer de celestina porque entonces... El mini puede impactar en su cabeza en vez de en la pared, que al fin y al cabo no tiene culpa de nada. Cuando le veo alejarse, me decido a acercarme a nuestro núcleo. Pero antes de que mis pasos arranquen, me quedo petrificada observándole, esa manera de caminar tan varonil, ese estilo suyo, ese no sé qué y ese qué sé yo que me provoca en el cuerpo cada vez que le veo. ¿Puede alguien enamorarse de una persona que no conoce? Hasta hace poco pensaba que era imposible. No creía en los flechazos. Pero ahora creo en ellos, porque que me maten si esto que siento no es amor.

—¿Qué hacía él aquí? Ali, ¿le has dicho algo? No se te habrá ocurrido, ¿no? ¿O sí? —Mis pies danzan nerviosos sobre el césped sin que pueda hacer nada por controlarlos.

—Relaja la raja, que ha venido él solito a pedir papel.

Me siento con el morro torcido para provocar que alguna me pregunte qué ocurre y soltar el bombazo. Sara no tarda en darse cuenta.

—¿Te has enfadado? Les he dicho quién es, pero ya cuando se iba. Que conste que he retenido a Ali para que no hiciese de las suyas —se justifica Sara al creer que mi morro torcido es consecuencia de su rapidez para informar al resto de quién es él.

—No. No es eso.

—¿Entonces? —pregunta Andrea con el filtro del cigarro que se está liando pegado en el labio.

—Tendréis que iros a Benidorm sin mí.

La cara de besugo apaleado no tarda en aparecer en el rostro de cada una de ellas. *Bye, bye,* Benidorm. Bienvenidas (o *malvenidas,* más bien) responsabilidades adultas.

—¿Trabajo? —pregunta Alicia.

—Sí, *ineludible.*

Alicia se levanta de golpe y se pone en posición de discurso. A saber lo que podrá decir por esa boquita suya.

—¿Somos o no somos las cuatro mosqueteras?

—¡Lo somos! —grita Andrea efusivamente y alzando el puño.

—Pues yo, como mosquetera, me quedo en Madrid y la liamos parda aquí.

—Mi voto es sí —dice Sara levantándose también.

—¡Mayoría absoluta! —grita Andrea, demasiado alto, poniéndose también en pie.

Desde el suelo observo a mis tres amigas sin poder dejar de pensar en esa maravillosa escena de *El club de los poetas muertos.* Y aunque más adelante tendré tiempo para convencerlas de que no cambien playa por verano infernal madrileño, me pongo en pie y alargo mis brazos hasta apiñarlas en un enorme abrazo. Porque cosas así solo las hacen amigas de verdad, de las de «en lo bueno y en lo malo, en la salud y en la enfermedad, hasta que un trabajo inesperado nos dejé sin verano».

—¡Oh, Capitán, mi Capitán!

Las tres se apartan extrañadas, creo que no han seguido el hilo de mis pensamientos en la cuestión cinematográfica.

—¡Uno para todas y...

No termino la frase porque Andrea lo hace por mí.

—¡Los demás para mí!

5

Vacaciones en Madrid

Terminados los exámenes y, con la esperanza de poder graduarme sin problema, intento convencer de nuevo a las cabezonas de mis amigas para que aprovechen sus merecidas vacaciones y se vayan a pasar unos días a la playa.

—Mirad, os he impreso una foto mía para que podáis ponerme en la toalla, en la mesa de los restaurantes, en la barra de los bares, incluso en la ducha. Está plastificada.

—Eres muy pesada. Que nos quedamos en Madrid. —La negativa de Alicia es rotunda. Resopla como harta de mi insistencia y le quita la cachimba a Sara para darle una calada—. Mira que eres ansia, parece que tienes pegada la manguera a la mano con pegamento.

—¡Pero si solo he dado dos caladas!

Sara descubrió Granada hace un par de años con una amiga de toda la vida, Gema —la hija de los mejores amigos de sus padres—, y se trajo consigo la dichosa cachimba. Desde entonces se parece a la oruga de *Alicia en el País de las Maravillas*, excepto en lo de ser azul.

Por alguna extraña razón, la gente ve una cachimba y se acerca para intentar que les demos una caladita, como si lo de compartir saliva con desconocidos fuese lo más normal del mundo. En las cuatro horas que llevamos sentadas en un césped cercano al embarcadero de El Retiro, han pasado ya cuatro grupos diferentes a intentar unirse a nuestro núcleo de humo con olor a cereza. Por mucho que odie el verano madrileño, he de decir que tiene lugares increíbles en los que poder pasar el tiempo. El Retiro es, sin duda, mi lugar predilecto. Y en los primeros días de junio es todavía mejor, gracias a que el calor aún no es sofocante y, sobre todo, gracias a la Feria del Libro. El ambiente se nutre de naturaleza y arte, y la belleza es infinita. Todos los años recorremos las casetas con nuestras listas en mano y los horarios de las firmas a las que queremos acudir. Este año he venido con maleta. Sí, con maleta. El año pasado llegué baldada a casa después de cargar todo el día con los diez libros que compré, más los cinco que llevaba de casa para que me los firmasen sus autores y la carga literaria me costó cinco sesiones de fisioterapeuta para calmar los dolores de espalda. Este año no pienso ir al fisio. Incluso puede que marque tendencia, la gente me miraba entre alucinada y maravillada mientras arrastraba mi maleta de ruedas por todo el ferial.

—¿Nos damos un paseo en barquita? —sugiere Sara.

—No sé yo si la barca esa va a soportar el peso de las cuatro más la maleta de la loca esta. —La respuesta de Alicia aparece entre una nube de humo blanco condensado.

—Podemos intentarlo.

—Sara, no sé tú, pero a mí no me gustaría morir ahogada en esa charca con patos de tres ojos.

—La exageración es lo contrario a la sabiduría. —Andrea recoge su bolso del suelo y se levanta, probablemente, motivada por la idea de subir en la barquita.

—¿Me acaba de llamar tonta?

—Me parece que sí, Ali. —Le doy una palmadita en la pierna, agarro mi maleta repleta de libros y me levanto en señal de apoyo a la idea de Sara. Siempre me ha encantado dar un paseo en las barcas del Retiro y lo cierto es que hace años que no lo hago.

No creo que nos ahoguemos por llevar una maleta con libros, entre otras cosas, porque todas sabemos nadar. La única posibilidad de muerte sería estar unida a la maleta con unas esposas y hundirte con ella, pero no tengo esposas. Y ni muriendo de una forma tan ridícula hubiese logrado superar la muerte de mi tío Godofredo, el hermano mayor de mi padre, hace ya once años. Todo ocurrió la noche en que pilló a su mujer en una postura nada ortodoxa con mi tía Laura, la hermana pequeña de mi padre y, por lo tanto, de mi tío Godofredo, tras una cena familiar. De piedra como se quedó ante tal panorama, tomó prestada la cartera de mi abuelo —que aún no había muerto entre los congelados— y se marchó a tomarse unas cervezas al único bar que había abierto en el barrio de Salamanca a aquellas horas. El camarero le puso el primer tercio, pero, sumido como estaba en una guerra de chistes con otro cliente, olvidó quitarle la chapa. Y Godofredo, que estaba aún asumiendo su chiste personal, no se molestó ni en pedir un abridor, como tampoco se molesto en preguntar a las susodichas si aquello era lo que parecía o simplemente le estaba ayudando a sacarse el tampón. Se puso el tercio en el lado izquierdo de la boca y con los dientes a modo de palanca intentó quitar la chapa, con tan mala suerte que se arrancó una muela y del susto se la tragó. Pero se le fue por el otro lado y murió asfixiado. El camarero y el cliente hubiesen podido ayudarle si se hubiesen percatado de que estaba muriendo, pero en aquel momento el camarero acababa de contar un chiste verde y pensaron que Godofredo estaba partiéndose la caja de la risa. Cuando cayó desplomado de la banqueta comprobaron que el chiste, probablemente, ni lo había oído.

Llegamos al embarcadero y, por suerte, no tenemos que esperar más de quince minutos para conseguir un bote. Mi preciada maleta se queda con el señor de las barcas, porque él también considera que no es apropiado que naveguemos con ella.

—A ver quién es la tonta ahora... —dice Alicia mientras sube ágilmente a la barca.

—Quien se pica ajos come —concluye Andrea, al tiempo que tropieza y se queda a un suspiro de terminar en el agua estancada junto con el pato mutante que nos observa fijamente.

—Se tenía que haber caído, por lista —susurra Alicia entre dientes—. ¡Me pido remar!

Pues que reme, que reme. Con lo a gusto que se va sin hacer ningún esfuerzo, disfrutando del sol y respirando aire puro. Todo lo puro que puede ser el aire de Madrid, claro. Durante el trayecto, Alicia avista un bote con cuatro chicos bastante monos, al menos en la distancia, y comienza a remar eufórica hacia ellos.

—Quizá allí esté el hombre de tu vida, Roberta.

—¡Pero qué manía! Que yo no quiero saber nada de tíos por ahora, así que rema en otra dirección o te vas a caer sin querer de la barca.

Antes de que Alicia consiga arrancar las palabras de contraataque de su boca, un sonido de sorpresa escapa de la mía. En la valla que rodea el estanque, iluminado por un sol cegador, está él. El chico misterioso. Apoyado en la barandilla, con una camiseta a rayas roja y blanca, un libro en las manos y una maleta junto a él. ¡Una maleta! Si está llena de libros, somos tal para cual. Por desgracia, no creo que llegue a saberlo nunca. En primer lugar porque estoy subida en una barca y, en segundo lugar, porque no sé ni cómo se llama como para acercarme a preguntarle qué es lo que lleva dentro de la maleta. Probablemente, pensaría: «¿y esta loca de dónde se ha escapado?» Y no me conviene que piense eso de mí. Primero, porque no estoy loca y, segundo, porque sería un mal comienzo.

—¿Qué pasa? —Sara me zarandea y me saca de la obnubilación momentánea.

—Es él.

—¿Alberto? —pregunta Andrea.

—No, ese ya es agua pasada. El chico misterioso.

—¡*Serendipity!* —dice Sara con una sonrisa de oreja a oreja.

—*Serendipity* sería si nos chocásemos por la calle o nos quedásemos encerrados en el mismo ascensor o en ese libro encontrase una nota con mi número de teléfono, algo totalmente improbable, dado que no he dejado ninguna nota en ningún libro.

—¿Pero dónde coño está? —pregunta Alicia con el cuello estirado cual avestruz y mirando de un lado hacia otro.

Le señaló con el dedo en la dirección apropiada, indicándole su vestimenta para que pueda localizarlo sin lugar a error.

—Mírale, si es Wally.

—¿Le conoces? —pregunto sorprendida.

—No, idiota, lo digo por la camiseta que lleva.

Enseguida, Alicia comienza a remar hacia la valla como poseída por una fuerza centrífuga que provoca que la barca dé vueltas sobre su propio eje. Sara se une a sus esfuerzos para corregir la trayectoria de la barca, Andrea se pone a dar palmas y rebotar con el culo sobre la endeble tabla de madera sobre la que está sentada y yo, simultáneamente, comienzo a ponerme de los nervios y a observar las posibilidades de las que dispongo para salir de allí. Posibilidades que se reducen a «salta de la barca y ve junto a los patos mutantes. Ponte a salvo».

—Ni se os ocurra —les advierto—. Os mato. Juro que os mato.

Pero el caso que me hacen es omiso, a pesar de que Alicia debería alarmarse ante mi advertencia, y siguen remando en dirección al chico misterioso. Amenazo de nuevo con lanzarme al agua. Pero nada. Hablo sola. Vuelvo a advertir de mis intenciones de huida, pero esta vez de un modo más violento. Intento arrebatarles el remo con tanta fuerza que termino quitándoselo, sí, pero consiguiendo que mi amenaza se torne realidad.

—¿Te has caído? —Es la pregunta de Andrea, que parece no haberse fijado demasiado bien en la evidencia.

—¿A ti qué te parece?

Las tres rompen a reír ante mi patética situación. Todas las miradas que han presenciado el suceso están clavadas en nosotras y se unen a las risas sinfónicas de mis amigas. Y yo en lo único que pienso es en matarlas y en que la tierra me trague si el chico misterioso está entre esas miradas que nos observan. Me escondo detrás de la barca y asomo la cabeza lentamente para comprobar si él ha contemplado la patética escena, pero por suerte ha desaparecido. Por suerte y por desgracia, podría observarle eternamente, analizando cada movimiento, cada pestañeo, cada sonrisa. Y podría descubrir el color de sus ojos que, a día de hoy, es un dato que me sigue siendo tan misterioso como él.

Cuando las tres terminan de señalarme con el dedo y desdoblarse de la risa, deciden ayudarme a subir de nuevo a la barquita. Una amabilidad por su parte, ya que me veo incapaz de subir sola al bote. Les perdono rápidamente las risas que se han echado a mi costa porque yo, en su lugar, habría hecho lo mismo. Lo que no les perdono es que intenten forzar al destino que yo tanto respeto. Qué manía les ha entrado con que me eche novio, ni que se me estuviese pasando el arroz. Es cierto que mi racha de mala suerte parece ir en aumento, pero no necesito a tres celestinas que puedan meterme en problemas mayores. Si la suerte no está de mi lado últimamente será por algo y, aunque no sé cuál es ese algo, lo respeto.

Volvemos hacia el embarcadero antes de concluir la hora estimada, porque voy calada hasta los huesos y el olor es bastante fétido. El hombre que guarda mi maleta me mira de arriba hacia abajo y contiene la risa con un gran esfuerzo.

—Se ha caído, sí. Ríase a gusto, hombre —le alienta Alicia que, inmediatamente, recibe un cogotazo merecido por mi parte.

Al llegar a la Puerta de España, que da a la calle Alfonso XII, nos despedimos. Es urgente que vuelva a casa y me quite la ropa que, sospecho, puede ser radioactiva. Por mucho que me encante El Retiro, no me fío demasiado del agua del estanque. Puede que sean paranoias mías y que, probablemente, hasta se pueda beber el agua e incluso tenga efectos rejuvenecedores, pero la sensación que yo tengo encima no es esa. Opto por ir andando porque en el metro puedo convertirme en el centro de atención y no es menester. Alicia, a pesar del capón propinado hace escasos minutos, decide acompañarme en el trayecto.

—Nosotras nos vamos en metro —informa Sara, al tiempo que me lanza dos besos al aire porque ella también tiene la misma paranoia acerca del agua del estanque—. Tenemos una fiesta temática pendiente, así que id pensando día.

Porque sí, aunque no haya viaje, mantenemos en pie lo de la fiesta temática porque ya nos habíamos hecho a la idea. Fiesta temática que se va a reducir en que solo nosotras saldremos disfrazadas y, teniendo en cuenta que no será carnaval, la nota la daremos seguro. Lo habíamos hablado previamente y lo de meternos en el follón de organizar una fiesta, alquilar el local y demás, era un rollo innecesario teniendo en cuenta que ya no necesitábamos ese dinero para irnos a la playa, pero lo de disfrazarnos lo teníamos ya tan asumido que no podíamos prescindir de ello.

De camino a casa, intento de nuevo convencer a Ali para que se vayan a Benidorm, a riesgo de parecer una auténtica pesada. Pero aún están a tiempo y siento que voy a acarrear con la culpa de haber fastidiado sus vacaciones, por lo menos, hasta el próximo verano. Y eso si en nuestro nuevo intento de irnos las cuatro de vacaciones no surge otro imprevisto laboral. Pero la negativa de mi amiga es rotunda. No quiere hablar más del asunto porque la decisión es irrevocable, según ella. Y para cambiar de tema, decide volver a la cuestión de «Roberta necesita un novio por imperativo categórico». Lo que me hace replantearme si a mis amigas les parezco una necesitada o si empiezan a verme ya como una futura solterona con gatos. Lo que me preocupa, porque no hace ni dos meses que mi relación con Alberto se fue a pique. Y digo *relación* por llamarlo de algún modo ya que, en realidad, no hubo ni tiempo de poder asignarle ese nombre a lo que fuese que teníamos. Sea como sea, eso es agua pasada y, sea como sea, puede que me quede soltera de por vida, pero no una loca con gatos. Y no tengo nada en contra de los gatos, pero soy más de perros.

—Podrías hacerte una cuenta en Meetic, para solteros exigentes.

—Sí, y otra en Badoo.

—No, Badoo no mola, mejor Meetic, parece más serio —responde Ali tranquilamente, lo que me confirma que no ha captado la ironía.

—Y dale, que no pienso hacerme ninguna cuenta de esas. No necesito conocer a nadie y menos por Internet. Háztela tú, que también llevas bastante tiempo a palo seco, maja.

—Mira, un quiosco, vamos a comprarnos un helado para refrescarnos por el camino.

Alicia es así, cuando algo no le interesa sale por la tangente con una habilidad pasmosa. Pero no me parece mala idea lo del helado, aunque en mi caso no será para refrescarme, puesto que eso ya lo he hecho hace un rato en el estanque de El Retiro.

Helados en mano, caminamos por el Paseo de Recoletos y, de pronto, caigo en la cuenta de que Alicia ha hablado de Badoo como si lo conociese y, teniendo en cuenta su estrategia heladera para desviar mi atención, no me cabe duda de que ella ya se ha hecho una cuenta.

—Tú ya tienes cuenta en Badoo, ¿no?

Se queda parada con el helado en la boca y acelera el paso para adelantarme y alejarse de mí. La dejo alejarse unos metros para después alcanzarla con un pequeño *sprint* que, a pesar de no haber sido de más de cincuenta metros, me deja exhausta, lo que confirma mi pésima capacidad física. Y eso que no fumo, salvo contadas ocasiones en que doy alguna calada a la cachimba de la oruga Sara. Realmente me sorprende que Ali entre en ese tipo de páginas, siempre ha sido muy crítica con esas formas de ligar, tan impersonales, según ella. Le tomo la delantera para frenar su paso e, inmediatamente, rompe a reír.

—¡Sí la tienes!

—La tuve.

—¿Y por qué no me lo contaste?

—Porque tengo dignidad, Roberta. —Da un pequeño mordisco al helado y hace una mueca de dolor. Se le ha debido de helar un diente. La sensación de frío doloroso remite y ella continúa con su explicación ante mi atenta mirada—. Siempre he hablado fatal de esas páginas, lo sabes, ¿cómo iba a contar que me había abierto una cuenta? Cuenta que, por cierto, no me duró ni una semana. Menuda pandilla de salidos... Por eso te he recomendado Meetic que por lo visto es más serio.

—Pero si tú no tienes problemas para ligar.

—Pero no me gusta ninguno y pensé, muy mal pensado, que en Internet podría encontrar algo interesante. ¡Y una mierda!

—Haberlos los habrá, solo que no darías con ellos. Tendrías que haber insistido un poco más.

—Mira, después de leer varios «¿puedo verte las tetas?» y «¿follas en la primera cita?», descarté encontrar al príncipe azul. El único puto príncipe azul para mí es el de las galletas. —Se queda pensativa mientras yo aguanto la risa—. ¡Joder, ahora quiero galletas!

—Tengo en casa.

Cierto es que Alicia tiene ciertos problemas a la hora de encontrar alguien que le encaje, de hecho, ya casi ni recuerdo la última vez que estuvo enamorada o, al menos, que sintió algo parecido al amor. Probablemente hace más de un año y, como ella dice, le salió rana. Simón era un chico francés que conoció una noche que salimos por Malasaña y que, casualmente, estudiaba Medicina en la Complutense, por lo que se veían a menudo entre clases o después de ellas. Pero el chico terminó la carrera, estaba en su último año y decidió irse a probar suerte a EE.UU., lo que supuso un duro golpe para Alicia. Para él su profesión estaba por encima de todo y, según le dijo, no llevaban ni seis meses juntos, por lo que no podía sacrificar todo por lo que había luchado por un amor que no sabía a qué puerto le llevaría. Alicia no habló mucho del tema, pero sé que el francés hizo que su corazón se hiciese aún más hermético en cuestiones de amor.

Seguimos caminando y debatiendo sobre los hombres, las páginas de Internet y el amor en general, y hablar de amor con Alicia significa que en mitad de cada dos frases, aproximadamente, habrá un «asco», «vomito arcoíris», «menuda mierda» y palabras de semejante nivel de romanticismo. Y en una de esas perlas vocales, alzo la cabeza y veo a un tipo que no debería ver bajo ningún concepto si no damos por supuesto que los fantasmas caminen en traje y corbata rosa fucsia por el Paseo de Recoletos. En un ataque de pánico absoluto salgo corriendo a esconderme detrás del arbusto más cercano ante la atónita mirada de mi amiga que se ha quedado con la palabra en la boca.

—¿Hola? ¿Se te ha ido la pinza? —me pregunta Ali asomando la cabeza por un lateral del arbusto, nada frondoso, por cierto.

—¿Sigue por ahí el tipo del traje y la corbata rosa fucsia? —continúo acuclillada a la espera de su afirmación o su negativa.

—¿Corbata fucsia? ¿Pero qué horterada es esa?

—Pues a mí me parece elegante. —Hago una serie de extraños aspavientos con las manos que dejan a mi amiga desconcertada—. No es momento de debatir sobre moda, ¿está o no está?

Alicia echa un vistazo panorámico y me asegura que no ve al sujeto en cuestión por ninguna parte. Bien, tal vez he alucinado. O no. Era demasiado real, no parecía un ente ni nada por el estilo, simplemente un ser humano, vivo, caminando.

Salgo de mi improvisado escondite y retomamos el camino en dirección a mi casa. Por fortuna esto ha pasado estando con Ali, entre nosotras no existen los secretos. Ella lo sabe todo de mí y de mi familia y viceversa. Menos lo de Badoo, eso se lo tenía bien calladito. Cuando por fin recupero el color en la cara y vuelvo a respirar con relativa normalidad, comento lo ocurrido con mi amiga, que aún está preguntándose a qué ha venido mi espantada.

—Ese hombre, al que he visto, debería de estar muerto. Vamos, que tengo la confirmación de que murió.

—Lo que ahora nos faltaba es que te conviertas en Jennifer Love Hewitt.

—Tenemos que llegar a mi casa, urgente. Tengo que hablar con mi padre o me voy a volver loca en este mismo momento —advierto.

—¡Resiste! Ya queda poco. —Alicia me agarra del brazo y tira de mí acelerando el paso a un ritmo que, dudo, sea capaz de mantener.

Llegamos a mi casa con la lengua fuera, al menos yo. Cruzo los dedos para que mi padre esté en casa y pueda liberarme de la desazón que ha anidado en cada resquicio de mi cuerpo.

—¿Papá? ¿Estás por ahí? —grito desde el descansillo.

—Por aquí hay un trozo —responde él desde la planta de arriba.

Alicia me avisa de que me espera en la cocina arramplando con lo que haya en la nevera mientras subo a hablar con mi padre acerca de lo ocurrido en el Paseo de Recoletos. Nada más entrar por la puerta de su despacho, sin tiempo ni de darle un beso fugaz, suelto toda la retahíla acerca del señor que debería de estar muerto y yo había visto caminar tranquilamente por las calles de Madrid. Mi padre se ríe abiertamente en mi cara ante mi estupor. Me cruzo de brazos y tamborileo con un pie sobre el suelo de parquet esperando a que termine de reírse de mí, porque claramente se está riendo de mí y no conmigo; decide explicarme que el tipo que he visto no es ningún fantasma, sino el hermano gemelo del señor que está muerto y enterrado. Le digo a mi padre, bastante enfadada, que esos detalles debería de conocerlos para evitar situaciones como esta o hasta confusiones con peores consecuencias. Él se excusa entre risitas alegando que no lo consideró necesario dado que los gemelos no tenían relación desde hacía más de veinte años, por lo que no suponía ningún tipo de problema. Aun así, un breve apunte no habría sobrado, porque un poco más y, en vez de ir a casa, me habría ido directa a hacer mi ingreso voluntario en algún manicomio.

—Hija, llévate esta carpeta, es de Rodrigo Aguilar. Échale un vistazo, tiene almacenados en su cuenta más de diez asesinatos y aún sigue suelto. Cuenta con un abogado demasiado eficaz y muchas influencias. La semana que viene regresa a Madrid. Nadie va a echarle de menos.

Cojo la carpeta que me tiende con cierta indiferencia, sigo molesta por su falta de tacto. Me sorprende de él, siempre tan meticuloso, que haya olvidado comentarme el dato del gemelo. Mi padre me guiña un ojo de forma pícara y ese gesto me recuerda a mi abuelo Narciso, que siempre salía de esta guisa en todas las fotografías. Con él comenzó todo... hace más de sesenta años.

El punto de inflexión fue la muerte de su hermana pequeña y su cuñado a manos de dos desalmados. Estaban en su coche, en un callejón de una zona industrial manteniendo relaciones sexuales, disfrutando de sus cuerpos y de esos momentos de intimidad que podían permitirse muy de vez en cuando y, de pronto, aparecieron dos hombres que violaron a su hermana y torturaron a su pareja. Después de aquel horror, los ejecutaron a sangre fría, el forense contó quince puñaladas en cada cuerpo. La justicia no fue capaz de hacer su trabajo y mi abuelo se tomó esa justicia por su mano. Por su hermana, por su cuñado y por todas las personas víctimas de dementes. Investigó hasta la extenuación hasta que logró dar con aquellos dos asesinos que, solo para divertirse, atacaban a parejas indefensas en momentos íntimos. Si Narciso no hubiese puesto todo su esfuerzo y su energía en hacer justicia, esos dos sujetos habrían salido airosos, pero no escaparon a su rabia y su dolor. Él, que antes de aquel traumático día jamás había hecho daño ni a una mosca —que mi abuela Sebastiana iba con el trapo a matarlas y él decía: «Deja, que le abro la ventana, pobrecilla»—, se cobró su *vendetta*.

A raíz de aquello, el mejor amigo de mi abuelo, sabedor de todo lo ocurrido, le pidió ayuda con otro amigo cercano que también había sufrido la pérdida de un ser querido a manos de un psicópata. Ante aquella petición, dudó. Matar no era como ir a comprar el pan, matar era un asunto muy serio. Matar otra vez no estaba en sus planes, pero se lo estaba pidiendo su mejor amigo y, por ello, no tardó en decidirse a prestarle ayuda. Al final los escrúpulos fueron desapareciendo y se juró que haría todo lo que estuviese en su mano para hacer de este mundo un lugar mejor. Poco a poco fueron llegando más encargos y lo que comenzó como una venganza personal terminó convirtiéndose en la empresa que hoy regenta mi padre. Así fue cómo comenzó todo...

Miro a mi padre concentrado en su tarea, absorto en sus papeles. Le miro con admiración, pero también con severidad. Parece ajeno a la importancia de esa información que no me reveló y yo sigo intentando que se percate de ello. Carraspeo. Parece no enterarse. Vuelvo a carraspear. Él levanta los ojos de los papeles y me mira con media sonrisa.

—Lo siento, cielo, de verdad. No volverá a ocurrir.

—Eso espero —respondo tajante y cierro la puerta tras de mí, con bastante melodrama, todo hay que decirlo.

Conforme con la disculpa de mi padre, regreso a la cocina antes de que la cría de dinosaurio nos deje sin provisiones para la cena.

—¿Estás enajenada o no? —pregunta Alicia con la boca llena.

—Resulta que el tipo tiene un gemelo que, obviamente, está vivo. Asunto zanjado. —Respiro aliviada y me siento en una de las banquetas para acompañar a mi amiga en su picoteo improvisado.

—Bueno, ¿qué? ¿Para cuándo la fiesta de disfraces?

6
Las chicas picantes

Un sábado cualquiera de principios de julio no es habitual ver a cuatro chicas disfrazadas de las Spice Girls y las miradas de asombro que recibimos dan cuenta de ello. Alicia enfundada en un vestido con la bandera de Inglaterra y una peluca naranja interpreta a la perfección su papel de Geri Halliwell; Sara, luciendo su rubia melena planchada sujeta en dos coletas altas y con un vestido blanco, parece la mismísima Emma Bunton; Andrea, con una peluca a lo afro y un maquillaje tropical que nos mantiene alejadas de ella para evitar acabar pringadas —puesto que se ha untado todo el cuerpo—, intenta simular a la exótica Mel B, y, por último, estoy yo que hago las veces de Mel C y que, de no ir acompañada, podría parecer una cutre que sale en chándal un sábado noche. Pero eso sí, enseñando la tripa de forma obligada. Nos falta Victoria Beckham, porque ninguna quería pasar toda la noche con cara de lechuga mustia (de hecho, no me sentiría capaz de afirmar si tiene dientes porque lo desconozco, ¡jamás la he visto sonreír!).

Tras pasearnos por el barrio de Malasaña sintiendo que no encajamos demasiado en el ambiente, decidimos dirigirnos a Chueca, un barrio mucho más animado y acorde a nuestro atuendo. En Chueca la fiesta siempre está asegurada.

Ya en el primer bar nos convertimos en las reinas de la noche, la gente se hace fotos con nosotras, nos invita a chupitos y con ello demostramos que hay grupos que, aunque desaparezcan, nunca mueren.

En lo que brindamos con nuestro tercer chupito de la noche, bastante radioactivo por cierto, el DJ nos sorprende poniendo el tema clave, el tema que tenemos que bailar porque nos sabemos la coreografía, porque hemos ensayado, porque la ocasión lo merece, *Wannabe*.

—El próximo sábado salimos de los Back Street Boys, ¡esto es la hostia! —grita Ali Halliwell por encima de la música y moviendo las caderas con tanta pasión que temo que se descoyunte.

—Si Geri y Emma se enrollasen esta noche saldríamos en la *Bravo* y la *Súper Pop*.

—¡Pero mira que eres pesada! —Alicia se aleja de Sara para ir hacia la barra a pedir una copa dejando claro que no tiene ningún interés en ser portada de ninguna revista adolescente.

Sara no se rinde y se acerca a la barra para pedir otra copa. El camarero observa divertido a las dos Spice que se miran desafiantes mientras sirve sus bebidas. Acto seguido, Sara mete los dedos en su copa e intenta atrapar un hielo que, al principio, se le resiste. Una vez lo consigue, se lo pone entre los labios y se acerca a Alicia para invitarla a tomar el hielo de su boca. Invitación a la que Alicia hace caso omiso mientras bebe impasible. En ese momento, una chica que está situada junto al resto de las Spice Girls, es decir, Andrea y yo, se dirige hacia la barra y acerca su boca a la de Sara para tomar ese cubito que pide guerra. Y así, de esa forma tan fácil, Emma se enrolla con la desconocida del bar ante la atenta mirada de Alicia que, poco a poco, se aleja de la barra y viene hacia nosotras hecha una furia.

—¡¿Qué coño es eso?! —nos grita al oído a punto de destrozarnos el tímpano y señalando con el dedo en dirección a Sara, que no ha dejado de besar a la desconocida ni para tomar aire.

—Eso es Emma dándose el lote —informo de lo evidente.

—¡En mi puta cara!

—Tú no has querido su hielito... —dice Andrea con el maquillaje tropical empezando a derretirse en su cara sudorosa.

—¡Ni con un palo! ¿Me oís?

—Alto y claro —respondo—. ¿Otra copa?

A las cuatro de la mañana las luces se apagan invitándonos a marcharnos. Intento hacer recuento de las copas y chupitos que hemos bebido, pero me resulta imposible sumar, por lo que decido que lo mejor es que vayamos a buscar otro local que cierre más tarde y continuar bebiendo refrescos para evitar terminar con lagunas mentales. En el cambio de localización perdemos a Sara que, en una absoluta bomba de humo, ha desparecido con la chica desconocida y una amiga de esta que se sumó al festival de besos. Desconozco si es la primera vez que mi amiga se monta un trío o si ya lo había experimentado antes. Me pongo una alarma en el móvil a las ocho de la tarde con el aviso «preguntar a Sara si es su primer trío». Geri, Mel B y Mel C continúan con la fiesta hasta ver amanecer sentadas en un banco de la plaza de Chueca y comiendo, como si no hubiese un mañana, porciones de pizza recalentadas.

A las seis de la madrugada, con la luz del sol a punto de hacer su aparición, caminamos hacia Cibeles para ir a buscar el autobús que nos lleve a cada una a nuestras respectivas casas. El aire fresco me ayuda a despejar un poco la mente. Por fortuna no lo suficiente para ser totalmente consciente de que tengo que volver a casa sola vestida de la Spice Girl deportista. Fantástico.

En la parada sufrimos un ataque de risa a consecuencia del recuerdo de la noche vivida y, a pesar de quedar solo tres y de que Mel B ya no es negra sino que es blanca con ronchones, nos hacemos otra foto con un par de chicos que se declaran muy fans de nuestro rollo y de las «chicas picantes».

Mi autobús es el primero en llegar. Me acomodo en uno de los asientos delanteros pegada a la ventana e intentando pasar desapercibida. Cuando estoy a punto de sucumbir al sueño, el nocturno hace una parada y sube un chico que, inmediatamente, llama mi atención. No es precisamente un adonis, aunque hay algo en su cara que me resulta muy cautivador. Jamás podrá equipararse al misterioso chico de la Complutense, con el que el destino no ha vuelto a cruzarme desde aquella tarde en El Retiro, claro. Este lleva unas gafas de pasta negras, el pelo castaño alborotado cayéndole sobre la frente y la elección de la ropa no es demasiado acertada (camiseta color verde debajo de una camisa desabotonada de cuadros rojos y blancos, unos vaqueros desgastados y unas sandalias marrones de velcro espantosas, de esas que se utilizan para ir a por cangrejos al río), pero aun así me quedo mirándole fijamente, observando cómo saca nervioso su cartera para pagar el billete al conductor. La cremallera de la cartera se le atasca a medio camino y, cuando por fin consigue desatascarla de un tirón, todas las monedas del interior se le desparraman por el suelo. El conductor mira al chico con cara de pocos amigos y parece ahogar en los labios un improperio del tipo *gilipollas* o similar. El chico alza la cabeza mientras va recogiendo las monedas del suelo y susurra un tímido «lo siento». Es tan torpe y tan tierno que dan ganas de comérselo.

Me levanto de mi asiento, olvidando por un momento que voy disfrazada de Mel C, y voy a ayudarle; parezco ser la única del autobús que se ha percatado de que el pobre chico necesita ayuda porque tiene las manos de mantequilla y el conductor tiene una cara de matarle si no recoge las dichosas monedas en tres, dos, uno...

—Parece que estén vivas —bromeo arrodillada junto a él.

—Muchas gracias por la ayuda. Eres muy amable —me dice con cierto pudor al tiempo que sus ojos castaños, inmensos, me miran por encima de las gafas de pasta.

Recojo la última moneda y me pongo en pie. Él se levanta justo después y le extiendo mi mano para darle su dinero. Cuando su piel roza la mía siento un chispazo eléctrico. Vale, solo es un calambre, pero me gusta.

—Soy David —carraspea, y se desliza con el dedo índice las gafas por el puente de la nariz para colocarlas en su posición.

—Espero que no vayas a preguntarle qué hace una chica como tú en un bus como este, porque quisiera continuar con el trayecto —interviene amablemente el conductor rompiendo el clima que se estaba creando entre nosotros.

Podría lanzar un agudo comentario al señor conductor, pero en vez de eso opto por la prudencia y decido mostrar más educación de la que él ha mostrado hace unos instantes.

—¿Quieres sentarte conmigo?

David asiente con la cabeza y me sigue por el pasillo hasta los asientos traseros.

—Yo soy Roberta —me presento una vez que me he sentado de nuevo junto a la ventanilla— y no suelo ir vestida así.

—Bonito nombre —dice, probablemente por educación—. Yo soy David. —Está tan nervioso que hasta ha olvidado que ya me ha dicho su nombre. Resulta adorable.

—No lo es, pero gracias. Y encantada. —Le doy unos golpecitos con mi mano sobre la rodilla y él parece ruborizarse ante mi atrevimiento.

—Y lo de «no suelo ir vestida así», ¿por qué lo dices?

—Porque voy de Mel C, la Spice Girl deportista.

—¿Y has perdido al resto del grupo o es que te has independizado?

—Ya era hora de volver a casa. —Hablo intentando no dirigir mi boca hacia él para evitar tumbarle con mi aliento alcoholizado.

—Unos a dormir y otros a trabajar.

—¿Un domingo?

—Sí, los rodajes suelen ser en fin de semana. Soy ayudante de producción en un cortometraje, aunque soy un ayudante de pacotilla, tengo memoria de pez y eso es terrible para este cargo.

—¿Dónde te bajas?

—En Cuzco, ¿y tú?

—Un poco después, en Plaza de Castilla.

—Entonces tenemos tiempo para charlar un rato —dice con una media sonrisa, y sonrío con él, en perfecta sintonía.

David resulta ser no solo un chico mono y torpe, sino que además es bastante interesante. Me habla de los cortometrajes en los que ha colaborado y de su deseo de poder llegar a trabajar en algún proyecto grande e importante, para seguir creciendo como profesional en el sector, y además ganar dinero con ello, puesto que hasta el momento todo son colaboraciones por amor al arte.

Inmersa en la interesante conversación casi olvido que la siguiente es su parada y, teniendo en cuenta que el conductor es un troglodita, debería darme prisa en pedir a David su teléfono. Pero él se adelanta a mis intenciones, aunque con cierta dificultad. Un sinfín de palabras inconexas comienzan a atropellarse en su boca y durante unos segundos disfruto haciéndole sufrir, observándole atentamente con cara de absoluta concentración, como si no supiese qué pretende decir. Aunque lo sé perfectamente. Al fin decido ayudarle, porque no parece que solo vaya a salir del atasco verbal. Le sonrío con ternura, como quien ve un cachorrito caminando torpemente, y le pido un bolígrafo. Él rebusca en su mochila de *Star Wars* hasta encontrar uno, con la tapa mordisqueada, y dármelo. Cojo su brazo y comienzo a escribir mi teléfono. Sé que hubiese sido más sencillo decírselo y que lo guardase en su agenda del móvil, pero de este modo es más especial, al menos eso quiero creer. Ya bastante que se ha perdido la tradición de enviar cartas escritas de puño y letra.

—Procura que no se te borre.

—Descuida.

Se baja del autobús y me quedo pegada a la ventana para verlo marchar. Él camina mirando hacia atrás para no perderme de vista y choca contra una farola. Mientras le veo frotarse la cabeza, sonrío, o más bien me río, y él me devuelve la sonrisa. Es tremendamente torpe y más peligroso que Stevie Wonder con una recortada, aunque encantador. El nocturno arranca y yo con él y con un suspiro escapando de mis labios, de esos de película romántica. Cruzo los dedos para que no se caiga en una piscina de acetona y se le borre mi número del brazo, porque, sí, estoy deseando que me llame. Quiero olvidarme del chico misterioso, quiero algo que pueda ser real. Este podría ser mi *Serendipity*.

De camino a casa recibo un mensaje que me pone una sonrisa de oreja a oreja. Me ha escrito antes de tener cualquier accidente con la acetona y dice que lo mejor de su domingo laborable ha ocurrido ya: conocerme.

7
Una primera cita

Durante la última semana los mensajes de whatsapp entre David y yo no han cesado. El móvil se ha convertido en una prolongación de mi mano, pero ninguno de los dos se había lanzado a proponer la primera cita. Hasta hoy. Y lo más encantador de todo es que ha sucedido al mismo tiempo. Como si nuestras mentes se hubiesen conectado y leído nuestro deseo mutuo, yo he escrito un «me gustaría volver a verte» y, en el preciso instante en el que he pulsado el botón *enviar*, he recibido por su parte un «quiero verte de nuevo».

Hemos acordado vernos en La Latina, frente a la puerta del teatro a las ocho de la tarde. Y por cierto, con lo de «las ocho de la tarde» recuerdo la alarma que me puse al día siguiente de nuestra fiesta Spice Girl y, sí, fue el primer trío que Sara se montaba y por lo visto fue una experiencia cuanto menos curiosa, a lo que Alicia contestó muy amablemente con un «menuda guarra estás hecha». Pensando en mis amigas, lo primero que hago es avisarlas de que este sábado no pueden contar conmigo y recibo un montón de emoticonos con ojitos de corazón y la promesa de que contaré todo con pelos y señales en cuanto llegue a casa. Por alguna extraña razón, mientras me visto y pienso en el encuentro que tendrá lugar en escasas dos horas, mi imaginación sitúa ante la puerta del teatro al chico misterioso en vez de a David. Intento borrar esa imagen de mi cabeza y centrarme en lo importante, en lo real, centrarme en que esta vez puede que la suerte esté de mi parte y David sea esa persona que estaba esperando. Pero tampoco quiero ilusionarme demasiado antes de tiempo, porque si subo mucho a las alturas, la caída resulta más dolorosa después.

Llego puntual a mi cita y, entre la muchedumbre que se aglomera frente a la puerta del teatro, le veo. Inconscientemente miro sus pies y me alegra comprobar que esta vez lleva unas Converse negras y no unas sandalias cangrejeras. Un punto más para él y otro por haber llegado a la cita antes que yo.

—Qué guapa estás —dice tímidamente recolocándose las gafas en el puente de la nariz. Un gesto que empieza a generarme una ternura muy tonta.

—Hoy vengo de persona normal. —Es lo único que acierto a decir. Es algo habitual en mí, no sé qué responder exactamente cuando alguien me piropea y menos aún cuando ese alguien puede ser algo más que un simple alguien.

—No me parece que seas solo normal, eres especial.

—Aún no me conoces.

—A eso he venido. A certificar mi sospecha.

Durante más de cuatro horas recorremos los bares de la Cava Baja intentando hacernos hueco entre el gentío. Entre tapa y tapa, acompañadas con buen zumo de cebada, David me habla de su trabajo como ayudante de producción y me promete que, algún día, me llevará a un rodaje para que pueda vivirlo de cerca. Me entusiasma la idea de conocer ese mundo que tanto le apasiona. Él estudió Publicidad en la Universidad Rey Juan Carlos y se especializó en Diseño Web, que es lo que le permite subsistir trabajando como *freelance* para varias empresas. Me enseña algunos de sus diseños y con ello me demuestra que tiene un gusto exquisito. Las páginas son armoniosas y elegantes, bien distribuidas y muy intuitivas. Pero su mundo es el cine y piensa seguir luchando. Me emociona su entusiasmo, su positivismo y su inconformismo. Ha encontrado trabajo en su sector y podría plantarse ahí, pero tiene sueños más elevados y quiere seguir apostando por ellos. Eso le hace ganar muchos más puntos y me anima a pedir otra cerveza para brindar por su buena suerte y el camino al éxito. Inevitablemente, llega la pregunta que en algún momento tenía que abrirse camino, ¿a qué me dedico yo? Periodista de formación y trabajando con mi padre en la empresa familiar. Por suerte no indaga más en el tema y lo agradezco, en nuestra empresa todo es demasiado confidencial como para poder explayarme. Pero sí me hace una pregunta que quizá nadie me había hecho hasta este momento, «¿has alcanzado tus sueños?» Medito durante unos segundos y la respuesta es afirmativa. Tal vez mis sueños no son tan elevados como los suyos. ¿Conformismo? No lo creo. Soy feliz trabajando codo con codo con mi padre e intentado cumplir la máxima de mi abuelo Narciso; aunque a veces resulta duro y escalofriante, es gratificante saber que hacemos un bien a la sociedad. Un bien callado. Un bien oculto.

Cuando la música cesa en el último local abierto de la Cava Baja y las luces se apagan invitándonos a marcharnos a nuestra casa, presiento que la interesante cita con David ha llegado a su fin. Pero, por fortuna, me equivoco. Él tiene un as en la manga.

—¿Querrías venir a un sitio conmigo?

—¿Dónde? —pregunto curiosa.

—Periodista, no me respondas con otra pregunta.

Asiento efusivamente y él tira de mi mano en dirección a no sé dónde. Y así, de una forma tan sencilla, siento cómo otro punto se suma a su cuenta, porque si hay algo que me gusta son las sorpresas, el misterio, lo inesperado. Y me doy cuenta que durante todo este tiempo junto a David no he pensado en nada ni en nadie más. No he pensado en el chico misterioso. Salvo ahora. Ya, Roberta, para. Y paro. Paro porque de manera absolutamente espontánea y en mitad de la calle, David frena en seco, sujeta mi cara entre sus manos y me besa. Ahora sí que sí, ya no hay nada más, solo él y yo y ese primer beso. Y un claxon. Sí, un maldito claxon cuando tenían que haber sonado violines o la banda sonora de *La dama y el vagabundo*. Salgo de mi obnubilación y experimento un odio repentino hacia el tipo del coche que agita las manos desesperado como si no pudiese esperar unos minutos a que terminásemos de besarnos. La gente en Madrid tiene mucha prisa y, aunque no lo he verificado, estoy convencida de que Madrid es una de las capitales con mayor número de infartados por estrés. Aunque por suerte no estamos en Roma, allí directamente nos habrían atropellado.

Bajamos caminando de la mano hacia Puerta de Toledo, mirándonos furtivamente como dos adolescentes enamorados. La escena es preciosa hasta que David choca contra un parquímetro. Por suerte el golpe ha sido leve y su nariz y sus gafas siguen intactas. Intento contener la risa, pero él me anima a reír abiertamente y me avisa de que debo ir acostumbrándo-

me a su torpeza que, por lo visto, es innata e inevitable. Me apunto mentalmente evitar deportes de riesgo junto a él o cualquier otra actividad donde
la torpeza pueda ser sinónimo de muerte absoluta e irreversible.

Después de veinte minutos caminando y con el deseo de volver a besarle de nuevo sin claxon ni otros imprevistos, llegamos a una zona residencial. David me indica que hemos llegado al destino. Por un momento
me pregunto si ha tenido la osadía de traerme a su casa en la primera cita.
Le otorgo el beneficio de la duda antes de restarle puntos. Sí, restar puntos, porque, aunque no soy ninguna estrecha, también soy una romántica
y no me acuesto en la primera cita. Tengo muy instalado en la cabeza eso
de «si le das a un hombre todo lo que quiere en la primera cita, perderá
todo el interés». Ya se encargó mi madre de grabarme a fuego esa creencia
casi desde que me salieron los dientes y yo la sigo a pies juntillas. Aunque
he de decir que no me importaría nada echar un polvo con David ahora
mismo aunque fuese junto a un seto o en un portal. Pero no, me guardo
mis instintos primarios y camino de su mano junto a la verja de la zona
residencial. Si abre la puerta y me invita a subir, ya vamos mal.

—¿Te atreves a saltar la verja? —Su pregunta me indica que, o bien
se ha dejado las llaves, o he sido una mal pensada.

—Llevo vestido.

—Prometo no mirar. —Se acerca y me da un beso fugaz en la punta
de la nariz.

Accedo a saltar, pero antes insisto en saber el motivo por el que
vamos a colarnos en una propiedad privada. Su respuesta confirma
que mis suposiciones han sido del todo erróneas. Pero es que jamás de
los jamases habría imaginado que quería dar vida a una de sus escenas
preferidas de comedia romántica, *Notting Hill*.

Se encarama a la verja y salta de forma bastante ágil, cosa que me
sorprende dado su historial: monedas desparramadas, cabezazo con
una farola, placaje a un parquímetro... Y esto teniendo en cuenta que
solo he pasado con él escasas horas. Desde el otro lado me anima a saltar con la promesa de que estará preparado para sujetarme por si algo
sale mal. Asciendo sin problema hacia lo alto de la valla y, una vez arriba, David me indica que puedo dejarme caer. Sin pensarlo dos veces y
sin comprobar el estado de mi vestido y mis bragas, obedezco. En la

breve caída detecto el fallo, el error de cálculo. Las bragas se me han enganchado en un saliente de la verja y, de no ser por la inesperada rapidez de David al estirar los brazos y sujetarme, podría haberme abierto en canal. La imagen me resulta grotesca y la borro de mi cabeza, pero el dolor inguinal me resulta difícil pasarlo por alto. De un modo aparatoso y sin pensar en que podría estar enseñando a David todas mis bondades, suelto mi braga enganchada y caigo en sus brazos, pero como mi peso no es de pluma y David tampoco es Hulk, caemos al suelo.

—¿Te he hecho daño? —pregunto con mi cuerpo aplastándole contra el asfalto.

—Todo en orden. ¿Y tú?

—Las braguitas bien, pero se me han clavado un poco. —Intento quitar hierro al asunto, pero la realidad es que tengo un dolor bastante agudo en la entrepierna.

Ante tal situación, no puedo evitar pensar en que podría haber muerto en el intento, por exagerada que parezca tal afirmación. Hay formas tan tontas de morir y yo he vivido de cerca tantas en mi familia... que me podría esperar cualquier cosa. Y más teniendo en cuenta el alto porcentaje de riesgo que tengo por ser hija de mi padre, cuya familia sabe bien la fina línea que separa la vida de la muerte. Si no, que se lo pregunten a mi tía Laura, la hermana de mi padre. Sí, la que se tiró a la mujer de mi tío Godofredo. Habría que preguntárselo por *ouija* o a través de una médium, claro, porque dejó de estar entre los vivos de la forma más absurda hace casi cinco años. Mi padre siempre hace el mismo chiste al respecto, que de tanto comer almejas en algún momento tendría que comerse una en mal estado. Y así fue. Mi tía Laura era mortalmente alérgica al Propilenglicol, Metilparabeno y Propilparabeno y justo estas tres sustancias formaban parte de la composición del gel hidratante vaginal que usaba habitualmente la mujer de su vecino para combatir la sequedad. Estaba mi tía Laura en sus quehaceres sexuales cuando sufrió una reacción alérgica que le inflamó la garganta y la lengua provocándole la asfixia. Lamentablemente, la mujer del vecino no pudo hacer nada por salvarla, ya que sufría una extraña enfermedad por la que perdía el conocimiento ante situaciones complicadas, violentas o de estrés.

Por fortuna mi momento no ha llegado y rezo cada día porque mi tiempo en la tierra sea longevo. Una vez en pie y recuperados del accidente, David toma mi mano y me guía hacia un banco de madera iluminado por la tenue luz de una farola. En ese momento me pongo a recordar la escena de la película y me doy cuenta de que el primer beso ya ha tenido lugar, así que decido preguntarle qué tiene de especial ese jardín para que merezca el enganche de las bragas y la caída posterior. Es entonces cuando él se acerca a mí y me besa tiernamente, mordisqueando mi labio inferior y deleitándose en mi boca al tiempo que yo saboreo sus labios finos pero suaves y blanditos.

—¿Guardamos este como nuestro primer beso y olvidamos el de antes?

—Sí, mejor. El otro fue demasiado ruidoso. —Me acerco más a él y rodeo su cintura con mis manos para volver a fundirme en sus labios.

Con el aturdimiento de ese primer nuevo beso, nos sentamos en el banco y David me muestra la inscripción que hay en él: «PARA ADELA, que amaba este jardín, de Julio que siempre se sentó a su lado».

—¡Como en la película! —exclamo emocionada.

—Sí, por eso te he traído aquí.

Sentados en aquel banco, único y especial, David me cuenta la historia de Adela y Julio. En ese residencial pasaron sus últimos años. Adela enfermó de cáncer a los setenta años y a los pocos meses falleció. Julio sufrió la pérdida de su gran amor y nunca logró superarlo. El día en que Julio cumplió noventa años recibió de sus hijos el mayor de los regalos. Grabaron ese mensaje en el banco donde sus padres solían sentarse a leer, charlar y disfrutar de su tiempo juntos. Julio pasó el resto de sus días acudiendo a ese banco para estar más cerca de Adela.

—Es lo más bonito que he escuchado nunca —confieso con una lágrima resbalando por mi mejilla—. ¿Cómo sabes esa historia?

—Di clases particulares a uno de los nietos y un buen día, su padre, me regaló su historia. Quería compartirla contigo.

—Gracias.

Me acurruco en su hombro y pasamos un buen rato en silencio disfrutando de la noche y de este lugar lleno de encanto y amor eterno.

8
Escapada

Como flotando en una especie de nube rosa con purpurina —sí, así de pomposo todo—, espero en la cocina, junto a una humeante taza de café y unas tostadas con tomate natural, la llegada de mis amigas para irnos a pasar el día a Las Presillas, cerca de la sierra de Madrid. Es lo más vacacional que vamos a poder hacer juntas este verano, más allá de las tardes en El Retiro. Durante toda la semana, abrumada por el trabajo y sin poder tomar una mísera cerveza en paz y armonía, estoy impaciente por contarles de viva voz, y en exclusiva, mi historia con David. Me he mostrado bastante reacia a contar nada por whatsapp ni por teléfono a pesar de lo insistentes que se han mostrado todas. A veces me gusta hacerme la interesante. Y de rogar también, todo sea dicho.

La primera en llegar es Alicia, ataviada con un *look* playero de pantalón corto holgado, top y chanclas, un moño desordenado y una mochila más grande que ella cargada hasta los topes. Cualquiera diría que vamos a pasar una semana fuera y no un solo día. Lo primero que hace es detallarme el contenido de su mochila: Tabú, Línea Directa —sí, se ha traído el juego ese de cuando teníamos diez años, el del teléfono rosa que llamas a chicos a ver cuál es el que está por ti—, unas pelucas de colores, gafas pintorescas y un sinfín de cosas que no alcanzo a comprender. Una vez me ha informado del contenido del macuto, se prepara una taza de café para acompañarme y muerde una de mis tostadas, no sin antes rogarme y suplicarme para que le cuente todo lo sucedido con David, bajo amenaza de muerte, además de la firme promesa de hacerse la sorprendida cuando se lo cuenta a Sara y Andrea. Mantengo la consistencia en mi compromiso de esperar a estar todas reunidas para contar la película, porque hasta el momento eso parece, una auténtica película. Y ya más allá de hacerme la interesante y generar expectativas es por no tener que contar la misma historia dos veces que, aunque bonita, cansa.

—Venga, coño, que me tienes toda la semana en ascuas, que yo me hago la loca, te lo juro. —Ali sigue insistiendo acompañando sus plegarias con esporádicos empujoncitos que me hacen atragantarme con la tostada—. Ves, el karma, al final te ahogas por cabrona testaruda.

Por fin suena el timbre y aparecen las dos que faltaban. Sara con un vestido vaporoso de flores y Andrea con una camisola amarillo fosforito y dos trenzas decoradas con unos lazos rosas, en su línea. Alicia se termina el último trozo de mi tostada, cogemos los *tupperware* con la comida y la nevera con las bebidas y nos dirigimos al coche rumbo a Las Presillas. El recuerdo que guardo de este lugar es precioso, mis padres nos llevaron a Paul y a mí hace unos años y pasamos un día estupendo, pero bañarnos poco dado que el agua estaba que cortaba el cutis. Recuerdo la primera impresión cuando me metí y sentí que se me congelaba la sangre y hasta las neuronas. Espero que no sea más que un recuerdo acentuado por el paso del tiempo, porque con este calor asfixiante pretendo pasar tanto tiempo en remojo como me sea posible antes de terminar como una pasa. Antes de salir coloco en el salpicadero una figura de Meryl Streep, me la regaló mi madre hace un par de días y es estupenda, a pesar de tener un ojo pipa y un extraño color de pelo. Dice que me traerá suerte en la carretera. Las madres, y sobre todo las abuelas, suelen regalar rosarios, meigas gallegas y cosas así para la suerte, no una Meryl Streep con cuello de alambre, pero yo encantada. Ella es mi Dios y en su presencia nada malo puede ocurrir.

Al subir al coche, mis amigas se percatan de la simpática figurita y me miran con extrañeza. No entiendo muy bien el por qué.

—En el salpicadero suele llevarse al Fary, lo sabes ¿no?
—Ali, ¿desde cuándo yo hago lo que hacen los demás?
—Tocada y hundida.

Sonrío satisfecha. Nos colocamos los cinturones, espero a que se termine de abrir la puerta del garaje y arranco. Me sorprende que aún no hayan hecho ninguna pregunta acerca de David, creo que Meryl las ha despistado. Pero no me da tiempo a salir del garaje cuando empieza el aluvión de preguntas y entonces comienzo a contar nuestra historia empezando por la tarde de cervezas en La Latina, la escena *Notting Hill* y continuando con el único día en que pude permitirme una escapada laboral, a mitad de semana, para ver a David y acudir a un rodaje nocturno en el que estaba trabajando. Lo cierto es que fue una pasada conocer cómo funcionan las cosas detrás de las cámaras, nunca había visto nada igual y eso que en la Facultad de Periodismo hacíamos nuestros pinitos audiovisuales en algunas asignaturas como Historia del Cine o Comunicación Audiovisual, pero nada que ver. Aquello era de locos, un montón de gente yendo y viniendo, cada cual metido en su papel y actores esperando, que por lo visto es lo que más hacen los pobres, esperar, y menudo despliegue de medios. El rodaje tuvo lugar en una zona de la Casa de Campo y aluciné viendo la cantidad de aparatos que sacaron de un camión para iluminar la zona y prepararlo todo. Escuchaba palabras que me sonaban a chino, excepto las típicas que todos conocemos como *foco, trípode, claqueta* y alguna que otra más. Pasadas dos horas decidí marcharme a casa, porque David estaba hasta arriba de trabajo en su rol de ayudante de dirección que, según me explicó, consistía fundamentalmente en que los tiempos marcados se cumpliesen a rajatabla, entre otras cosas. Eso sí, fue todo un caballero y me acompañó hasta la parada de metro más cercana. Y, de camino a la estación, tuvo lugar otro de esos momentos peliculeros que temo que algún día terminen, porque estoy empezando a acostumbrarme a ellos.

Pasábamos cerca de una carretera desierta y, en un acto impulsivo y bastante kamikaze, David me arrastró hasta un paso de cebra presidido por un semáforo y se tumbó en el asfalto invitándome a hacer lo mismo. Yo miraba a un lado y a otro de la carretera sin comprender muy bien el motivo por el que había decidido que nos jugásemos la vida tumbados en mitad de una carretera sin saber en qué momento aparecería un coche y nos haría papilla. Entonces empezó a decir que su padre y él iban allí y se tumbaban viendo los cambios de semáforo y ahí lo pillé. Estaba dando vida a una escena de *El diario de Noa,* una de mis películas románticas preferidas, pero lo cierto es que pensé que podría haber escogido otra menos peligrosa y más teniendo en cuenta su habilidad para sufrir accidentes. Aun así, me tumbé junto a él, bastante inquieta y aguzando el oído por si aparecía algún vehículo.

—Nunca has venido aquí con tu padre —afirmé casi convencida.

—Correcto. Es la primera vez que hago esto.

—¿Qué pasa si viene un coche? —dije recordando el diálogo de la película que tantas veces había visto.

—Morirás.

Entre risas nerviosas y con las manos entrelazadas, oí el sonido de un coche viniendo a toda velocidad. Me levanté como un resorte, tiré de David y echamos a correr hacia la acera, pero él, con su torpeza innata tropezó y cayó de bruces golpeándose las rodillas con el bordillo y arañándose las palmas de las manos. En las rodillas le saldría moratón seguro, pero al menos no terminamos mimetizándonos con el asfalto.

—¡Qué bonito! —grita Andrea dando palmaditas y pegando botes en el asiento.

—Sí, podría haberla matado, pero es precioso. —Es la respuesta de la escéptica Alicia—. Esperemos que no le dé nunca por creerse Spiderman, porque lo llevas jodido, chata.

—Mira que eres aguafiestas —replica Sara.

—A ver, a mí también me inquietó un poco la situación, pero el subidón de adrenalina mereció la pena.

—Entendedme. No pretendo ser aguafiestas, pero me gustaría que siguiese viva. Llamadme loca. —Alicia me indica que tengo que girar a la derecha—. Espero que al menos se parezca a Ryan Gosling.

—En nada. Pero es muy mono. Ya le conoceréis.

Después de la escena del semáforo y de habernos salvado por el pelo de una gamba de ser atropellados, llegamos al metro y nos despedimos en los tornos. Nada más llegar a casa, recibí un mensaje suyo disculpándose por no haber podido dedicarme toda la atención que merecía y esperando que hubiese llegado sana y salva. Mi madre intentó hacerme un tercer grado cuando aparecí a las doce de la noche, puntual como Cenicienta, puesto que sabía que no había estado con las chicas y que mi trabajo no se había alargado tanto tiempo. Le conté una verdad a medias, le dije que había ido de espectadora al rodaje de un cortometraje al que me había invitado un amigo de la universidad, pero obvié el dato de que a ese falso amigo de la universidad en realidad le conocí en un autobús. También omití la parte del semáforo, porque a mi madre le habría dado un síncope, pero las madres no son tontas y en su fuero interno ella sabía que había algo más que no estaba contando, aun así decidió darme margen hasta que considerase oportuno hablar de este nuevo amor. Dadas mis anteriores experiencias, había optado por la prudencia de no crear cuentos de hadas antes de tiempo. Y una semana no era tiempo prudente, ni aunque el inicio estuviese siendo digno de una novela de Nicholas Sparks.

—¿Estás enamorada? —pregunta Sara desde el asiento trasero, apoyando su mano en mi hombro.

—Aún es pronto para eso. Digamos que estoy ilusionada —respondo mirándola por el espejo retrovisor.

—Mejor es que digan aquí huyó fulano que aquí lo mataron —añade Andrea con una piruleta en la boca.

—Anda, mira, ese no lo había oído nunca. Muy bien, mona, renovando el refranero. —Alicia estira el brazo hacia atrás para dar una palmadita a Andrea en la pierna e, inmediatamente, clava sus ojos en mí.

Detecto su mirada silenciosa por el rabillo del ojo y le lanzo la pregunta que está esperando para poder lanzar ella la suya. Una pregunta que me huelo perfectamente viniendo de mi amiga más directa, árida y especial. Especial en el buen sentido de la palabra, siempre.

—¿Qué?

—Me parece todo precioso, excepto el riesgo de muerte, y estoy de acuerdo con Andrea, por raro que parezca, en lo de ser prudente, pero aquí al tomate, ¿habéis follado?

Mi negativa es rotunda. Y ella niega con la cabeza advirtiéndome de la importancia de probar la mercancía antes de enamorarme. A lo que yo le respondo que no soy de las que se acuestan en la primera cita, dato que conoce más que de sobra aunque se empeñe en cambiarme, y recalco de nuevo que no estoy enamorada. Pero ella insiste.

—Ya van dos citas. A la tercera testeas el producto. Prométemelo.

—No pienso prometerte eso.

—Pues no juegas al Línea Directa. —Es la amenaza de Ali.

Por fin llegamos a Las Presillas y, viendo la cantidad de coches que se amontonan en el parking, sospecho que vamos a estar más apretadas que sardinas en conserva. Desplegamos nuestras toallas en uno de los pocos huecos que quedan libres en el césped, nos deshacemos de nuestros atuendos y corremos como locas hacia al agua, de la mano y saltando sin pensar. ¡La virgen, está tan fría como recordaba!

Después de dejar los *tuppers* con ensalada de pasta más limpios que una patena y de dos horas jugando al Línea Directa y media haciéndonos fotografías con las pelucas y las gafas horteras que Ali ha traído en su macuto, recogemos el campamento para volver de nuevo a la contaminación del centro de Madrid. Ha sido una buena tarde y felicito a Alicia por habernos devuelto durante un día a la adolescencia más tierna y encantadora. Veo cómo mi amiga se infla de orgullo y capturamos una última imagen de las cuatro antes de subir al coche, con caras apenadas por el fin del día libre.

9
Otra película

A mediados de agosto el calor aún es insoportable. Por fortuna, hoy me ha tocado día de oficina para revisar algunos casos pendientes y archivar los ya ejecutados. A la hora de comer mi padre me ofrece tomarme el resto de la tarde libre y yo acepto su invitación de buena gana.

Al entrar en casa recibo en las narices el delicioso olor de una lasaña recién hecha y el estómago se me pone contento. Hacía tiempo que mi madre no preparaba su deliciosa lasaña de setas y trufa blanca tan inmersa como está en el trabajo.

—¿Dónde está Paul? —pregunto. Las ausencias de mi hermano siempre se hacen palpables.

—Ha ido a pasar el día a casa de un amigo, a la piscina.

—Esperemos que no haga alguna de las suyas —le digo entre risas hincando el diente a la ansiada lasaña—. ¡Au!

—Cuidado, Roberta, no seas ansiosa, acabo de sacarla del horno.

—Doy fe de ello —confirmo pasándome el dedo por la punta de la lengua dolorida.

Cojo el móvil y escribo a David para informarle de mi tarde libre. Su respuesta no tarda en llegar. Entre infinitas exclamaciones se alegra de ello, porque así puede llevarme a un evento especial al que pensaba acudir con un par de amigos. Mi madre protesta por no soltar el móvil mientras como, a lo que yo respondo, como es habitual en mí, que para eso me hizo con dos manos y mujer.

David me informa de que pasará a recogerme a casa a las cinco y media de la tarde, tiempo suficiente para que me dé tiempo a echarme una siesta. Adoro las siestas y pocas veces tengo oportunidad de disfrutarlas, pero hoy es mi tarde libre y pienso aprovecharla al máximo. Un gusanillo de felicidad me recorre de pies a cabeza y se manifiesta en forma de estúpida sonrisa.

—¿Cuándo piensas contármelo? —pregunta mi madre mientras introduce los platos sucios en el lavavajillas.

—Vale. Te lo cuento. —Me acerco a ella por la espalda y tras darle un beso en la mejilla le susurro al oído—: Voy a echarme la siesta.

—Pues yo creo que en esa sonrisa hay algo más que una siesta.

—Conmigo no intentes ejercer de psicóloga —le advierto risueña y me dirijo al trote hacia mi habitación para llevar a cabo mi merecida siesta de pijama y orinal, como las llama mi abuela Isabel.

Suena el despertador y, con la baba empapando la almohada, me incorporo de un salto, desorientada. Necesito unos segundos para pensar en qué día vivo, si es mañana o tarde y por qué motivo ha sonado el despertador. La lucidez me vuelve de golpe y recuerdo que en cuestión de treinta minutos David pasará a recogerme. Teniendo en cuenta su pasión por las películas, espero que no venga a recogerme en una calabaza con ratones al volante. Selecciono la ropa que voy a ponerme, casual y cómoda y me meto en la ducha a toda prisa para volver al mundo de los vivos. Por fortuna mi madre ya se ha marchado al trabajo, mi padre continúa en la oficina y Paul está chapoteando en la piscina de un amigo, por lo que no habrá moros en la costa y no tendré que esquivar preguntas curiosas ante el apuesto caballero andante que viene a recogerme.

Suena el timbre y salgo escopetada. Para mi sorpresa lo que me espera fuera no es un caballero andante sino un tipo que parece David vestido de traje y con una calva redonda y brillante como una bola de billar.

—Corre, entra y ponte esto. Creo que es de tu talla.

Sin apartar los ojos de la calva que me tiene algo confundida, cojo la bolsa que me tiende y camino marcha atrás dudando entre obedecer o encerrarme a cal y canto en casa y avisar a la policía.

Al abrir la bolsa descubro una peluca rojo fuego y lo que parece un mono de cuero verde y amarillo confuso. Lo de cuero es ser muy optimista, en realidad es plástico puro y, teniendo en cuenta el mes en el que estamos, sospecho que poniéndome esto voy a criar sabañones ante la falta de transpiración. Entonces empiezo a asociar ideas y *X-Men* viene a mi mente. Al final, por alguna extraña razón que no alcanzo a comprender, me quito la ropa y me enfundo en el traje de plástico y la peluca. A los dos segundos empiezo a sentir cómo mi cuerpo deja de respirar y me temo que, cuando el calor avance y los goterones comiencen a florecer, voy a estar de todo menos sexy. Salgo cabizbaja de mi casa y me meto rápidamente en el coche esperando que ningún vecino me reconozca. Probablemente ha pensado que la idea me encantaría después de haberme conocido vestida de Spice Girl, pero el caso es que aquello era diferente. No solo porque era una celebración de las «no vacaciones», sino que además el atuendo era más apto para el verano. El David calvo que está al volante me besa efusivamente y me asegura que voy a vivir una experiencia única. Lo cierto es que no sé lo que me espera, pero dadas las circunstancias sospecho que no olvidaré esto fácilmente. Y cuando pensaba que no me quedaba más por ver, me giro hacia atrás para dejar mi bolso en los asientos traseros y veo lo que parece una silla de ruedas plegada.

—¿Y esa silla de ruedas? —pregunto algo alarmada.

—Para mí. Si no, no sería un auténtico Charles Xavier.

Perfecto. No solo lleva una calva brillante, aunque bien ajustada a su tono de piel, sino que además va a ir en silla de ruedas. Poco más puedo decir, ya que al haberme puesto la indumentaria he sucumbido a los deseos de David, que permanece sonriente y asegurándome que me va a encantar la sorpresa. Subo el volumen de la música para evitar hablar, porque de la impresión me he quedado muda, y, mientras tanto, un extraño sentimiento empieza a tomar forma en mi interior. Un sentimiento contradictorio entre «me gusta mucho este chico» y «no sé si debería decirle que a veces uno tiene que vivir su propia vida sin intentar que cada segundo sea una superproducción cinematográfica». Lo que está claro es que, cuando les cuente esto a las chicas, van a tener material para reírse de mí durante esta vida y dos más.

—Estás guapísima —dice David elevando su tono por encima de la música.

Sí, preciosa, criando criaturas extrañas debajo de este mono plastificado y con las bragas metidas por el culo. Con un mono azul de mecánica, grasa por todo el cuerpo y el pelo cardado estaría más provocativa. Es lo que me gustaría decir, pero por suerte proceso las palabras en mi mente antes de hablar y simplemente digo «gracias».

Llegamos a Kinepolis y David me informa, con su sonrisa de oreja a oreja, que vamos a hacer una maratón de *X-Men*. Es decir, la primera, la segunda, *La decisión final*, *Primera generación* y *Días del futuro pasado*. Ante esto yo solo puedo pensar que menos mal que me he echado la siesta y que espero, por mi salud sobre todo, que el cine tenga el aire acondicionado a todo meter como suele ocurrir en verano, que, si no llevas chaquetita de por si acaso, terminas modo pingüino. En el maratón de *X-Men* solo vamos disfrazados David, sus dos amigos y yo, lo que provoca que no pasemos desapercibidos y que, además, la gente nos pare para hacerse fotos con nosotros. Y yo allí, con mi cara de póker rezando por no encontrarme a nadie conocido y empujando la silla de ruedas de David.

Una vez terminada la sesión y con la necesidad de llegar a casa y echarme lágrimas artificiales para volver a hidratarme los ojos, me despido de David con una extraña sensación en el cuerpo y sin ser capaz de decirle que lo de las películas está muy bien, pero en pequeñas dosis. Yo no soy de las que rompen las ilusiones de las personas y él está tan entusiasmado que me parece cruel expresar mi opinión, así que le beso con ternura, cerrando los ojos para no ver a Charles Xavier sino a David, con sus gafas de pasta y su pelo alborotado, y me pierdo en sus labios para recuperar todo lo anterior y borrar los malos pensamientos. Total, todo lo anterior fue idílico y quizá esto haya sido una excepción. Quizá la próxima película sea *Titanic* y haremos el amor en un coche antiguo empañando los cristales —aunque sin hundimiento, por favor—. Al fin y al cabo el amor es así, ¿no? A veces tenemos que pasar por cosas que no nos agradan, porque por mucho que encajes con una persona siempre habrá algo en lo que no se coincida, nada es perfecto. Mientras me convenzo de lo estúpida que he sido, me enfado conmigo misma por haber recibido con tan poca ilusión lo que David ha preparado con tanto cariño. Lo cierto es que ha sido bastante desconsiderado por mi parte no haberle agradecido el esfuerzo por haberme comprado el disfraz de Jean Grey. Me doy un toba como castigo antes de meterme en la cama, después de haberme dado una ducha refrigerante, y le mando un mensaje para agradecerle el detalle. Mañana será otro día, ¿de película? Quién sabe...

10

Que la fuerza te acompañe

La luz de la mañana del mes de septiembre comienza a atravesar las persianas de una habitación decorada al más puro estilo friki de *Star Wars*. Paredes colapsadas de pósters de R2D2, C3PO, Luke Skywalker, la princesa Leia y demás personajes que desconozco en su mayoría; sábanas negras con la cara del maestro Yoda estampada en el centro y una frase impresa en la funda de la almohada que reza «HAZLO O NO LO HAGAS, PERO NO LO INTENTES»; estanterías plagadas de figuritas de todos los tamaños, una alfombra negra con la forma de la cabeza de Darth Vader y una extensa ristra de accesorios frikis que hacen de la habitación todo un templo de adoración a la creación de George Lucas.

Ronroneo perezosa y me coloco boca abajo para seguir durmiendo un rato, pero el brutal ruido de un cuerpo humano cayendo al suelo me hace abrir los ojos como platos. David, en su línea de torpeza, gruñe desde el suelo frotándose el tobillo izquierdo con énfasis.

—¿Estás bien? —pregunto con un bostezo a punto de brotar. Después de casi tres meses de caídas y sobresaltos, empiezo a no alarmarme ni preocuparme cuando ocurren cosas tan habituales como esta.

Él asiente con la cabeza y me lanza un beso fugaz.

—¿Te has tropezado con un hilo? —bromeo—. Lo de que uses casco a diario no es una idea tan descabellada, David.

Se ríe tímidamente y se coloca el pelo alborotado con los dedos. Se incorpora, camina hacia la puerta y se da media vuelta cuando llega al umbral.

—Es que es día trece. Ya sabes, el de la mala suerte —se justifica.

—Claro. Solo que para ti todos los días son trece. —Me arrebujo de nuevo bajo las sábanas y me estiro—. ¿Dónde vas tan temprano?

—Iba a preparar el desayuno y llevártelo a la cama por sorpresa, pero ya lo he estropeado.

Salto de la cama y voy hacia él. Le rodeo con mis brazos y le miro directamente a los ojos.

—Eres un encanto, ¿lo sabes? —le digo mirando hacia otro lado para que mi aliento matinal no impacte directamente contra su cara—. Voy a lavarme los dientes y te ayudo con el desayuno, no sea que se te atasquen los dedos en la tostadora o cualquier otro accidente de esos que tanto te gustan.

—¡Qué mala eres! —Me da un leve cachete en el culo y se dirige hacia la cocina.

Después de lo sucedido con Alberto, el del ataque de mixomatosis, no había vuelto a estar con nadie. Al igual que Bridget Jones se propuso no volver a establecer lazos afectivos con alcohólicos, adictos al trabajo, megalómanos y demás, yo me había prometido no volver a establecer ninguna clase de vínculo que pudiese trasladarme, inevitablemente, al lazo emocional con hombres del tipo: raro, de mentalidad incompresible, idiotas y/o gilipollas.

Pero cuando conocí a David en aquel autobús, todo cambió. Le di la oportunidad porque, sin duda, era distinto a cualquier tío que hubiese conocido hasta el momento.

Aunque no lograba quitarme de la cabeza al chico misterioso... No era algo continuo, solo de manera intermitente, pero ahí estaba. Anidado en mi cerebro, en mi cuerpo y en mis sueños. Pero pasaría. No había nada que me atase a ese amor platónico como para no poder olvidarlo algún día. Nada, ni siquiera un nombre. Me decía una y otra vez que ese momento llegaría, el momento en que no habría más pensamientos en torno a él y ya no tendría que preocuparme por nada, solo por vivir este nuevo amor al que había decidido brindar una oportunidad.

Y después de los tres meses que he pasado con David, sigo creyendo que mereció la pena saltarme la promesa que me había hecho. Pero de todos modos, como más vale prevenir que curar, aún ando con cautela. Nunca se sabe cuándo pueden sorprenderte.

Salgo del cuarto de baño con aliento fresco y oigo a David desde la cocina hablando solo con una tostada que se le ha quemado. Veamos, es probable que raro sea un poco, pero ¿quién soy yo para juzgarle teniendo la familia y amigos que tengo?

Y hablando de familia, mañana da comienzo la temporada de comidas familiares un sábado al mes. Temporada que arranca en el mes de septiembre y dura hasta el mes de junio. En julio y agosto hacemos un parón, ya que es más complicado reunirnos a todos por el tema de las vacaciones y, si hay algo imprescindible en estas comidas, es que no puede faltar ni un solo miembro de la familia. Bajo ningún concepto. Ya puedes estar con los delirios propios de una fiebre de más de 40º, al borde de la muerte o con la lepra más extrema, que no puedes faltar a la comida familiar. Da igual si los delirios te hacen imaginar que la abuela Isabel es un centollo que habla en latín o si la lepra hace que se te caigan los dedos y se conviertan en canapés de entrante. Da igual, de cualquier modo, no puedes faltar a la comida familiar.

La ventana de la cocina está abierta de par en par para ventilar el olor a tostada quemada. Es una cocina de lo más histriónica, con azulejos verdes y naranjas hasta media pared y de mitad hacia arriba, flores pintadas sobre una pared amarillo limón, ambas mitades separadas por un ribete marrón. Por fortuna, los muebles no son de colorines, sino de madera y acero.

La primera vez que David me invitó a su casa, a finales de agosto, aprovechando que sus padres se habían marchado —como en esta ocasión— a pasar el fin de semana a Tembleque, un pueblecito de Toledo donde viven los abuelos maternos, me enseñó la casa y lo primero que hizo fue aclararme que la decoración de la cocina había sido cosa de su madre. Supongo que intentaba recalcar que él no había tenido nada que ver en ese atentado contra el buen gusto. Yo no hice ningún comentario, únicamente entrecerré los ojos para no sufrir un desprendimiento de retina, pero pensé que, si su madre era igual de pintoresca a la hora de escoger su vestuario, debía de parecer un cuadro de Picasso con piernas.

Sobre la mesa, dos cafés con leche humeantes, un plato con cuatro tostadas untadas con tomate natural, un recipiente con sal y una botella de aceite de oliva virgen. Me siento en la silla situada en el extremo de la mesa más cercano a la ventana, cojo una tostada y le doy un gran bocado. Estoy hambrienta.

David se sienta en el otro extremo y se queda mirándome en silencio.

—¿Por qué me miras así? —le digo, con la boca aún llena.

—Porque no sé si sabes que eres la primera chica que entra en mi casa y duerme en mi cama —confiesa. Se sujeta los puños de las mangas de la camiseta del pijama, de *Star Wars*, y los arruga en los puños con nerviosismo.

—Oh. Pues... ¿gracias? —Tal vez esa no es la respuesta más acertada, pero realmente me ha pillado desprevenida y no encuentro nada más ingenioso que decir.

—Quiero decir, no he estado con ninguna chica así, como contigo. Ni tampoco había estado con una chica que no lo sepa todo acerca de *Star Wars* —dice con una seriedad un tanto preocupante.

Le doy otro bocado a la tostada y le miro fijamente con expectación. Si tengo que decir algo, no sé qué es. Así que opto por seguir masticando en silencio. Cierto es que hasta el primer día que entré en su casa, no había descubierto hasta qué punto era friki de *Star Wars*. De hecho, si hubiese tenido a Charles Xavier en sus sábanas no me habría sorprendido, después de aquel intensivo con disfraz incluido.

David se levanta de la silla, camina hacia mi lado de la mesa y se pone de rodillas junto a mí. El miedo empieza a florecer en mi interior. ¿Qué quiere?

—Solo digo que esto es diferente para mí y eso es bueno. —Apresa mi mano derecha, la que queda libre de tostada, entre sus manos y mi miedo aumenta de velocidad—. ¿Puedo hacerte una pregunta?

—Esto... Verás, no sé muy bien, bueno sí sé, pero ahora que tú, que yo, que me gustas, pero... —Las palabras se me atropellan unas con otras. No puede ser lo que estoy pensando que es, y no quiero adelantarme y quedar como una inepta, pero es que tiene toda la pinta.

Se pone en pie, sale de la cocina y me deja allí tartamudeando palabras inconexas. Vuelve a los diez segundos con las manos detrás de la espalda, muy probablemente sujetando algo entre ellas. Oh, no. Demasiadas casualidades: nerviosismo, soy la primera chica que trae a su casa, soy diferente para bien, se arrodilla, me toma de la mano, viene con algo escondido tras la espalda...

La sirena del peligro comienza a martillear mi cabeza. Quiero decirle que no voy a casarme con él antes de que lo pregunte, quiero saltar por la ventana y huir, sin embargo, estoy paralizada.

—¿Te pondrías esto para mí? —suelta por fin.

Saca las manos de detrás de la espalda y veo lo que escondía en ellas. Una diadema con lo que parecen dos ensaimadas de pelo a cada lado. Le miro de hito en hito y cojo la diadema.

—Póntela —me indica sonriente.

Dubitativa cojo la diadema y la deslizo por mi pelo. Las ensaimadas me cubren las orejas y me siento tremendamente confundida, además de ridícula.

—Ahora eres mi princesa Leia.

Definitivamente sí, queda confirmado, es muy raro. Yo adoro a Meryl Streep, pero no le haría disfrazarse de ella. No le traería un peto vaquero y una peluca rubia y le pondría a cantarme canciones de *Mamma mía*. Pero lo cierto es que es muy mono, es un buen chico, y si le hace ilusión que me ponga una diadema de ensaimadas, bueno, puedo ponérmela. Después de ir en pleno agosto con un mono de plástico y una peluca, esto no puede ser peor. Cada cual tiene sus manías, ¿no? Hay gente que tiene que comer siempre en el mismo lado de la mesa —lo que ellos llaman «su sitio»—, gente que ordena la ropa por colores en el armario, gente que duerme desnuda en cualquier situación y con cualquier persona porque les molesta el pijama, y un largo etcétera. Y a David le gusta el peinado de la princesa Leia. Tampoco es que me haya pedido matrimonio... Aunque como quiera que, a partir de este momento, follemos con la diadema puesta, no sé cómo de cómoda voy a estar y no sé cómo de bien voy a tomarme esta peculiaridad suya.

Desayunamos en silencio viendo las noticias. Porto en mi cabeza la dichosa diadema y él se muestra entusiasmado al verme con ella. David no es demasiado hablador y yo me he quedado bastante muda.

Mientras le doy el último sorbo a mi taza de café, oigo mi teléfono sonar insistentemente en la habitación de David. Es mi madre. Espero que no llame para preguntarme cómo me ha ido la noche lujuriosa con David. Más que nada porque de lujuriosa ha tenido bien poco, dado que se quedó dormido en el sofá mientras me daba una ducha y tuve que llevarle medio arrastras a la habitación. De haber intentado algo con él en ese estado de inconsciencia, podría haberse considerado violación.

Desde que cumplí los diecisiete años y tuve que ir al ginecólogo tras haberme desvirgado malamente en el granero del abuelo de un amigo de la infancia, mi madre empezó a interesarse por mi vida sexual. Y cuando digo interesarse, no me refiero solo a las típicas preguntas de madre: «usas siempre protección, ¿verdad?», sino a preguntas del tipo *«¿y cómo la tiene?».* Al principio me resultaba bastante incómodo comentar estas cosas con mi madre, luego me di cuenta de que era una privilegiada al poder hablar abiertamente de sexo con ella, fuente de experiencia y sabiduría.

—Buenos días hija, ¿vas a venir a comer?

—No, mamá. He quedado en ir a comer a casa de Alicia —informo. Y es cierto, nunca miento a mi madre, bueno, en alguna ocasión mentiras piadosas, pero por mera protección y para evitar el tercer grado cuando aún no estoy preparada para ello.

—Vale. Entonces no preparo nada. A tu padre le ha surgido un encargo de última hora en Valladolid, muy bien pagado por cierto, y se ha ido cagando leches. —El broche final a su frase me pilla por sorpresa; mi madre no suele usar esa clase de expresiones—. La cosa es que voy a aprovechar para llevar a tu abuela a una exposición en la embajada griega.

—¿*Cagando leches?* ¿Y esa forma de hablar, de dónde la has sacado? —La curiosidad me carcome.

—Al venir de yoga me he cruzado con un hombre que me ha recordado mucho a Roberto. —No necesita explicarme nada más, conozco toda la historia de principio a fin—. Me ha entrado la melancolía y he estado viendo vídeos de mis años en la universidad. En todos ellos salía Roberto. Éramos culo y mierda. —Percibo lo escatológica que está siendo la conversación sin tener nada que ver el tema con ello, aunque, pensándolo bien, es un poco violento que mi madre continúe teniendo en la cabeza a Roberto después de tantos años y teniendo en cuenta que está casada con un hombre que parece ser mi padre, Miguel—. Él siempre me llamaba de ese modo cuando quería enseñarme o decirme algo importante y yo no me encontraba cerca de él: «Deyanira, ven aquí cagando leches». —Pone una voz que pretende ser masculina, sin conseguirlo, y se echa a reír.

—Ha sido un buen momento para ver los vídeos aprovechando que papá no estaba en casa, ¿no? —le digo con cierto reproche.

—Roberta, amo a tu padre. Es el hombre de mi vida, de eso no te quepa ninguna duda. Soy feliz con él y, gracias a él también, existís tu hermano y tú. Vosotros sois mi vida. Pero... —Su voz se quiebra y presiento que las lágrimas han empezado a brotar de sus ojos marrones moteados de verde salvaje y ambarino.

—Lo siento, mamá. No tengo ningún derecho a hacerte sentir culpable por revolver de vez en cuando en tu pasado. Es una ley universal, ¿no? Lo de que nunca olvidarás a tu primer amor. Aunque podría haberse llamado Daniel, a mí me habría hecho un favor —bromeo para quitar un poco de hierro al asunto. No soporto oír a mi madre llorar y menos cuando presiento que ha sido mi falta de tacto la que ha provocado sus lágrimas.

—Pero si Roberta es un nombre muy bonito, muy exótico.

—Exótico sería llamarse Papaya, pero Roberta es más... —no encuentro el término exacto—, más de sirvienta del siglo XIX, de las de cofia y delantal.

—Qué tonterías dices. Voy a por tu abuela que ya debe de haber salido de la peluquería. —Se despide y, como siempre, cuelga antes de que pueda añadir algo más.

Mi madre, Deyanira, estudió piscología y, a pesar de no destacar por sus notas (no por su falta de capacidad intelectual, sino por su falta de interés y responsabilidad en aquellos años), a día de hoy es una prestigiosa psicóloga con su propio gabinete privado en la calle Serrano y, en algún momento de crisis, gabinete privado en el salón de nuestra propia casa. Dado el buen trato que otorga a todos sus clientes, atendiéndolos tanto en fines de semana —cuando en realidad su gabinete solo está abierto de lunes a viernes— como a horas intempestivas —tales como las cuatro de la madrugada—, goza de la recomendación de todos ellos y, gracias al boca a boca, su agenda está cubierta de aquí a los próximos seis meses.

Fue en la universidad donde conoció a Roberto. Mi madre siempre ha sido muy sociable y nunca ha tenido problemas para relacionarse con nadie, pero la novedad le da pánico y aquel primer día, cuando entró por las puertas de la Facultad de Psicología en la Universidad Complutense de Madrid, todo era nuevo, hasta ella misma. Empezaba una nueva etapa, en un nuevo lugar, con gente nueva y todo ello le resultaba aterrador. Logró, no sin cierta torpeza, y tras haber dado más vueltas que una peonza por los diversos pasillos y plantas de la facultad, dar con su clase. Entró abrazada a su carpeta, cabizbaja, y se sentó en el primer hueco que encontró libre hacia la mitad del aula. Según ella, no quería ponerse delante para no parecer la empollona de la clase y tampoco quería ponerse atrás del todo por si la encasillaban en el papel de la marginada a propia voluntad. Poco después de acomodarse, a su lado izquierdo se sentó una chica llamada Paloma Delgado que se convertiría en su mejor amiga hasta el día de hoy. Paloma es una cachonda mental que, a pesar de su apellido, pesa más de lo recomendado por su médico, pero Paloma siempre dice que su única salvación supondría su muerte, porque a ella lo único que le engorda es el aire y, por desgracia, lo necesita para vivir. Y a su lado derecho se sentó un chico no muy alto, flacucho, con barba desaliñada y un espeso cabello castaño oscuro cubriéndole la frente y parte de sus simpáticos ojos marrones de largas pestañas. El chico le sonrió enseñando unos pequeños dientes blancos de ratoncillo e inmediatamente se puso a hablar con ella. Ese chico era Roberto. Mi madre no se enamoró de él a primera vista, ni mucho menos, fue en el cuarto año de carrera cuando descubrió que sus sentimientos hacia él iban más allá de la amistad y la *hermanación*, como ellos decían.

Según me contó mi madre, la amistad entre Roberto y ella siempre fue una explosiva mezcla de amor y odio. Paloma siempre le decía que Roberto estaba loco por ella, que no había nada más que ver la relación que ambos mantenían, cómo él la miraba, cómo se crispaba cada vez que salían y algún tío la rondaba, cómo siempre que iban de viaje él buscaba dormir lo más cerca posible de ella. Pero Deyanira siempre decía que todo aquello era fruto de la amistad que entre ellos se había forjado a lo largo de esos años. Años en los que habían disfrutado de las fiestas más locas, de las borracheras más lamentables, de los viajes más increíbles: La Habana, Nueva York, Roma, Ámsterdam, París…, años en los que habían compartido secretos, miedos, dudas, ilusiones, esperanzas, años en los que habían creado una infinidad de recuerdos felices y únicos, pero también años en los que habían llorado juntos y habían superado dificultades que habrían sido más grandes de no haberse tenido el uno al otro.

Cuando en el cuarto año de carrera a Roberto le concedieron el Erasmus para irse un año a Berlín, ella sintió que le arrancaban de cuajo una mitad. Quiso exprimirle como a una naranja durante el tiempo que a él le quedaba en Madrid y así hizo, tanto que más de cuatro días por semana ella dormía en casa de él o viceversa. Mi abuela Isabel, que conocía a Roberto desde el primer año de carrera, decía que era como su hijo adoptivo, pero que consentía el incesto si Deyanira y él decidían jugar en otra base. Roberto siempre reía con estos comentarios de mi abuela y Deyanira, por el contrario, se enfurruñaba. Llegó el día de partir a Berlín; Deyanira fue al aeropuerto a despedirle y, al abrazarle, un torrente de emociones sacudió su cuerpo y rompió a llorar. Ahí fue donde se dio cuenta de que le amaba y le necesitaba, pero no dijo nada. No le parecía apropiado mencionarle que estaba enamorada de él justo cuando iba a subirse a un avión en dirección a Berlín para pasar el que, probablemente, sería uno de los mejores años de su vida. Todo el grupo prometió ir a verle pronto y así fue, pero las circunstancias hicieron que mi madre tuviese que perderse aquella visita. La noche antes del vuelo a Berlín, falleció su abuela materna, a la cual estaba muy unida. Fue un duro golpe para mi madre, más aún teniendo a Roberto tan lejos. Él no pudo ir a verla hasta un mes más tarde, pero estuvo a su lado y fue un gran apoyo todo ese tiempo a pesar de los kilómetros que los separaban.

Roberto volvió definitivamente a Madrid un caluroso mes de junio tras haber aprobado todo con nota en Berlín. Regresó y con él venía una tal Silvia, a la que presentó a todos como su novia. Llevaban juntos desde febrero y por lo visto estaban enamoradísimos. En el preciso instante en el que ella apareció con él, sonriente y pizpireta agitando su larga melena ondulada de color negro zaíno, mi madre sintió morirse algo dentro de ella. Por alguna razón, ambos se fueron distanciando hasta el día en que el teléfono dejó de sonar, el timbre de su casa enmudeció y Roberto desapareció de su vida, pero no de su corazón.

Únicamente volvieron a verse en un par de ocasiones al cruzarse casualmente por el centro de Madrid y en algún evento de esos que se organizan para reencontrarse con antiguos compañeros de la universidad, de los cuales, más de tres cuartas partes de ellos te da exactamente igual volver a ver. Así de cruel y cierto. Pero en todos esos encuentros sus conversaciones fueron de lo más escuetas e insípidas. Conversaciones en las que nadie podría haber intuido que aquellos dos habían sido uña y carne en un pasado no muy lejano, conversaciones en las que ni ellos mismos eran capaces de encontrar a esas dos personas que habían visto anochecer y amanecer juntos desde diversos puntos de la geografía. No ayudaba tampoco que Roberto fuese siempre acompañado de la risueña Silvia, una Silvia a la que mi madre convirtió en objeto de su odio más desenfrenado, aunque bien sabía que Silvia no tenía culpa de que ella hubiese sido una estúpida cobarde que durante años se había negado a sí misma unos sentimientos que, a todas luces, eran reales.

Tuvieron que pasar más de cuatro años hasta que mi madre volvió a enamorarse de otro hombre. Y ese hombre se llamaba Miguel, su primer y único marido. Y mi padre. Él pasó a convertirse en el amor de su vida y Roberto pasó a ser su amor platónico para siempre.

Miguel Lamata entró en la vida de Deyanira Feliz por un atasco de mierda cuando ella tenía veintiséis años. Y me refiero a «mierda» en el sentido literal de la palabra. Así que podría decirse que Paul y yo estamos aquí por la abundante y rígida cagada de la hija de Paloma, Estela. Criatura de tres años y de padre desconocido, ya que fue engendrada en los cuartos de baño, sucios y apestosos, de una discoteca *after* cualquiera, con el garrafón fluyendo por las venas de una Paloma de veintidós años, desatada y lujuriosa, un tío cualquiera entre sus gruesos muslos y un condón pinchado como broche final.

Estela es la niña de sus ojos, pero Paloma siempre dice «manda narices que las hay que son zorras a diario y no les toca ni una ETS de regalo y para un día que me da a mí por ejercer de puta sin cobrar, va y me toca el gordo».

Estela cree que su padre es el actual marido de su madre, Carlos, y padre de su único hermano, Jorge. Carlos es un hombre campechano y bondadoso que disfruta tanto o más que Paloma de la comida. Considero que, por el bien mental de Estela, la mejor opción es que continúe viviendo en la ignorancia. A nadie le gustaría descubrir a sus veintiocho años que tu padre no es quien crees, sino que se trata de un señor, llamémosle X, que se lo hizo con tu madre en estado casi comatoso en los insalubres baños de un *after-hours* de mala muerte.

Era el verano de 1991 y Paloma —sin Carlos, que no tuvo vacaciones aquel año—, la pequeña Estela y mi madre agarraron el macuto y se fueron a pasar una semana a Cádiz. Paloma celebraba que la habían contratado en una clínica privada en el área de psicología médica y que por fin había encontrado a un buen hombre. Mi madre, por el contrario, celebraba su despido del centro de atención psicológica en el que había trabajado los dos últimos años. Y lo celebraba porque la experiencia había sido toda una tortura que a punto estuvo de costarle la salud mental a ella. La pequeña Estela, por su parte, veía la playa por primera vez en sus tres años de vida.

Alquilaron un apartamento con más años que Matusalén en la playa de la Barrosa, se enfundaron en esos bikinis propios de la época —cuya braga subía dos palmos por encima de la cadera— se plantaron la pamela y pasaron una semana tendidas en la toalla, bañándose, haciendo castillos de arena, embadurnando a Estela de crema protectora hasta dentro de las orejas y paseando por la orilla desde que el sol salía hasta que se ponía.

El viejo apartamento no dio problemas graves hasta tres días antes de concluir las vacaciones. La pequeña Estela fue al cuarto de baño, acompañada de su madre, a hacer sus necesidades y atascó el inodoro. Un caso paranormal que, fácilmente, podría ser investigado por Iker Jiménez. «Hoy, en *Cuarto Milenio*, el caso de una niña de tres años que cagó por ti, por mí y por todos sus compañeros.»

El atasco no podía ser resuelto llamando al fontanero dado que era la una de la madrugada y era preciso solventar el problema, porque, para más inri, Paloma estaba con descomposición. Una serie de catastróficas desdichas que se fueron acumulando durante el proceso de intentar arreglar el atasco ellas mismas. Metieron la escobilla para empujar, pero el inodoro hacía curva y no podían introducirla en condiciones. Optaron por utilizar la alcachofa de la ducha (nadie sabe el por qué de aquella decisión) obstruyendo más aún el retrete. La situación podría haberse complicado si, en vez de ir a casa de los vecinos a pedir ayuda, hubiesen continuado metiendo cucharas de palo, sartenes, agujas de hacer ganchillo o a la misma niña.

Y fue con aquel panorama tan poco propicio para el amor cuando mi madre volvió a enamorarse. Entre los tres vecinos que desatascaron amablemente la letrina aquella noche estaba Miguel Lamata, alto, morenazo y varonil, el hombre que derribaría las paredes de un corazón que con el paso de los años había quedado alicatado hasta el techo.

Cuando me estoy vistiendo para marcharme a casa de Alicia, entra David a la habitación, me agarra por la espalda y pega su pelvis junto a mi trasero. Noto su excitación a través del pantalón. Parece que sus hormonas han vuelto a la vida. No pensé que la diadema de ensaimadas pudiese resultar tan estimulante. Una pena que yo no esté por la labor de llegar tarde después de no haber izado la bandera en las casi veinticuatro horas que he pasado en su compañía, contoneándome, rozándole, insinuándome de todas las maneras posibles, sin obtener resultado alguno más allá de un veloz y cauto beso en los labios o comentarios tan poco acertados como «te mueves más que la compresa de una coja».

Llego a casa de Alicia y llamo a la puerta con energía. El clásico timbre blanco, con campanita dibujada y descolorida por el uso, hace más de seis meses que, creemos, pasó a emitir sonidos en un rango de 20.000Hz a 48.000Hz (no perceptible por el oído humano, que solo recoge sonidos de 16 Hz a 16.500 Hz), dado que el único de la casa que se entera si lo tocas es *Colón*, el perro de Alicia. Nadie sabe de qué cruce viene, ni los veterinarios han conseguido descifrar su origen. Lo llamó

Colón porque guarda un siniestro parecido con el descubridor de las Américas. Oigo unos pasos acercándose y rápidamente me echo las manos a la cabeza para confirmar que no llevo las ensaimadas puestas. Bien, todo en orden. La madre de Ali, igual de larga y flacucha que mi amiga, me abre la puerta con un delantal rojo que reza en letras blancas: «Yo cocino, tú friegas». La verdad es que no me importaría tener que fregar los platos, el cocido madrileño que prepara este genio de la cocina bien merece tal sacrificio después del homenaje culinario que vamos a darnos.

—¡Pero qué guapa estás, Roberta, cuánto tiempo! —Me da un fuerte abrazo y me indica que pase al interior.

—Me alegro mucho de verte, Macarena, gracias por la invitación. —Le entrego una botella de vino que he comprado para la ocasión.

—Un barbadillo, ¡qué bueno! —Observa la botella y se la coloca debajo del brazo—. Pero no tenías por qué, cielo, ya sabes que tú siempre eres bienvenida en esta casa, con o sin botella de vino.

—Lo sé, Macarena, pero con vino y cocido la vida sabe mejor.

—Y los pedos, no os olvidéis de los pedos —grita Alicia desde su cuarto situado en la planta superior de la casa.

—Ahí está la fina de mi hija —advierte Macarena—. Sube si quieres, se estaba terminando de arreglar el pelo.

—Vale, ahora mismo bajamos. —Comienzo a subir las escaleras de madera envejecida decoradas con un pasamanos de color bronce.

—Y dile que se dé prisa. Ya está casi lista la comida y luego su padre me da la tabarra a mí si la niña se sienta tarde a la mesa —me informa, a sabiendas de que puede confiar en que la arrastraré a la mesa al primer aviso de que el cocido está preparado, esté en las condiciones que esté. Al fin y al cabo está en su casa, como si quiere bajar a comer envuelta en una hoja de lechuga.

Entro a la habitación de Alicia. El mismo aspecto de siempre, como si un tornado acabase de pasar por allí. Montones de ropa sobre la cama, sobre la silla de cuero blanco y acero, en el suelo, incluso observo que hay un tanga morado colgando de la lámpara negra del techo. Ella está mirándose en el espejo de cuerpo entero del armario, pasándose la plancha del pelo sobre su larga melena rojiza.

—No tienes cara de haberte pasado la noche follando —puntúa nada más verme asomar la cabeza por la puerta entreabierta.

—Muy observadora. —Termino de entrar en la habitación y cierro la puerta tras de mí. Macarena no es tan moderna como mi madre a la hora de hablar de sexo y solo con oír la palabra *pene* se escandaliza. Lo cierto es que no sé a quién habrá salido Alicia, tan descarada, despegada y mal hablada, teniendo en cuenta que toda su familia parecen sacados de *La tribu de los Brady*.

—Voy a tener que darle una charla a David. A mi amiga no se la deja sexualmente insatisfecha como que yo me llamo Alicia Ruiz. —Se da un golpecito en el pecho con la mano libre de plancha y alza la cabeza a modo de indignación—. Tendría que habértelo dejado que no pudieses ni sentarte a la silla.

—¡Ali! —exclamo fingiendo sorpresa ante su vulgaridad. Fingiendo, porque después de tantos años ya estoy más que acostumbrada.

La voz de Macarena anuncia que el cocido ya está servido. Un desfile de chorizo, morcilla, tocino, carne de morcillo, punta de jamón y garbanzos comienza a desfilar en mi cabeza en un escenario que parece la Gran Vía de Madrid al ritmo del famoso pasodoble de Pepe Blanco:

«A mirarte con locura
yo aprendí desde pequeño,
porque tú eres gloria pura,
porque tú eres gloria pura
¡cocidito madrileño!»

11

La comida familiar

Hoy regresan las inviolables comidas familiares. El lugar de reunión es en una casa rural solariega situada en una amplia parcela con piscina, barbacoa y jardines en Estremera, donde mis abuelos se mudaron —llevándose con ellos a Zenón— al poco tiempo de jubilarse en busca de tranquilidad y lejos del agobio propio de ciudades como Madrid. Durante toda su vida habían estado ahorrando concienzudamente con el fin de permitirse comprar una finca en la que poder retirarse. Pero mi madre no consintió que, después de tantos años trabajando como mulas, ambos se apretasen el cinturón hasta el punto de no permitirse un viaje a la playa, salir a cenar fuera, ir al cine o visitar algún museo; así que, mientras ellos ahorraban para su finca soñada, mi madre les suministraba el dinero necesario para ciertos caprichos merecidos. Mis abuelos fueron muy tercos y reacios, en un primer momento, a que mi madre les diese dinero. Pero llegó el día en que ella dejó de preguntar y empezó a dejar sobres en la mesilla de noche de mis abuelos. No funcionó. A los pocos días, el sobre intacto volvía a aparecer en su bolso como por arte de magia. Algo se fue gestando en el interior de mi madre, un cúmulo de impotencia, desilusión, rabia e incomprensión. Después de meses de insistencia y sobres devueltos, eso que había estado acumulando, explotó. Y explotó en mitad de una de las habituales comidas de los sábados. Rompió a llorar de forma dramática, aparentemente sin motivo alguno. Pero lo que encendió la mecha fue escuchar a mi abuela Isabel decir que se había perdido una exposición sobre la mitología griega en el Matadero de Madrid. Mi madre sabía que no se había perdido la exposición por despiste, sino por no gastar dinero. En aquel preciso instante se levantó de la mesa y dio un discurso que ni Martin Luther King con su famoso «*I have a dream*». Aunque el contenido de su discurso no hablaba de sueños, hablaba más bien de lo mucho que le cabreaba y ofendía el disponer de más dinero del que había imaginado en su vida —el gabinete privado estaba siendo un éxito inesperado— y que sus propios padres, quienes le habían dado la vida, rechazasen lo que ella, muy gustosamente, les ofrecía, porque ¿en quién mejor que en sus progenitores o en sus hijos iba a gastarse ese dinero? El clima de «uno para todos y todos para uno» duró exactamente treinta segundos, el tiempo que tardó la caradura de mi tía Afrodita en añadir que, si ellos no querían los sobres llenitos de billetes, se los podían dar a ella que no iba a hacerles ascos. Y es que la tía Afrodita, además de ser un poco meretriz, es egoísta. Pero no es mala gente.

Estremera no nos pilla precisamente cerca a ninguno de nosotros. Bueno sí, a mi tío Zenón que aún no ha hecho nada por emanciparse. Todos vivimos por la zona centro y norte. Estremera, por el contrario, está situada en la zona sureste de la Comunidad de Madrid. Es decir, en la otra punta. Pero lo que estaba claro es que no iban a ser mis abuelos los que tuviesen que desplazarse. En primer lugar, porque mi abuela Isabel no sabe conducir y, en segundo lugar, porque mi abuelo Juan, a sus setenta y ocho años, los reflejos no es que los lleve muy al día. Ni los reflejos, ni la orientación.

Es un día caluroso para estar a mediados de septiembre. La piscina aún está llena y el agua se ve cristalina. La barbacoa rústica de ladrillo rojo desprende unos aromáticos hilos de humo blanco procedentes de las brasas que doran las chuletas, ya preparadas sobre la parrilla. El último que faltaba por llegar, mi tío Zenón, hace su aparición enfundado en unos vaqueros oscuros que le marcan el paquete como a los toreros, un polo marrón y un fular, muy poco masculino, de color verde botella con lo que parecen salpicones de pintura naranja. El pelo castaño, engominado en exceso y peinado hacia atrás, deja al descubierto unas entradas prominentes y, más a la vista si cabe, unos ojos marrones tan enormes como saltones. Lo que al tío Zenón le salva es la boca, con unos dientes perfectos y blancos, y una nariz armónica. A sus cincuenta y cuatro años nunca ha confesado su evidente homosexualidad. Aunque todos lo sabemos. Bueno, todos excepto el abuelo Juan, que ha optado durante toda su vida por hacerse el sueco de Suecia en cuanto a este tema se refiere.

—Familia, ¡atención! Tengo un cotilleo máximo.. Oi, oi, oi..., —Agita las manos por delante del pecho como si fuese un velocirraptor con Parkinson—. Estaba dando mi paseo matinal y me he enterado de una cosa... Ha sido de chiripa, mientras compraba el pan en la tienda de la Angelita. Tenéis que conocerla, es majísima. La pobre se quedó viuda hace tres meses —nos informa.

Espera junto a la mesa, ataviada ya con el mantel a cuadros blancos y rojos, la cubertería y los vasos, a que todos se pongan a su alrededor para lanzar el bombazo. A mí, personalmente, lo que pueda pasar en Estremera y entre la gente de Estremera me importa un comino. Supongo que al igual que al resto de la familia, pero del mismo modo que son tradición las barbacoas mensuales, es costumbre querer y aceptar a cada uno de nosotros tal y como somos que, al fin y al cabo, solo nos tenemos que aguantar una vez al mes.

—Llama a mamá que se va a quedar muerta —le pide a la tía Helena, que está cerca de la puerta trasera que da a la cocina de la casa.

—¡Mamá! —grita Helena desde la puerta metálica con una voz tan histriónica como ella misma—. ¡Mamá!

—Ya voy, ya voy. —Se plancha la camisola de flores con las manos y sale al exterior—. ¿Qué pasa, hija?

—Tu hijo, que vengas, que tiene un nuevo marujeo, para no variar.

Helena toma a la abuela Isabel del brazo y juntas se dirigen hacia el núcleo familiar falsamente expectante que se ha congregado alrededor de Zenón.

—A ver, dispara, que como sigas creando tensión se me van a quemar las chuletas —le apremia mi tío Pericles con las pinzas de la barbacoa en una mano y un paño de cocina en la otra.

—Muy fuerte. Muy fuerte. —Zenón vuelve a agitar las manos efusivamente.

—¿Lo cuentas o qué? —Mi madre no soporta que la gente se haga tanto de rogar para contar algo. Y más cuando se trata de una estupidez a todas luces.

—La hija pequeña de Marisa, la que vive aquí en frente, está embarazada del marido de su hermana. ¿Qué? ¿Cómo os quedáis? —Espera con ansiedad el entusiasmo de todos los oyentes.

—Yo me quedo igual. Ya sabes que no soy ningún zascandil. —Reconoce mi abuelo Juan lanzándole una pequeña pulla a su hijo y acto seguido se sienta a presidir la mesa en uno de los extremos y abre su periódico. A mi abuelo lo de fingir interés aunque sea por caridad no se le da demasiado bien.

—A ver hijo, ¿qué ha pasado? —dice mi abuela más comprensiva—. ¿Hablas de Almudena? La niña rubita de ojos azules que siempre está aquí en el portalón con las amigas comiendo pipas, ¿verdad?

—¡Sí! La misma —afirma con energía Zenón—. ¡Y parecía una mosquita muerta!

—En todas las familias se cuecen habas, hermanito —añade Pericles—. Más vale que a nadie le dé por meter el hocico en esta familia.

Y razón no le falta a mi tío. Será un calzonazos, pero siempre dice verdades como puños. Pericles es el que más se parece a mi madre físicamente (o más bien al revés, ya que Pericles es el mayor de los cinco hermanos), ambos con ese tono de pelo castaño cobrizo y los ojos marrones salpicados de verde y ámbar. La gran diferencia entre ellos radica en quién lleva los pantalones en su casa. Mi tío se casó muy joven, a los dieciocho años, con la primera lagarta que se cruzó en su camino. Martina es italiana, mide medio metro, tiene nariz de bruja, lengua viperina y unos ojos azules tan claros que se asemejan al hielo del Ártico. Conoció a mi tío durante el verano del 78. Martina había venido a España para trabajar en el sector de la hostelería. No sé exactamente cómo se encontraron, pero imagino que, si fue en un bar, ella no debía estar detrás de la barra. De ser así y, dado su tamaño de liliputiense, jamás la habría visto y ahora no estaría en casa de mis abuelos, sentada en la mesa, erguida y con ese rostro continuamente desafiante, esperando a que le sirvan, como si se tratase de la mismísima duquesa de Orleans. El infortunio es que se conocieron y ya nunca se marchó de España. Al poco tiempo se casaron y, a los cuatro años, Martina dio a luz a dos niñas gemelas clavaditas a mi tío, por fortuna. Siempre ha sido un hombre muy apuesto y, a sus cincuenta y siete años, continúa siéndolo. Todos nos seguimos preguntando qué le llevó a enamorarse de Martina (creemos que algo tuvo que ver el acento. Eso o que, siendo un poco bruja como es, hiciese alguna poción mágica con ojos de sapo, ancas de rana y lengua de serpiente para cazarle) y por qué no se ha divorciado aún de ella. Suponemos que no lo ha hecho por sus hijas, las cuales sacaron todos sus rasgos físicos, pero personalmente fueron evolucionando en la línea de mamá: interesadas, manipuladoras y astutas. Y aunque mi tío no es tonto y sabe lo que tiene en casa, Adelaida y Ofelia son sangre de su sangre y de eso es complicado divorciarse. Y es que sí, a sus casi treinta y seis años, las dos gotas de agua no han abandonado el nido parental. Para nuestro sosiego, hoy no están aquí, excusadas por un viaje a China que les tocó en un sorteo. Por motivos más que obvios de salud familiar, Adelaida, Ofelia y Martina son las únicas exentas de asistir a estos eventos, y con un poco de suerte las gemelas engañan a algún chino adinerado y no regresan nunca.

La duquesa de Orleans se ve tensa sin tener a sus costados a esas dos alimañas que tiene por hijas y que, como consecuencia directa, tengo yo por primas. Las tres son la viva imagen de la madrastra de Cenicienta y sus hijas, Drizella y Anastasia. Lo que deja a mi pobre tío Pericles en el papel de la Cenicienta.

Mi familia no es de lo más normal, lo admito, pero, dejando de lado al trío malévolo, son buenas personas, con sus rarezas y sus excentricidades, pero buenas personas ante todo.

—Familia, esto ya está listo. Id tomando asiento —informa Pericles.

Paul aparece como una bala en el patio. Me sorprende que sea el primero de los ausentes en llegar. Estaba en la calle jugando a la pelota con unos niños de su edad que viven por el barrio. Einstein estoy convencida de que ni es ni llegará a serlo, digan lo que digan mis padres —pobres ingenuos—, pero el oído lo tiene de lo más fino. Paul se pone junto a mi tío Pericles en la barbacoa, este le alborota el pelo, cortado a cazo, y le da las pinzas para que sea él quien saque las chuletas de la parrilla y las ponga en la bandeja que irá situada en el centro de la mesa.

Concluye el trabajo que se le ha encomendado y es Pericles quien trae la fuente rebosante de chuletas. De ser mi hermano quien la hubiese portado, estoy convencida de que todas habrían terminado, inevitablemente, decorando los adoquines cerámicos que cubren el suelo de la zona de la barbacoa.

Mi móvil suena alertándome de un nuevo mensaje. Es David.

«Cuando vuelva a verte pienso devorarte, recorrer cada milímetro de tu piel con mi boca, acariciarte sin descanso, hundir mi lengua en tu sexo y que pierdas la noción del tiempo y el espacio. Eres tan apetecible... siento haberme quedado dormido anoche. Te debo una sesión de sexo salvaje.»

Sonrío azorada ante el mensaje tan subido de tono, lo cierto es que ha conseguido excitarme. Mi respuesta es bastante escueta:

«Te tomo la palabra, marmota.»

Con la familia presente no es lugar apto para ponernos a mandarnos mensajes eróticos, aunque ahora mismo es lo que me está pidiendo el suave pálpito de mi entrepierna. Releo el mensaje una vez más, deleitándome en esas palabras hasta que la entrañable voz de mi abuela me saca del trance erótico.

—Paul, ¿qué tal has pasado el verano, cariño? —pregunta mi abuela mientras devora una croqueta de jamón con alegría.

—Fui a un campamento para gordos —confiesa entusiasmado.

—¿Para gordos? Pero si tú eres un fideo. —La sorpresa de la abuela es evidente. Como la del resto de familia desconocedora del dato.

—Sí, me encantan los gordos. —Los ojos se le iluminan—. Se ven tan lustrosos que dan ganas de plasmarlos en un lienzo. —Hace un trazo al aire con la chuleta que tiene en la mano, suspira y se la lleva a la boca.

Nadie más dice nada sobre ello. El silencio, alimentado por la generalizada estupefacción, nos mantiene presos. Mis padres, obviamente, no se sorprenden ante la confesión de mi hermano, contada con tal naturalidad. Claro está que si él acudió a ese campamento fue porque ellos lo pagaron y consintieron. Paul aseguró que esa experiencia le abriría la mente «a través de las curvas y pliegues carnosos» y, de ese modo, sus manos «lograrían trazar siluetas que rozasen, aunque de lejos, la maestría neorrenacentista contemporánea de las pinturas del colombiano Fernando Botero». Recuerdo las palabras exactas porque encontré una hoja en su cuarto donde tenía el discurso anotado. La cuestión es que Paul, con su reciente pedantería adquirida a través de la memorización, logró convencer a mis padres de que sería el próximo genio de la pintura. Y qué mejor manera de apoyar su nuevo sueño, nacido de la nada más absoluta, que permitir que su hijo, totalmente en su peso, acudiese durante un mes a un campamento para gente con obesidad que, probablemente, le harían el vacío considerando, y no sin motivo, que su asistencia era un insulto a su persona. Y así fue, claro. El campamento no empezó nada bien, todos los niños miraban a Paul con mala cara y él nos llamaba cada noche para contarnos cómo le había ido el día. Se mostraba optimista, convencido de que acabaría por hacer amigos en aquel lugar a pesar de que las circunstancias apuntaban a lo contrario. Así, cabezota como ninguno, aguantó con entereza una primera semana plagada de improperios y gestos de desaprobación y, finalmente, con su gracia natural y un poco de chocolate metido de estraperlo en su maleta, terminó por camelarse a todos los niños y niñas del campamento.

La primera en romper el hielo es tía Helena. La hija menos agraciada de un matrimonio que siempre había llamado la atención por su atractivo físico. Sabemos a ciencia cierta que la abuela Isabel jamás habría tenido un *affaire* con otro hombre. Juanito, como ella le dice cariñosamente, siempre ha sido y será hasta su muerte el hombre de su vida. Por lo tanto, la única conclusión ante la explícita fealdad de Helena es que de padres gatos, hijos mininos. Eso sí, mi tía Helena tiene algo mucho más valioso, un enorme corazón que le cabe en el pecho solo porque gasta una talla ciento diez, aunque a sus cincuenta y tres años sigue soltera. El único novio que se le ha conocido terminó su relación con ella porque se enamoró perdidamente de Afrodita. Mi madre sospecha que los sentimientos de este por Afrodita eran correspondidos, pero lo rechazó de forma brusca y estoica. El amor por su hermana y la pesadumbre ante el daño que este había ocasionado a su familia eran mucho más grandes que la pasión que pudiese despertar en ella el apuesto y fornido novio de Helena. En aspectos como este, la tía Afrodita siempre había sido una mujer de principios. Lo que no quiere decir que no se haya beneficiado a los maridos de otras, claro, pero esas otras siempre eran anónimas para ella y, como solía decir cuando aquello ocurría: «No soy yo la que está casada». Ahora sí que lo está y felizmente, por lo que estos comportamientos han pasado a mejor vida.

—Estoy embarazada —suelta Helena a bocajarro.

—¿¿¿Qué??? —exclaman varias voces al unísono.

—¡La madre que me parió! —exclama Zenón con la boca llena.

—Presente —manifiesta la abuela—. ¿Pero cómo ha ocurrido eso, hija? —prosigue, con la sorpresa impresa en su voz.

—Pues madre, como suelen suceder estas cosas. Después de cinco hijos no querrás que te lo explique, ¿no? —bromea Helena.

—¿Pero sabes quién es el padre? —El abuelo Juan mira pasmado por encima de sus gafas de monturas al aire.

—¡Claro! Pero no quise deciros nada hasta no tener la certeza de que esto iba en serio. —Se coloca el pelo rubio apagado detrás de las orejas de soplillo con cierto bochorno.

—¿Y necesitabas la certeza de un embarazo a tus cincuenta y tres años? ¿Sabes lo arriesgado que es tener un hijo a tu edad? —la reprende Pericles, como buen médico que es y hermano mayor—. Ni siquiera sé cómo has podido quedarte en estado.

—Obra del Espíritu Santo, diría yo —se oye decir por lo bajini a Martina. Claramente su comentario lleva un doble sentido que pretende ser hiriente, como cada palabra que se desliza por su lengua viperina. Helena escucha el comentario, pero opta por hacer oídos sordos a palabras necias.

—Si me he quedado en estado de forma natural será por algo y sé que todo va a salir bien. Lo presiento —dice con optimismo.

—¡Enhorabuena, tía! —le digo con entusiasmo. Me limpio la grasa de las chuletas con la servilleta y me levanto para darle su merecido abrazo.

Me hubiese gustado decir que, por fin, iba a tener un primo (o prima) de verdad y así devolverle la flecha envenenada a Martina. Pero me contengo por respeto a mi tío Pericles. Al fin y al cabo, son sus hijas y ya bastante tiene con lo que tiene como para que yo añada más leña al fuego.

Mi entusiasmo saca a todos de su asombro y, dejando de lado la preocupación ante el ser madre cuando, a su edad, lo mejor sería que fuese abuela, se dirigen hacia la silla en la que Helena está sentada para agasajarla, tocarle la barriga y darle su enhorabuena. Todos menos Martina. Desde uno de los lados presidenciales de la mesa, observo a mi abuela. Sus pequeños pero vivaces ojos se llenan de lágrimas de emoción. Lágrimas que también aparecen en los ojos cansados de mi abuelo, que se quita las gafas para secar la humedad acumulada en los pliegues de su curtida piel.

—¿Y cuándo vamos a conocer al padre? —pregunta Afrodita, agarrada del brazo de su actual y quinto marido, Manuel. Un hombre corriente, educado y conservador, amigo de la familia de toda la vida y que había sido, hasta hace un año, un mero espectador en la vida sentimental de Afrodita, enamorado de ella en silencio.

—Le invitaré a la comida de octubre. Y tú procura no enamorarme también a este —le dice socarrona a su hermana.

—Lo único que le diré a... —Afrodita interroga con la mirada a Helena.

—César, se llama César.

—Lo único que le diré a César es que, si se le ocurre lastimarte, le arrancaré la cabeza del mismo modo en que las mantis religiosas se la arrancan a sus machos durante la cópula, pero ahorrándonos la parte de la fornicación, claro está.

—Seguro que tu hermana lo agradece tanto como yo —interviene prudentemente Manuel—. A lo de copular me refiero.

—¿Copular? Qué copular ni qué copular. Hablemos con propiedad, hombre. *Follar.* —Es la aportación de mi padre después de un largo periodo de abstinencia verbal. Es un hombre de pocas palabras, pero cuando habla, se hace escuchar.

—Miguel, qué grosero, por favor, un hombre con tu planta y tu saber estar —bromea mi madre, siempre tan correcta—. Anda, ve poniendo la panceta, la morcilla y los chorizos en la parrilla. Haz algo. Y tú, mamá, deja de comer tantas croquetas que vas a reventar.

—Es que están muy ricas —dice mi abuela con la boca aún llena.

—¿Que haga algo? Pero si vivo sometido a tu voluntad —protesta—. Bruja —le dice, cariñosamente, mientras se dirige hacia la barbacoa no sin antes depositar un beso en los labios de mi madre.

El resto del día discurre ameno y sin más sobresaltos. Paul se lanza a la piscina inesperadamente y con la ropa puesta. Lo de la ropa puesta es todo un sinsentido teniendo en cuenta que no lleva otro atavío que ponerse, pero es Paul y de donde no hay no se puede sacar.

Mientras, en la cocina, la abuela prepara el café, que acostumbramos a tomar a última hora de la tarde antes de marcharnos, y unas pastas. Paul entra corriendo en la cocina, aún con la ropa húmeda y apestando a cloro.

—Abu, ¿tienes helado de chocolate?

—Sí cariño, ¿te pongo en un bol? —le pregunta con dulzura.

—No. Es que me quiero hacer un batido en la licuadora. ¿Puedo?

—¿Lo haces tú o te lo hago yo? —consulta, mientras rebusca por los muebles de madera de pino de la cocina en busca de la licuadora.

—¡Yo, *porfi*, yo! —dice Paul con entusiasmo. Saca la tarrina de helado de litro del congelador y se pone sobre la encimera, preparado para batir.

—Está bien. Serás mi pinche de cocina. Aquí tienes. —La abuela le pone la licuadora sobre la encimera y enchufa el aparato. A Paul es mejor dárselo todo hecho, podría cargarse el sistema eléctrico de la casa en menos que canta un gallo—. Saca la botella de leche de la nevera que tienes que echar un poco para que no quede demasiado espeso el batido.

—¿Un poco, cuánto?

—La medida de un vaso —le indica la abuela haciéndole entrega del vaso medidor.

Paul obedece a mi abuela. Coge la botella de leche, vierte la cantidad justa de un vaso en el recipiente de la licuadora, echa media tarrina de helado de chocolate y pulsa el botón de *start*. Inmediatamente ocurre la tragedia. Tragedia que yo venía vaticinando —sin concretar cuál sería en este caso— desde que mi abuela le dio el permiso para hacerse él solito el batido. El helado y la leche salen disparados por toda la cocina, salpicando las paredes blancas, los muebles de madera de pino, a todas las mujeres de la familia —en la cocina reunidas— y hasta los fluorescentes del techo.

—¡Paul! ¡Para eso! —grita mi madre.

Mi hermano, con cara de alelado, y tras un rato observando los ingredientes de su batido volar por los aires, reacciona y apaga el aparato.

—¿Pero qué ha pasado? —Su rostro muestra la incredulidad de quien realmente hace estas cosas por pura estupidez no intencionada.

—¡La tapa, Paul! No le has puesto la tapa —le riño, limpiándome al tiempo el helado de chocolate que me ha dejado la cara como una pared de *gotelé*.

Suena el timbre estrepitosamente y aprovecho para escabullirme del estropicio que mi hermano ha organizado en la cocina. Estoy totalmente segura de que solo con la colaboración de mi madre, enferma absoluta de la limpieza, y mi abuela, de quien mi madre ha heredado tal obsesión, el desastre quedará resuelto en cuestión de minutos. Por el contrario, si yo no acudo a abrir la puerta, ninguno de los hombres moverá el culo del sofá familiar del salón para hacerlo. Y no los culpo, cuando te sientas en él, te absorbe de tal manera que el mundo como lo conocías hasta ese momento desaparece por completo y, automáticamente y sin poder remediarlo, la consciencia se torna inconsciencia.

Abro la puerta, aún limpiándome con el paño de cocina las gotas de leche y helado que han impactado sobre mi cara, y en el umbral veo a un atractivo chico, aproximadamente de mi edad, que me resulta muy familiar. ¡Tan familiar como que es el chico misterioso de la Complutense! ¿Qué hace él aquí? Se me para el corazón. Literalmente. Él me mira fijamente con la boca entreabierta y yo por fin descubro de qué color son sus ojos. Castaños. El color más bonito del mundo.

—Soy Berto, el vecino. Estaba buscando a Isabel o a Juanito. O a los dos. Es una emergencia —consigue balbucir al fin. Me quedo bloqueada unos segundos, abducida por su preciosa voz que es para mí como canto de sirena. Él eleva los ojos como incitándome a reaccionar.

—Ahora mismo los aviso —le hago saber y le dejo esperando en la puerta hecho un amasijo de nervios mientras voy en busca de uno de mis abuelos.

En el breve trayecto de búsqueda intento relajarme, intento borrar de mi cabeza la idea de besar esos labios carnosos, con desesperación y osadía. Intento centrarme en David y en el asunto que tenemos pendiente. Pero mis intenciones duran milésimas de segundo y otra vez esa boca y esos ojos...

Alerto a mi abuelo Juan de la visita inesperada. Él logra escapar de las garras del sillón, no sin esfuerzo previo, y se dirige hacia la puerta principal para atender al que dice ser su vecino Berto. Me quedo junto a la puerta para poder enterarme de lo que le ocurre al chico que, por fin, ha dejado de ser misterioso aunque solo sea porque ya sé cómo se llama.

—Criatura, ¿qué ocurre? —pregunta mi abuelo con preocupación al ver la cara de descomposición de Berto.

—Hola, señor Juan, disculpen si los molesto, pero no sabía a quién más acudir —se excusa muy educadamente Berto, frotándose las manos casi con histeria.

—No te disculpes, esta es tu casa. ¿Qué necesitas?

Mi abuelo y él parecen conocerse bastante. Ya podría haberle invitado alguna tarde que yo estuviese aquí a tomar café. Dejo de divagar y presto atención a la conversación.

—Verá, acabo de llegar a casa hace unos minutos. Mi hermana Celia está amenazando con matar a Almudena, mi hermana pequeña, y ha bloqueado las dos puertas de entrada a la casa con el pestillo del interior, así que no puedo entrar. Supongo que ya lo sabrán, y si no lo saben ya les informo yo. Almudena se ha quedado embarazada del marido de Celia, mi cuñado. Celia aún no se había enterado, pero la noticia ha llegado a sus oídos esta tarde cuando ha ido a la pastelería. Yo en ningún momento fui partidario de ocultárselo, la verdad, pero en mi casa opinaron que sería lo más sensato para no romper dos familias. Aunque ya se sabe que los chismorreos son el alimento de un pueblo... Siento vergüenza ajena de mi familia, pero no puedo dejar que se maten. Estoy sin batería en el móvil y necesito llamar a la policía. Por favor, ¿podría usar su teléfono? —concluye Berto, tras el atropellado resumen de lo que Zenón ya nos había informado en la comida, pero sin el añadido del posible baño de sangre que tendrá lugar en cuestión de segundos si nadie entra en la casa para evitarlo.

—¡Virgen del camino seco! —exclama mi abuelo con los ojos como platos—. En lo que nos has contado la historia han podido matarse esas dos. Roberta, indícale dónde está el teléfono fijo.

Instintivamente cojo a Berto de la mano, unas manos enormes y varoniles, y le arrastro hacia el salón. A pesar de la prisa, mi mano nota la calidez de la suya y una chispa electrizante me recorre la columna vertebral de principio a fin. Y no es un calambre, es algo mágico. Doy un empujón a la puerta entornada del salón y golpeo ferozmente a mi tío Zenón que, como buen maruja, ya estaba poniendo la oreja para no perderse un solo dato.

—Estoy bien, ¿eh? —anuncia Zenón ante nuestra indiferencia tras el golpe recibido—. No hay sangre, pero chichón seguro.

—Eso te pasa por alcahuete —arremete mi padre tranquilamente sentado en el sofá absorbente.

Cojo el teléfono rojo con la mano que me queda libre, pues aún no he soltado la de Berto, y le paso el auricular. Marco rápidamente el número de la policía y, mientras él habla precipitadamente de la catástrofe que puede ocurrir en Estremera si no se presencian las autoridades cuanto antes en su domicilio, yo no puedo evitar mirarle fijamente, embobada. Es una extraña sensación que jamás había experimentado. Jamás. Una mezcla de fascinación, curiosidad, intriga, deseo, electricidad, hormigas en procesión, fuegos artificiales, frases ñoñas de las típicas comedias románticas en mi cabeza, cupidos bailando *rock and roll* en pelotas, física y química. Lo que está claro es que al final el destino se las ingenia y te sorprende en las situaciones más inesperadas. *Serendipity* en toda regla.

—Gracias, Roberta —me dice velozmente. Me entrega el auricular, suelta mi mano y sale corriendo, alejándose de mí. Pero no le culpo, supongo que en estos momentos lo más importante es lograr que sus hermanas continúen vivas.

—¡Suerte! —grito desde el salón, paralizada.

Mi abuelo y mi tío Pericles van a acompañar a Berto. El resto nos quedamos en casa, reunidos en el salón comentando lo sucedido y haciendo nuestras valoraciones. La mayoría pensamos, además de que Almudena es un poquito inconsciente, que si Celia no la mata hoy, la matará mañana. Cuando te acuestas con el marido de tu hermana, sabes que la posibilidad de que quiera aniquilarte está entre las papeletas de la urna. Y en una cantidad bastante abundante.

—Abuela, ¿Berto es de Alberto? —pregunto, intentando disimular mi interés por el vecino.

—No, de Roberto.

—Hay que joderse... —suelto sin pensar.

12
El dilema

No sabría cómo calificar el hecho de estar en pleno salvaje acto sexual, con unas ensaimadas de pelo haciendo sudar mis orejas más que cualquier otra parte de mi cuerpo, pero lo cierto es que, desde nuestro primer encuentro sexual, David jamás se había mostrado tan generoso y apasionado en la cama. Está cumpliendo con creces con la promesa del mensaje: sexo salvaje, del que te deja exhausta, del que hace que tiemble cada músculo del cuerpo, del que te hace desear más y más. Pero hay un miedo alojado en mí, el temor a que llegue el día en que esto empiece a saberle a poco y decida pasar a una segunda fase; tal vez me proponga hacer un trío con un señor enfundado en un disfraz de Chewbacca o poner en un rincón de la habitación, sentado en una silla de playa desplegable, a un *voyeur* disfrazado de Darth Vader filmándonos con una super-8. Después de todo lo vivido a su lado, muy de ciencia ficción, ya ni me sorprendería.

Sale de mí y comienza a besar cada tramo de mi piel, deslizándose lentamente hacia mi vientre para llegar a mi entrepierna, entonces introduce su lengua dentro de mi húmeda cavidad y comienza a saborearme, a beberse mi excitación. Yo me aferro a la almohada para evitar que mis gemidos se oigan en todo el vecindario. Durante esos minutos tan dulces y ardorosos, llego a un placentero orgasmo y él vuelve a subir delicadamente hacia mi boca y, en un ágil movimiento, algo raro viniendo de él, vuelve a introducir su erección dentro de mí. Apresa mis manos con las suyas para que suelte la almohada y así escucharme gemir abiertamente.

De pronto su móvil comienza a sonar insistente sobre la mesilla de noche, pero está tan entregado a la causa que ni siquiera parece oírlo. O tal vez le motiva más tener de fondo la banda sonora de la *Guerra de las Galaxias*, porque de pronto sus embestidas comienzan a ser más intensas y frenéticas. Durante una milésima de segundo me pregunto quién se dedica a llamar a las tres de la madrugada, pero solo durante una milésima de segundo, porque pronto mi cuerpo comienza a agitarse y me rindo a un placentero y segundo orgasmo en sintonía con el suyo.

Aún exhausta, cubro mi cuerpo desnudo con la sábana, no sin antes quitarme la maldita diadema del infierno. Me quedo mirando fijamente al techo y analizo mentalmente lo que acaba de ocurrir. Es la primera vez que he tenido un orgasmo con David. Dos, para ser exactos. Pero, como diría Andrea, más vale tarde que nunca.

Sin embargo me siento culpable porque el clímax final ha llegado imaginando que eran otras manos las que me acariciaban, otro cuerpo el que estaba sobre mí y otros ojos los que me miraban. Berto. Es irracional que esté continuamente en mi cabeza. Lo es y soy consciente de ello, más aún cuando se llama igual que yo e igual que el amor platónico de mi madre. La vida es una ironía.

Nuestro encuentro fue un instante, y no un instante tomando el té o charlando de nuestras vidas contemplando una hermosa puesta de sol, sino un instante en el que entró precipitado en la casa de mis abuelos para llamar a la policía e impedir una tragedia familiar. Tal vez ni siquiera recuerde mi cara o ni siquiera tenga constancia de que estuve ahí. No le conozco. Podría ser un psicópata perturbado, un cura pedófilo de paisano, hermafrodita, homosexual o, incluso, un alienígena. Quién sabe. Dada mi tendencia a fijarme en tipos peculiares, no me extrañaría verle la próxima vez bajando de un platillo volante para comprar el pan donde la tal Angelita. Y lo que es muy probable, quizá no vuelva a tener otra oportunidad para estar tan cerca de él. Lo de que tu hermana mayor pretenda matar a tu hermana pequeña por haberse quedado preñada de su marido es algo que no ocurre muy a menudo, ¡gracias al Cristo de Borja y a Cecilia, su restauradora! La única opción sería pasearme por la universidad para provocar un encuentro, pero el destino también es muy puñetero, cuando lo fuerzas, ya no responde.

Y tampoco seré yo quien llame a su puerta con alguna excusa mal elaborada o para ejercer de cotilla preguntando si finalmente la sangre llegó al río. Por lo tanto, lo mejor será que me olvide de él. Aunque si imaginarle me proporciona algún que otro orgasmo, tampoco hago daño a nadie, ¿no? Total, David me lo hace salvajemente cuando imagina que soy Leia, no cuando soy Roberta a secas. Yo al menos hago el esfuerzo de imaginar sobre la base de lo que hay, sin florituras ni pelos postizos.

—David, antes de dormirte mira el móvil —le recuerdo.

—¿Por qué? —responde desconcertado, lo que me hace pensar que tal vez siempre tiene incorporada la banda sonora de la *Guerra de las galaxias* en su cabeza.

—Porque ha estado sonando cuando estábamos al lío.

Recibe la información con la cara de a quien le ha dado un aire, se incorpora y coge el móvil de la mesilla. Durante un largo rato se queda mirando la pantalla sin decir ni una palabra. Finalmente, soy yo la que rompe el silencio, preocupada porque la inoportuna llamada de las tres de la madrugada se trate de malas noticias. Por desgracia mi mal presentimiento estaba en el camino acertado.

—David, ¿pasa algo? —me incorporo y apoyo mis manos suavemente sobre sus hombros.

Él continúa en silencio mirando la pantalla del móvil, paralizado completamente. Ante su mutismo decido volver al modo cotilla y asomo la cabeza por encima de su hombro izquierdo para leer el contenido del mensaje.

«DAVID, CARIÑO, LLAMA EN CUANTO LEAS ESTO.
LA ABUELITA SE HA IDO CON EL SEÑOR.»

Por la rigidez de David, imagino que esas palabras no quieren decir que la abuela se ha ido de picos pardos. «Con el señor» debe referirse a Dios, no al vecino, intuyo. Aunque la madre podría ser menos ambigua, francamente. Supongo que, ya que no le quedaba más remedio que decírselo por escrito, al menos quería hacerlo lo más suave posible. En mi caso, si mi padre me hubiese mandado un mensaje diciéndome eso, lo primero y único que habría pensado es que la abuela se había ido con el señor, con el señor Abelino, para ser más concreta. Mi abuela siempre tuvo amantes, según me contó mi padre cuando tuve una edad apropiada para asimilar esa información, y mi abuelo era consciente de ello. No le importaba porque sabía que el corazón de Sebastiana era solamente suyo, aunque otras cosas fuesen compartidas. Por lo visto, él siempre estaba muy ocupado con sus asuntos profesionales y solo ejercía el acto sexual para procrear y en alguna ocasión especial. Eliminar gente indeseada resulta agotador y él no tenía a nadie que le echase un cable. Trabajó solo hasta que mi padre tomó las riendas. De hecho, el abuelo Narciso jamás probó a otra mujer. Por su parte, la abuela Sebastiana, que no tenía nada que hacer en todo el día —más que guisar porque la asistenta era un desastre en la cocina— necesitaba entretenerse de algún modo. Abelino era el vecino, y mejor amigo de mi abuelo, e iba a casa dos o tres días por semana para calmar los deseos de mi difunta abuela. Ella era una mujer muy activa. Obviamente, aquello era tratado como secreto de Estado, en aquella época no estaba bien visto que las mujeres tuviesen amantes, y menos aún consentido por sus maridos. A día de hoy no quiero decir que esté bien visto, ni que sea lo correcto, pero tampoco se convertiría en el escándalo del siglo.

A pesar de todo, nadie jamás pudo dudar del amor de Sebastiana hacia su marido. Cuando él apareció tieso dentro de aquel camión de congelados, ella sacó todas las baldas de la nevera, subió la potencia al máximo, se desnudó, se metió dentro y obligó a Abelino, a punta de escopeta, a poner un candado que evitase cualquier intento de escapada y a tragarse la llave para evitar también él la posible tentación de salvarla. Abelino obedeció por amor y por miedo. Echó el candado, se tragó la llave y pegó en la puerta de la nevera una nota, escrita del puño y letra de Sebastiana, que rezaba: «LO QUE OCURRE CON DOS CORAZONES UNIDOS ES QUE, SI UNO ARDE, EL OTRO ESTALLA EN LLAMAS Y, SI UNO SE CONGELA, EL OTRO SE CONGELA CON ÉL. P.D.: OS HE DEJADO LENTEJAS PREPARADAS. SÉ CUÁNTO OS GUSTAN. OS QUIERE, MAMÁ».

La verdad es que mi padre no ha tenido una vida fácil. La muerte siempre ha estado presente en su vida. Y eso, inevitablemente, endurece el alma. Aunque él siempre dice que lo único que no podría soportar en la vida sería perdernos a mí, a mi hermano o a mi madre. Hubo un día en que consiguió helar mi sangre: tuve complicaciones con un encargo y resulté herida; al llegar a casa y verme con la cabeza llena de sangre, rompió a llorar como un niño. Y yo nunca había visto a mi padre llorar. Me pidió que no volviese a trabajar para él, pero me negué. Éramos y somos un equipo. Él me abrazó fuertemente y solo dijo: tu madre, tu hermano y tú me hacéis humano. Fue tan bonito como doloroso. Aún se me eriza la piel cuando recuerdo esas palabras en su voz rota.

—Tengo que irme —dice con tanta angustia que corta el silencio.

—Lo siento mucho, David. —Acaricio su pelo con dedos torpes, como si estuviese enjabonándole la cabeza. En estas situaciones nunca he sabido cómo comportarme. Mi madre siempre dice que lo mejor es el contacto físico bañado en un silencio consolador. Aunque «bañar contacto físico en silencio consolador» no es tan fácil como mojar conceptos tangibles tales como las magdalenas en el Colacao—. ¿Necesitas algo?

—Roberta, ven conmigo, por favor —suplica—. No quiero estar solo.

«¡Qué putada!», son las únicas palabras que mi cerebro consigue hilar al escuchar la petición de David. Comprendo que el nudo de nervios que está empezando a fabricar según va asimilando la información de la partida de la abuela con el Señor, no sea el ingrediente más apropiado para ponerse a conducir en mitad de la noche y hasta Tembleque, ni más ni menos. Lo comprendo y, por ello, si su petición hubiese sido «llévame a Tembleque», no dudo ni un segundo de que mi respuesta habría sido afirmativa. Pero ir con David al velatorio de su difunta abuela se me torna bastante excesivo. Me gustaría decirle: «¿Qué pinto yo en el funeral de tu abuela? Una vez llegues a Tembleque todos lloraréis su pérdida, hablaréis con distintos familiares sobre lo buena persona que era, lo ricas que estaban sus croquetas y lo pronto que os ha dejado (a pesar de contar con noventa y cinco años a sus espaldas), recordaréis anécdotas, vendrá gente que ni tú mismo sabrás quiénes son a darte el pésame, gente que probablemente solo ha ido al velorio porque no tenía nada mejor que hacer y así marujean un rato sobre quién se ha muerto, sobre la posible infidelidad del marido de la misma con la panadera y el parecido del hijo de la pescadera al mediano de los muchachos de la fallecida. Porque hay gente para todo, David. Y mientras, yo estaré allí, haciendo literal la frase de "no pinto nada en este entierro", con la incomodidad alimentándose de cada músculo y nervio de mi cuerpo, mis ojos con agujetas mirando de un lado hacia el otro sin saber bien dónde posarse, mis pies danzando histéricos sin saber en qué lugar asentarse, evitando a aquellos que me mirarán creyendo que soy una nieta o una hija tardía y querrán darme también a mí el pésame (y la brasa ya de paso), mi reloj con las manillas congeladas porque en estas situaciones es lo que pasa con el tiempo, que se para (así se las gasta él) y mis labios almidonados que no cesarán de modular una y otra vez la frase "tierra, trágame"».

Pero al verle esa cara de ruego opresivo y los ojos anegados en lágrimas, no puedo más que decir...

—Claro, voy contigo.

13

Tierra, trágame

Tanatorio de Tembleque. Veinte de noviembre de 2016. Nueve de la mañana. Entramos por la inmensa puerta de hierro forjado, coronada por un Jesús crucificado, y David me toma de la mano. No es momento de soltársela, pero está claro que, si quería pasar desapercibida, este gesto tan íntimo no ayuda. El sufrimiento no hace que la gente deje de ver y hacerse preguntas.

Los pasillos están atestados de gente. O bien David tiene una familia muy extensa, o bien hay otras salas ocupadas, o bien, como me temía, han venido aquellos que no sabían muy bien a qué dedicar el día y nutren sus tristes vidas con las desdichas de los demás.

Al llegar a la sala, en la cual se encuentra el cuerpo sin vida de su abuela y los familiares más allegados con los rostros congestionados por el dolor, suelto la mano de David y le indico que le espero en la puerta. Asiente con la cabeza, el pelo alborotado le cae sobre los ojos cubriendo su pena y, con los hombros caídos de la derrota, arrastra los pies hacia el interior de la habitación.

Comienzo a dar vueltas sin sentido por los pasillos y contemplo el reloj con ansiedad, deseando que llegue una hora decente para poder llamar a Alicia y mantener una conversación, al menos, de una hora. Después podría llamar a Sara y ocupar prácticamente otra hora. Andrea me consumirá menos tiempo, ella es bastante parca en palabras y, más aún, cuando se trata del teléfono, es como hablar con una teleoperadora que lo único que desea es terminar su jornada laboral para ir a casa y tirarse en el sofá.

En una de mis idas y venidas, descubro una máquina de café solitaria situada en una esquina y siento el cielo abrirse ante mis ojos. Presiento que esta máquina y yo vamos a hacernos grandes amigas en este largo día que nos queda por delante.

A las diez y media de la mañana, David sale a mi encuentro. Por fortuna viene solo, aunque tarde o temprano me tocará conocer a alguien. Tiene los mofletes manchados de lápiz de labios rojo y, dada la forma incierta de la mancha roja, que más bien parece el resultado de una brocha gorda más que de dos simples besos, sospecho que esos labios han debido de darle una buena friega por la cara.

—¿Quieres comer algo? —pregunto, al tiempo que salivo mis dedos regordetes e intento borrarle los restos de carmín. Prefiero no preguntar cómo está, es una pregunta absurda e inapropiada, creo yo, dado que solo hay una respuesta posible.

—Sí, vamos a desayunar. Me ha dicho mi madre que hay cafetería. —Pasa su brazo por encima de mis hombros y echa a andar—. Gracias por venir.

Despunta un nuevo día que pone fin a la exposición en vitrina del cadáver de Cayetana y que confirma que yo, Roberta Lamata, debería ser canonizada a mi muerte por haber aguantado estoicamente un día y una noche tan soporíferas, y aun hoy, después de haber dormido de mala manera en una silla de madera raída, tener fuerzas para acudir al cementerio con la madre de David colgada de un brazo preguntándome si había visto alguna vez una difunta tan guapa y tan bien peinada, y del otro brazo a su única prima hermana, una adolescente rolliza y descarada, interesándose por mis asuntos personales y demostrando no tener ni un solo pelo en la lengua con preguntas de la talla de «¿tú te depilas el chichi?». Estoy convencida de que, si la difunta escuchase a su nieta semejante vocabulario el día de su funeral, levantaría la cabeza solo para propinarle una buena torta.

Alrededor de la fosa comienzan a situarse los familiares, amigos y personas sin nada mejor que hacer. Una señora emperifollada con un abrigo de visón, pelo rubio de bote con cardado imperial y labios pintados de rojo carmesí —cuya mala trazada me indica que es la misma señora que restregó los morros sobre los mofletes de David—, comienza a cantar con un tono de voz de lo más histriónico, a juego con su apariencia física. Pronto se van sumando otras voces al cántico funerario mientras, en un lado del corrillo, los asistentes abren hueco para dejar pasar a los sepultureros que portan la caja de pino en la que descansa doña Cayetana.

Una vez depositado el ataúd, los enterradores cogen la pala y comienzan a verter la tierra húmeda sobre la fosa recientemente excavada para acoger el cuerpo de la difunta. Uno de los sepultureros pronuncia la clásica frase de despedida «descanse en paz» y su voz, cálida, joven y emotiva, arranca automáticamente una sonrisa de mis labios cansados. Esa voz solo puede ir acompañada de un rostro en concreto. El chico, enfundado en su mono azul marino, alza la cabeza y engarza sus ojos con los míos.

El destino es así de caprichoso, se lía la manta a la cabeza y organiza planes de lo más enrevesados. Provoca el fallecimiento de una pobre anciana, obliga a David a ponerme entre la espada y la pared para acudir al entierro de esa anciana que resulta ser su abuelita y, una vez en el cementerio, encuentro en el sepulturero al único hombre que convoca procesiones de hormigas en mi estómago y que hace que mi cuerpo se convierta en una valla electrificada. Berto. Y de pronto pienso que nunca a nadie le ha sentado tan bien un mono azul marino lleno de polvo y una pala mugrienta. Ante este pensamiento, y la certeza de que estas cosas las organiza el destino concienzudamente por algún motivo, comienzo a reír como una auténtica loca ante los ojos atónitos de todos los presentes.

Al percatarme de lo irrespetuoso de mi estruendosa risa en un momento tan poco idóneo, frunzo los labios para atragantar la siguiente carcajada y me marcho del círculo que rodea la fosa con un gesto melodramático, no sin antes pedir disculpas y alegar que, ante el dolor que produce la pérdida, empleo la risa como mecanismo de defensa sin poder hacer nada por remediarlo.

—Cuando falleció mi abuela Sebastiana, no paré de reír en dos días —miento y echo a correr con las dos manos sobre la boca y la poca vergüenza que me queda.

—Cada cual expulsa el dolor a su manera. Discúlpenme —oigo a Berto decir en mi defensa y, seguidamente, oigo sus pasos corriendo hacia mí.

Me sitúo detrás de una pequeña caseta blanca donde guardan las herramientas de trabajo. Me apoyo contra la pared, lanzo mis ojos hacia el frío azul del cielo y, una vez fuera del alcance de la vista de todos los asistentes al funeral de la pobre Cayetana, estallo en fuertes carcajadas de nuevo. Pocos segundos después dobla la esquina Berto vistiendo una sonrisa encantadora que aún no le había visto dada la extraña situación en la que nos conocimos. Y lo cierto es que este segundo encuentro también escapa a lo que cualquiera podría considerar normal y anodino.

Durante unos segundos nos quedamos en silencio, observándonos, escrutándonos con la mirada, pero no se trata de segundos interminables, de esos en los que buscas desesperadamente una soga para poder echártela al cuello, más bien son segundos de magia, de incredulidad, de preguntas mudas, de misterio y de reto. El reto de intentar averiguar quién será el que rompa el hielo.

—Al final no se mataron —comienza Berto, sin andarse por las ramas, articulando esos labios perfectamente tallados.

—Esa es una buena noticia —contesto, al tiempo que mis manos se retuercen la una contra la otra de pura desazón.

—Debiste de pensar, ¡menuda familia de tarados!

—Para nada. —Frunzo el ceño y agito la cabeza a modo de negación—. Fue un alivio comprobar que existen otras familias...

—Peculiares —concluye Berto.

—Eso es.

—¿En tu familia también intentan matarse? —pregunta sorprendido.

—Aún no han llegado a ese nivel. Lo que sí puedo decirte es que en mi familia no hay miembro que se ajuste al término *normal*.

—¿Y en cuanto a ti?

—¿A mí?

—¿Alguna rareza tuya que deba conocer? —pregunta con interés, cada vez más cerca de mí.

—No, que yo detecte, claro. ¿Y tú? ¿Algo que confesar?

Instintivamente yo también me acerco más a él.

—¿Lo de ser sepulturero cuenta como rareza?

—Me ha sorprendido —admito—, siempre pensé que los enterradores eran hombres mayores de piel arrugada y cenicienta, con las espaldas arqueadas, pelo estropajoso y las manos huesudas llenas de callos.

Inmediatamente, Berto se alborota el pelo con las manos, curva la espalda, pone una extraña expresión que pretende ser la de un viejo decrépito y contorsiona sus dedos a modo de garras.

—¿Así mejor?

—Sin ninguna duda —respondo, y me echo a reír—. ¿Vives aquí, en Tembleque? —No pienso desvelar que sé que estudia o estudió en la Complutense, porque soy una *creepy* que le perseguía con la mirada. Aún no.

—No. Solo estoy aquí cubriendo una baja de un par de semanas. La semana que viene regreso a Madrid.

—¿En Madrid también te dedicas a enterrar gente?

—Solo lo hago eventualmente. Estoy ahorrando para pagarme un máster. Aprendí el oficio gracias a mi abuelo paterno, siempre me llevaba con él. Cosa que a mi madre le horrorizaba. A mí, sin embargo, me parecía algo tierno. Por raro que suene.

—Sí, digamos que es algo poco común. Y el máster ¿es de sepulturero? —le pregunto, no sin cierta curiosidad.

Berto comienza a reír y yo me quedo prendada de ese sonido tan electrizante e hipnótico.

—Sepulturero es el oficio inculcado por mi familia paterna, pero no es a lo que quiero dedicarme toda la vida. Por ahora me sirve para ir engordándome el bolsillo. Yo soy ingeniero informático, acabo de terminar la carrera, y eso es a lo que espero poder dedicarme el día de mañana.

—¿Los informáticos no llevan gafas redondas y hablan en código binario? —bromeo.

—¿Y tú sueles ser tan misteriosa? —replica.

Curioso que hable de misteriosa cuando el misterio para mí es él.

—¿Yo? ¿Por qué lo dices?

—Porque en el tiempo que llevamos aquí he respondido a muchas preguntas sobre mí, pero tú aún no me has contado nada sobre ti. Al final voy a sospechar que eres periodista.

—Pues sospechas bien. Me licencié en junio de este año —le informo orgullosa— y te diré que tenemos otra cosa en común, a parte de una familia peculiar, trabajo en la empresa que hace años erigió mi abuelo paterno.

—¿Trabajas por obligación o por placer?

—Empecé a echar una mano a mi padre de vez en cuando, por hacerle el favor más que nada, y al final resultó que me gustaba. Así que sigo trabajando con él.

—¿En una oficina?

—No, yo soy más bien una chica de acción —le corrijo.

Inmersa en la conversación como estoy, no oigo la voz de David llamándome hasta que Berto me advierte de ello.

—Tengo que irme —le digo con desgana, dado que lo último que deseo es alejarme de él.

—Me gustaría volver a verte. Tal vez en un psiquiátrico, en mitad de un rito satánico o en un avión secuestrado por monjas rebeldes —bromea.

—Lo del avión es interesante, pero ¿y si escogemos esta vez un sitio más normal? —pregunto mientras cojo su mano y escribo en ella mi número de teléfono con un bolígrafo que habitaba, probablemente desde tiempos de Maricastaña, entre la mierda de los bolsillos de mi cazadora de cuero marrón.

—Con tinta me tienes —dice de forma aguda mirando los números escritos de mi puño y letras sobre su piel.

—Tú sí que me tienes contenta —respondo con media sonrisa.

—Espero que no lo digas con ironía —responde con una mueca que se me clava en el corazón—. ¿Qué te parece Madrid centro como punto de encuentro? —añade mirándome fijamente con esos ojos castaños arrebatadores.

—Perfecto.

Salgo corriendo en busca de David con una sonrisa impresa en el rostro y la certeza de que rechazaría la canonización, en caso de serme ofrecida, puesto que los escasos minutos que había pasado con Berto en el cementerio habían compensado con creces el martirio soportado en este bochornoso día de tanatorio y entierro.

Alcanzo a David ante las imponentes puertas oxidadas del cementerio. Está completamente solo. Imagino que ha decidido huir de la fila india de personas que esperan su turno para dar el pésame a la familia, y comprendo perfectamente su decisión de alejarse de tan engorrosa e innecesaria tradición. Después de escuchar tanto «lo siento», te dan ganas de decir que mejor dejen al muerto tumbado que estará mucho más cómodo. Pero las tradiciones son así y, por suerte, algunas se van perdiendo cuando, con el paso del tiempo y la evolución de las generaciones venideras, vamos tomando consciencia de que somos seres humanos dotados de sentido común y no meros salvajes. Que con esto no quiero decir que dar el pésame sea de salvajes, salvaje es poner banderillas a un toro o tirar a una cabra desde lo alto de un campanario, pero no sé, me parece excesivo ir uno tras otro repitiendo lo mismo hasta conseguir que las palabras pierdan su sentido. A veces las palabras sobran, como en situaciones así. Solo el hecho de acudir al funeral debería ser suficiente muestra de respeto a los familiares por la reciente pérdida. Para mi funeral, que espero sea tardío, pienso pedir explícitamente que me hagan una fiesta a la americana. Que rían, beban y bailen temas tan casposos como *Everybody* de Back Street Boys, *Wannabe* de las Spice Girls o *Barbie Girl* de Aqua. Y, si me apuras, hasta alguna de Rocío Jurado y Rafael.

—Traes cara de cabreo, ¿ha pasado algo? —me pregunta David con la voz apagada de la tristeza.

—No, nada. Vengo indignándome yo sola —le informo aunque, obviamente y para mayor tranquilidad mía, no tiene el poder de oír mis parlamentos mentales y desconoce de qué va la vaina.

Lo cierto es que no me preocuparía que escuchase lo que opino acerca de asesinar toros en una plaza, lanzar cabras desde un campanario o hacer cola para dar el pésame e irritar la cara a besos a los familiares de los difuntos, por no hablar de pensar en las fiestas post mortem, pero sí me inquietaría que pudiese leer el parlamento paralelo a estos temas, un parlamento que iba elaborando preguntas en mi cabeza del tipo: «¿Cuánto tardará en escribirme? ¿Y si se le borra algún número de la mano? ¿Y si se da un mal golpe y pierde la memoria reciente? ¿Y por qué es tan condenadamente guapo?»

—¿Tiene nombre?

—¿Quién? ¿Que si tiene nombre quién? ¿A quién te refieres? —respondo, alarmada ante la inesperada pregunta de David.

—Lo que te pasa, eso de que te rías en los funerales. ¿Se le llama de alguna manera?

—Ah... —respiro aliviada—. No. Al menos que yo sepa.

—Debe ser bochornoso para ti.

—Lo es —asiento con la cabeza con falso aire compungido y la mentira arañándome las entrañas.

—No pasa nada. Reír es sano —afirma comprensivo.

—No en el entierro de tu abuela.

—Mi abuela siempre dijo que a su muerte no quería lágrimas ni caras largas o se levantaría de la tumba solo para darnos un garrotazo.

—Pues deberías reírte para ella antes de irnos. Los garrotazos, como poco, dejan chichón.

—Tienes razón —me reconoce con un leve asentimiento de cabeza.

David comienza a reír con desgana, intentado regalarle a su abuela ese último deseo que nadie le había ofrecido. Excepto yo.

—Por cierto, te has perdido un detalle —confiesa pasándose la mano por el pelo desordenado—. Nada más irte, mi abuelo me ha dicho que había olvidado lanzarle las castañas a la abuela y, como aún no habían terminado de cubrir el féretro, le he dicho que se las lanzase, que aún estaba a tiempo.

—¿Las castañas? ¿Se trata de alguna tradición manchega? No entiendo —pregunto intrigada.

—No, no. Es que mi abuela era una fanática de las castañas. Todas las noches se ponía en la chimenea y asaba una docena para ella sola. Mi abuelo cree en que hay otra vida después de la muerte y quería que su mujer pudiese entrar al nuevo mundo con unas castañas que poder asar.

—Qué detalle tan bonito —apostillo con una sonrisa que siempre se me dibuja en los labios cuando se trata de amor entre personas mayores.

—Sí, pero el romanticismo se ha ido al traste cuando, segundos después de lanzar las castañas al hoyo, ha llegado un chihuahua ladrando como un energúmeno y se ha lanzado dentro.

Pronto la anterior risa inorgánica y forzada que intentaba otorgar como último presente a su difunta abuela, se transforma en un ataque de risa orgánico y auténtico. Una risa contagiosa que, sumada a la imagen del chihuahua volador, me obliga a unirme a él. Y en mitad de nuestro dueto de la hilaridad veo llegar a la madre, al padre y al abuelo de David (y muy seguramente al Espíritu Santo también para darnos una colleja sagrada por infectar con nuestro jolgorio el campo santo) sondeándonos con ojos afilados como si fuésemos dos niños pequeños haciendo gamberradas y a punto de recibir una buena somanta de palos.

—¿Y de quién era el perro? —murmuro, intentando contener la risa antes de que aquella familia comience a odiarme.

—De uno de los enterradores, del que te disculpó ante tu inesperado ataque de risa. El animalito se llama *Steve* y por lo visto es un amante de las castañas, como mi abuela.

—¿Le ha pasado algo? —pregunto alarmada.

—¿A *Steve*?

Asiento con la cabeza.

—¡Qué va! Cayó sobre tierra blanda. Otro de los enterradores tuvo que bajar a buscarle porque, dado su microscópico tamaño y la ausencia de su dueño, era incapaz de salir del agujero.

Mi cuerpo se relaja ante la supervivencia del animal. Probablemente, Berto se habrá enterado ya de los periplos de su mascota. Que tu perro salte al interior de una fosa en mitad de un entierro es algo que tus compañeros de trabajo deben comentarte aunque sea por educación. Lo cierto es que me alegra enormemente que *Steve* no se haya abierto la crisma en el intento. Después de haber asistido al funeral de la abuela de David, no querría tener que asistir también al entierro del chihuahua de Berto. Soy una persona acostumbrada a las muertes, todo lo que rodea al sector referido a mi familia paterna es muerte asegurada —doy gracias a que Miguel, mi padre, continúe con vida— pero aun así, morirse por estupideces tales como atrapar una castaña, me parece totalmente innecesario.

De pronto, entre mis agradecimientos mentales al no fallecimiento del pequeño *Steve*, noto vibrar el móvil en mi bolsillo. Aprovecho para sacarlo y leer el mensaje que acaba de entrar en mi buzón mientras David se pone a dar explicaciones a los, aún boquiabiertos, padres y al pasmado abuelo acerca del reciente ataque de risa de ambos, que no es más que el último presente para su difunta abuela. Escucho cómo, de paso, les aconseja que se dejen de remilgos religiosos y hagan lo mismo por ella antes de marcharse.

«COMO NO SE ME OCURRE QUÉ EXCUSA PONERTE PARA JUSTIFICAR QUE TE ESCRIBA A LOS CINCO MINUTOS DE HABERNOS DESPEDIDO PUES...NO TE LA PONGO.»

Sonrío como una adolescente bobalicona y siento que mis ojos comienzan a rezumar una ilusión que podría ser catalogada como arma de destrucción masiva. David me dirige una mirada regada de curiosidad y, acto seguido, escondo con sutileza el móvil en mi cazadora y me percato de que, en cuanto conteste a ese mensaje, habré dado el pistoletazo de salida a mi primera experiencia del juego a dos bandas.

14
Reunión de urgencia

A través de los cristales de la pequeña taberna en la que nos hemos reunido durante los últimos meses, dado que Sara ha comenzado a trabajar aquí de camarera, observo cómo la oscuridad comienza a apoderarse del barrio de La Latina y siento que, si no tomo pronto una decisión, esa oscuridad terminará por cebarse conmigo. Y no es que yo sea todo luz; que sea una persona normal dentro de un alrededor de perfil raro, peculiar o extravagante —a preferencia del usuario— no significa que sea una santa. Mi única oportunidad de ser canonizada fue durante el entierro de Cayetana, pero como finalmente el sacrificio me salió rentable, renuncié a ello de buena gana.

Obviamente, en cuanto puse un pie en Madrid y me despedí de David, contesté al mensaje de Berto y, de aquella manera, di rienda suelta a una cadena interminable de mensajería. Por otro lado, David empezó a decirme lo importante que era para él en estos momentos tan difíciles, lo bien que le hacía mi compañía, cuánto me agradecía que le hubiese acompañado en aquel par de días tan duros en Tembleque y, por primera vez, me dijo que me quería, ramo de rosas en mano y me hizo el amor como nunca antes me lo había hecho. A mí, solo a mí, sin elementos externos para edulcorar la realidad. Cuando todo empezó estábamos ambos ilusionados, aunque ni con esas había llegado a alcanzar más de dos orgasmos y eso resulta preocupante, más aún si se tiene en cuenta que las dos veces que había llegado al clímax estaba pensando en Berto. Puede que él notase que algo no fluía, que por mucho que él hiciese malabares yo no llegaba a entregarme del todo, o puede que no notase absolutamente nada y, simplemente, la intensidad fuera menguando porque esas cosas a veces pasan. Lo de que ahora esté tan atento sin necesidad de mezclar el cine con la vida real en cada momento me huele a que tiene que ver con el radar que, intuyo, instalan a todos los hombres nada más nacer. Ese radar que hace que detecten cuándo una amenaza masculina ronda a su hembra. Es en ese preciso instante, cuando el radar comienza a lanzarles ondas electromagnéticas al cerebro, es cuando empiezan a evaluar la situación más a fondo, sin pasar por encima y a intentar darnos lo que se supone que necesitamos. Y digo que se supone porque nosotras también somos a veces un maldito enigma. Pero, si David hubiese sido más observador, habría notado que mi gesto se torcía con algunas de sus decisiones, desde obligarme a llevar un mono de plástico hasta unas ensaimadas en el pelo. Todo ello para satisfacer sus deseos, pero ¿y los míos? Quizá nunca los manifesté y ese fue uno de mis errores. Y quizá no lo hice porque, en el fondo y aunque no fuese consciente de ello, esperaba a otra persona. Esperaba a Berto o, al menos, resolver el misterio antes de soltar amarres y dejarme llevar del todo en mi historia con David. Tal vez estoy en ese punto de «no es por ti, es por mí» y no quiero reconocerlo porque ¿y si me equivoco? Pero David también tiene su parte de culpa. La tiene. No ha cubierto mis necesidades; mis ganas de buen sexo, de ese que te hace arquear la espalda y estallar de placer, de ese que provoca que no quieras estar en otros brazos porque ya lo tienes todo. Y no digo que el sexo sea lo más importante, pero seamos realistas, es un factor a tener muy en cuenta.

Por mi parte, sé que David ya no tiene forma de recuperar nada de lo que, en un principio, pude sentir hacia él y sé que estoy alargando lo inevitable, pero, si ya era difícil comenzar con el clásico «tenemos que hablar» —esa frase que provoca inmediatamente la contracción del esfínter— cuando no tenía conocimiento de que estuviese enamorado de mí, más se complica el asunto teniendo en cuenta las declaraciones de amor de los últimos días. Declaraciones nacidas de su propio ser, no sacadas de ningún guion. Aunque lo de enamorado de mí, que conste en acta, considero que no es real (aunque él no lo sabe); se trata de una simple reacción directa, típicamente humana, dada por las circunstancias: el fallecimiento de la abuela, que yo estuviese junto a él y que intuya la existencia de otra persona que le sitúe en posición de duelo, porque los hombres no quieren una derrota aunque lo que esté en juego sea una nimiedad. O tal vez solo me estoy justificando, una vez más, porque lo de romper corazones no va conmigo...

Cojo mi cerveza de la mesa y me la bebo de un trago.

—Roberta, pareces preocupada —apunta Sara desde la barra mientras pasa la bayeta—. Y seca.

La taberna es pequeña pero acogedora. Únicamente cuenta con seis mesas de madera y ocho taburetes junto a la barra. Las paredes, revestidas de madera, están decoradas con fotografías de películas clásicas en blanco y negro. El dueño, Rafael, un frustrado director de cine que intentó hacerse hueco en el mundillo y que solo consiguió perder su dinero y su esperanza, abrió este pequeño local hace apenas siete meses y, de no ser por Sara, excelente visionaria de negocios exitosos que le propuso poner cubos de cinco botellines de cerveza a cinco euros acompañado de una generosa ración, el dinero se habría vuelto a escapar de sus bolsillos llevándose con él la maltrecha ilusión que al pobre hombre le quedaba en la última recta final de su vida.

—Eres jodidamente observadora —añade Alicia.

—Sabes que las borderías conmigo no te funcionan, Ali —dice Sara lanzándole un beso desde el otro lado de la barra.

—Para mi desgracia creo que encima eres masoca. Y te mola.

—Y me pone.

—¡Qué asco, tía! —exclama Alicia con una mueca de repugnancia—. Voy a tener que empezar a ser más Doris Day.

Mientras Sara y Alicia continúan con su guerra habitual de la una tira los tejos y la otra esquiva con uñas y dientes, me entretengo en hacer trocitos minúsculos una servilleta de papel e ir amontonándolos. Sumida en mi estúpida actividad, continuo escuchando la batalla campal que sucede a mi lado como si fuese la banda sonora de un telefilme hasta que la puerta de la taberna se abre, haciendo sonar una campanita de «alerta: cliente a la vista», y hace su histriónica entrada Andrea, con unos pantalones naranja fosforito, deportivas multicolores y una sudadera roja con capucha.

—Las que se pelean se desean —dice Andrea nada más contemplar el panorama.

Sara termina de atender a unos clientes y se sienta a la mesa con nosotras. En escasos minutos debería hacer su aparición el relevo de Sara, Gema, una chica recién llegada de Córdoba que encaja perfectamente en la descripción de la mujer andaluza de piel bronceada, ojos pardos y larga caballera morena, y que ha llegado a Madrid con el firme propósito de empezar y terminar su carrera y, además, sacarse un dinero extra entre medias para poder disfrutar de todas las posibilidades que ofrece la capital.

—Ya estamos todas, comienza a largar —me dice Alicia deseosa de conocer las novedades de mi azorada vida amorosa.

Respiro hondo, suelto la quinta servilleta que estoy reduciendo a pequeños trocitos —y que no me relaja en absoluto—, observo a mi alrededor para comprobar que no hay moros en la costa y, cuando estoy dispuesta a comenzar mi relato, suena de nuevo la campanita de la puerta de entrada.

Gema entra apresuradamente y, nada más poner el primer pie en la taberna, clava su mirada en Sara y sus enormes ojos se iluminan. Por alguna extraña razón, creo detectar que a la cordobesa no le disgustan las mujeres, en concreto, la rubia. Y de no errar en mi diagnóstico, esta sería una buena opción y un buen momento para que Sara dejase de fantasear con una mujer que, por su estricta condición sexual, está fuera de su alcance.

—¡Hola, Sara! Perdona por el retraso, hoy he venido andando y me he perdido.

—No te preocupes, han sido solo diez minutos y está todo controlado —le guiña un ojo torpemente que Gema parece recibir de otro modo.

—Por cierto, hola a las demás, que no he dicho nada —nos dice alegremente y se mete dentro de la barra dispuesta a comenzar su jornada laboral.

De nuevo la atención de mis amigas regresa a mí, que, sin darme cuenta, estoy triturando la sexta servilleta del día.

—Puedes proceder —indica Alicia apoyando los codos sobre la mesa y dejando reposar la barbilla sobre sus manos entrelazadas.

—¿Recordáis la comida con mi familia en la que apareció el vecino, el misterioso de la Complutense, pidiendo ayuda porque sus hermanas iban a matarse?

—Uno de los tantos acontecimientos que ocurren en esas comidas que os empeñáis en hacer cada mes a riesgo de provocar la Tercera Guerra Mundial —bromea Sara.

—Exacto.

—Sí, el misterioso, el que por fin tiene nombre. Berto. Y que, además de informático, enterró a la abuela de David —interviene Alicia con la información resumida.

—¿Que el tal Berto enterró a la abuela de tu novio? Eso es muy turbio.

Creo que es la tercera vez que Andrea pronuncia tantas palabras seguidas desde que la conozco. Y sin refrán entre medias.

—A ver, un momento, que esta se está montando una película seguro. Berto enterró a la abuela de David porque era el sepulturero, no porque tuviese ningún interés en cargarse a la vieja —aclara Alicia y me hace un gesto con la mano indicándome que continúe con mi historia, una vez aclarado el asunto.

Andrea se queda mirándome con cara de circunstancia.

—Estás perdida porque no te llamé aquel día para contártelo —le digo.

—¿Y eso por qué?

—Porque hablar por teléfono no es lo tuyo. Excepto cuando te interesa.

—A perro que lame ceniza, no le debes confiar la harina.

Ante la respuesta inesperada de Andrea, tomo el relevo a su anterior cara de circunstancia.

—La pobre se dio un golpe al nacer. No le busques el sentido. La cosa es meter un refrán aunque no entre ni con calzador —interviene Alicia—. Hazle el resumen y cuéntanos de una maldita vez qué ha pasado que me va a dar una embolia.

—En resumen: murió la abuela de David, él me dijo que fuese con él al entierro, no supe decir que no y, mientras los sepultureros hacían su trabajo, descubrí que uno de ellos era Berto, el vecino de mis abuelos y, al mismo tiempo, el chico misteriosos que veía una y otra vez en el metro y en la universidad.

—¿El condenadamente guapo? —pregunta Andrea, que ya empieza a recuperar el hilo de la historia.

—Ese mismo —afirmo—. Bueno, resulta que estuvimos hablando y quedamos en volver a vernos. Desde aquel día hemos estado escribiéndonos a todas horas. Me siento como una enferma. No dejo de pensar en él, cierro los ojos y le veo. Y, aunque he estado intentando quedar lo menos posible con David, no he podido evitarlo. Insistía tanto que ya no sabía qué excusa inventar. Y cuando estoy con él, en medio de la faena, cierro los ojos e imagino que son las manos de Berto y me siento como una estafadora, una mentirosa y una gusana.

—Mira, bonita, al mínimo victimismo te coloco la corona de espinas y te mando al Ikea a que te hagas una cruz de madera y te compres los clavos, ¿me has entendido? —me dice Alicia con un dedo amenazador—. No eres una gusana porque, hasta donde yo sé, no has hecho nada. Tú no tienes la culpa de toparte con el amor de esta manera y en este momento tan inoportuno, pero es que las mejores cosas no llaman a la puerta antes de entrar.

—Entran derribándola —concluye Sara poéticamente.

—A mucho amor, poco perdón. —Es la aportación de Andrea, esta vez sin calzador.

—Ahí le ha dado —dice Alicia chasqueando los dedos—. No tienes culpa de haberte enamorado.

—Pero David no se lo merece —contradigo.

—Como tú no te mereces a muchos capullos que han pasado por tu vida y te han menospreciado, que aunque no hayan sido el amor de tu vida, eso le toca a una por dentro y va dejando pequeñas cicatrices. ¡No te jode!

—Cuando quieres eres una gran oradora, Ali —le dice Sara, orgullosa.

—Es piel de lobo y carne de cordero —apunta Andrea, de nuevo de forma acertada.

—Ayer estuve con él —suelto a bocajarro.

—¡Alto! —exclama Alicia—. ¿Con él? ¿Berto? ¿David?

—Con Berto...

—¿¿¿Y??? —preguntan las tres al unísono.

—Fue un día mágico. Nunca había sentido nada igual, a pesar de haber estado ilusionada con David... esto es diferente.

—David te conquistó a base de escenas que nada tenían que ver con la realidad. Y yo no quería ser la que aguara la fiesta, pero sabía que eso iba a terminar agotándote. Los amores de película duran dos horas y los que duran más es porque alguno acaba muriendo —concluye Alicia dando un largo trago a su cerveza.

—Pero esto es una locura. No le conozco.

—Bueno, tenéis tiempo de sobra para ello —me dice Alicia con una sonrisa dibujada en la cara.

—Lo sé, pero me da miedo.

Entierro la cabeza entre las manos y resoplo. Me siento extraña en mi propio cuerpo pronunciando estas palabras, porque el miedo nos hace débiles y yo siempre he luchado por no dejar que el miedo me atrape en sus garras, en ningún ámbito de la vida. Soy una guerrera. Pero en el amor es complicado y más cuando alguien te mueve tan bruscamente las entrañas y el corazón. Cuando alguien dispara tus pulsaciones hasta límites insospechados y solo puedes pensar en «quédate para siempre». Pero es tan absurdo... No le conozco lo suficiente. Y a pesar de ello sé que cuando entre en esta batalla estaré perdida.

—El miedo es una consecuencia directa del amor, no te preocupes, no te convierte en una extraterrestre —añade.

—Eso espero, bastantes extraterrestres hay ya en mi familia como para añadir uno más a la lista.

—¿Y cómo fue? Cuéntanos todos los detalles —me anima Sara, expectante.

Comienzo así a narrar el día en que descubrí que era posible soñar una vida con alguien de quien ni siquiera sé sus apellidos:

Habíamos quedado en vernos en la Puerta del Sol a las ocho y media de la tarde, hora en la que tenía previsto terminar un trabajo importante que me había encargado mi padre y que debía ser resuelto de urgencia. A pesar de ser un caso complicado, el tipo debía mucho dinero a la empresa de mi padre, conseguí terminar antes de tiempo, intentando ser rigurosa en mi trabajo, como he sido hasta el momento. Ni un céntimo más ni un céntimo menos.

Fui a casa para asearme y cambiarme de ropa. Más que nunca quería sentirme guapa y deseada aunque, por otra parte, tenía que evitar cualquier momento de intimidad para no caer en la tentación y pasar de sentirme culpable de pensamientos impuros, a sentirme culpable de pensamientos y actos.

Cuando llegué al Oso y el Madroño, punto de encuentro acordado, oteé la zona intentando encontrarle entre la multitud de turistas que se hacían fotos y me pedían por favor que les tomase una instantánea para el recuerdo de su paso por Madrid. Fue entonces cuando le vi aparecer, sobresaliendo por su altura entre una cantidad innumerable de chinos sonrientes. Alzó la mano y vino directo hacia mí. Me quedé paralizada, sintiendo mis piernas y mis manos temblar como un flan de huevo, sin poder hacer nada por remediarlo. La inestabilidad de mi cuerpo amenazaba con hacerme tartamudear en la primera frase que saliese de mi boca. Frase que, por cierto, no fue nada brillante.

—¡Cuántos chinos!

—Trescientos cincuenta para ser exactos.

—¿Los has contado? —pregunté un tanto alarmada. Lo de contar chinos en la Puerta del Sol no era un *hobbie* muy demandado.

—Bromeaba —me aclaró mostrando unos dientes perfectos que cualquier dentista alabaría—. ¿Qué tal ha ido el trabajo?

—Perfecto. Todo en orden.

—Aún no me has contado con claridad a qué te dedicas.

—Limpio la basura de las calles.

—¿Eres basurera?

—No exactamente. Lo diré de otro modo, elimino gente indeseada —bromeé y, al ver su cara de espanto, mi pulso comenzó a acelerarse. Igual me había pasado con la broma.

Sara interrumpe mi relato para decirme que cómo estoy tan majara de soltarle algo así en una primera cita. Me asegura que, de haber sido ella, habría salido por patas. Pienso para mis adentros que, menos mal que todas ellas creen que organizo eventos, excepto Ali, claro. Ella sabe que aquel día quedó un pedófilo menos en el mundo. Una aguja. Ochenta centímetros cúbicos directos a la arteria carótida. Esperar unos minutos. Infarto. La idea me la dio ella.

—Solo estaba bromeando. Si le hubiese dicho a lo que me dedico sin más, se hubiese esfumado ese misterio que tanto le gusta.

—Mira que eres retorcida —añade Ali guiñándome un ojo cómplice.

—¿Entonces no salió corriendo? —pregunta Sara con nerviosismo.

—Si me dejas continuar, verás que no...

Continúo con la historia a la espera de poder finalizar sin más interrupciones:

—Y yo los entierro. Somos un gran equipo —concluyó él con una sonrisa de oreja a oreja que demostró que la broma no le había espantado y que ayudó a ralentizar el ritmo de mis pulsaciones.

Empezamos a caminar, desde mi punto de vista, sin rumbo, pero Berto parecía tener muy claro hacia dónde se dirigía. Y como me daba igual el lugar siempre y cuando él estuviese junto a mí, le seguí.

Atravesamos la calle Carretas hasta llegar a la plaza de Jacinto Benavente y, a partir de allí, cubrió mis ojos con un trozo de tela negra, posó sus manos en mis hombros y me guio hacia el lugar en cuestión. El tramo no fue corto precisamente, pero me sentía segura entre sus manos.

Paramos de caminar y oí una puerta abrirse. Berto me ayudó a cruzar el umbral y a bajar un tramo de escaleras en forma de caracol que, de no ser por él, me hubiese costado una rotura de cráneo y cadera, como mínimo. Cuando desasió el nudo de la tela que cubría mis ojos, continué sin ver nada. «Me he quedado ciega», pensé. Y de pronto, sentí su aliento fresco cerca de mi oído y mi cuerpo adquirió instantáneamente una estupenda piel de gallina.

—Este es un regalo para tus sentidos —susurró.

—No será para el de la vista —apuntillé.

Cuando iba a volver a abrir la boca y manifestar mi ausencia de entendimiento ante aquel agujero negro en el que estábamos metidos, una voz masculina rompió la media risa de Berto y mi silencio inquieto.

—Bienvenidos a Abayizimpumputhe. En unos minutos uno de los camareros los acompañará a su mesa. Espero que pasen una velada maravillosa. Dejen que sus sentidos se empapen de magia.

Oí sus pasos alejarse.

—¿Abayipuntin qué?—pregunté a Berto, un tanto confusa.

—Abayizimpumputhe. Es el nombre del restaurante. Significa a ciegas en zulú.

—Dime la verdad, tú has estado yendo a un logopeda o algo para aprender a pronunciar Abayinutiputi, o como se diga, ¿no?

—Dos semanas intensivas —contestó entre risas.

—Y me parecen pocas.

—Roberta...

Pronunció mi nombre con la suavidad y la promesa de un secreto inconfeso palpitando en sus labios y sentí que mi cuerpo se volvía más inestable por momentos. Y lo de ver menos que un gato de escayola no ayudaba demasiado, claro. Pero antes de que pudiese decir nada más, el camarero que debía acompañarnos a nuestra mesa apareció para guiarnos por la oscuridad.

Y metida de lleno en el clímax de la historia, la voz de Ali interrumpe mi regresión al pasado.

—¡Roberta! ¡¿Con la suavidad y la promesa de un secreto inconfeso palpitando en sus labios?! Pero, cariño, ¿qué mierda de cursilada es esa? Y qué oportuno el camarero —protesta volviendo a su tono habitual.

—¿Y cómo fue ese regalo a los sentidos? —pregunta Sara emocionada, haciendo caso omiso de las perlas verbales de Alicia.

—Pues, Sara, debió de ser una putada, porque no le vio la cara en toda la noche. Encima vete tú a saber qué estaba comiendo, le podrían haber puesto polla a la brasa con huevos de cigoto y ni se habría enterado —responde Alicia, rompiendo la magia como solo ella sabe hacer.

—Pero déjala a ella que conteste, mala bestia insensible —le recrimina Sara con una sonrisa que delata su punto débil—. Si te ablandas un poco no vamos a chivarnos, tu reputación continuará intacta. —Sara le pellizca la barbilla cariñosamente y se dirige de nuevo hacia mí—. Dinos, dinos, ¿cómo fue?

—¡Increíble! No sabía que hubiese restaurantes en los que comes a ciegas. Me encantó la sorpresa, aunque Ali tiene razón en una cosa.

—¿En lo de que comiste polla? —interviene esta con la guasa reflejada en sus ojos.

—¡Qué idiota eres! —Le doy un codazo suave—. En lo de que fue una faena no poder verle la cara en todo ese tiempo.

—Os olvidáis de lo más importante.

—¿De qué, Andrea? ¿De que al amor lo pintan ciego?

—No, Ali, de si hubo beso o no hubo beso.

Las tres se quedan mirándome fijamente, con los ojos abiertos como platos ante la expectación, a la espera de una respuesta que, seguramente, desean sea afirmativa a pesar del pobre David, al que parecen haber borrado de la faz de la Tierra.

—No.

Veo la decepción dibujarse en el rostro de las tres.

—Me acompañó hasta la puerta de mi casa y, cuando llegó el momento de la despedida y le vi acercarse hacia mí, mi cabeza solo podía pensar en «por favor, que no me bese, porque no sabré decirle que no». Y me besó en la mejilla. Y entonces pensé «por favor, que me bese, porque no podré dormir si no lo hace». Y mientras mi cabeza se debatía en este deshojar de margaritas de que me bese o que no me bese, él dijo: «Soluciona tus cuestiones amorosas. Yo estaré esperándote». Y se marchó.

—¿Y tú qué hiciste? —pregunta Sara.

—Me quedé con cara de pánfila viéndole alejarse. Yo no le había contado nada en absoluto de David…

—¿Y se giró para volver a mirarte?

La emoción de Sara ante el relato de mi cita con Berto es más que evidente. Solo le falta ponerse a comer palomitas y sorber cocacola por una pajita.

—Sí, y justo en ese instante comenzó a sonar *I will always love you* de Whitney Houston. Pero no solo eso, sino que en el momento álgido de la canción, salieron corriendo el uno en brazos del otro —ironiza Alicia.

Ella es el escepticismo en persona, el contrapunto con la fantasiosa Sara. Aunque tenga momentos de debilidad que, a la vista está, duran aproximadamente lo mismo que duraría Calimero en la puerta de un

Kentucky. Y Andrea... Bueno, Andrea es Andrea. Lo que está claro es que mucho tiene Berto que demostrar para ganarse la confianza de mi amiga más testaruda, malhablada y desconfiada.

—Ali...

—Lo siento... Me gustaría dar palmitas y cantar el *Love is in the air*, pero no quiero otro gilipollas que pase por tu vida y te haga polvo. Y este me preocupa más que ninguno.

—¿Por qué?

—Porque parece amor de verdad, no un simple encoñamiento de los tuyos.

Y tiene razón. Y miro a mi amiga la de piel de lobo y carne de cordero y rompo a llorar como una idiota, porque me conoce como nadie, porque mi dolor es su dolor, porque soy afortunada de tener a alguien tan auténtico como ella en mi vida y porque también estoy muerta de miedo. Otra vez el miedo. Y sorprendida también, porque lo de llorar no va conmigo. Yo soy más de llorar con los ojos secos, dado el caso.

—No llores, joder... —me dice Alicia con las lágrimas a punto de rodar por sus mejillas, cosa que en ella no es sorprendente sino marciano—. Mi reputación, Roberta, piensa en mi reputación, haz el favor.

Sara posa sus manos sobre nuestras cabezas y se levanta a por un nuevo y resucitador cubo de cervezas.

—¡Abayizimpumputhe! —grita Andrea.

Y se hace el silencio. Pero no solo en nuestra mesa, sino en la totalidad del bar. Nadie entiende por qué la chica de colores chillones vocea palabras tan extrañas y nosotras nos quedamos silenciosamente estupefactas porque no sabemos cómo narices ha sido capaz de aprenderse esa maldita palabra en unos segundos, cuando a mí me costó horas.

15
Cuenta la leyenda...

Poner punto y final a mi relación con David me llevó más tiempo de lo esperado. Exactamente dos meses y catorce días. Y no es que yo no tuviese claro que quería dejarle y poder pasar a un terreno menos espiritual con Berto, pero es que David no me lo puso nada fácil. En las primeras semanas de diciembre, cuando quedábamos, siempre venía con entradas ya compradas para ir al cine y se aseguraba de quedar con la hora pegada y así no dejar margen de tiempo antes de la sesión. Cuando la película terminaba, yo empezaba a tantear el terreno para llegar al incómodo «tenemos que hablar», pero nunca llegaba a pasar de esa frase porque, justo cuando la pronunciaba, se alineaban los planetas, y una llamada urgente llegaba al móvil de David y este salía corriendo despavorido. Llamadas silenciosas, por lo que no era difícil imaginar que no eran reales sino una mera excusa para escabullirse y no escuchar. Como si de esa manera pudiese evitar lo inevitable. Así ocurrió en seis contadas ocasiones.

Cuando pasó esta fase, entramos en el periodo navideño y con ello días difíciles; sería la primera Navidad que la familia pasaría sin la abuela Cayetana y sus castañas. Y cualquiera que tenga un poquito de corazón no rompe una relación en días tan dramáticos añadiendo más leña al fuego. Eso sí, me guardé de tener la agenda al completo de compromisos familiares, porque a mí lo de fingir no se me ha dado nunca bien.

Entró el año nuevo y con él volvieron las entradas al cine y las llamadas de suprema urgencia cuando yo pronunciaba las temidas palabras. En una de ellas, mientras él «hablaba», el móvil sonó. Ni siquiera tenía la habilidad de poner el móvil en silencio para evitar contratiempos de este tipo. Crucé los brazos y torcí el gesto, él me miró y echó a correr balbuciendo palabras incomprensibles. Después siempre mandaba algún mensaje justificando su marcha repentina y diciéndome que me quería. En uno de aquellos mensajes llegó a decirme que quería que fuese la madre de sus hijos, como si aquello fuese a retenerme y no a espantarme un poco más.

Durante aquellos días del mes de enero intenté buscar una manera más adecuada de llegar a la cuestión sin levantar sospechas que le hiciesen huir, pero al poner en práctica este nuevo método —que consistía en estar hablando sobre cualquier cosa y de pronto, entre risa y risa, colar el «esto se ha acabado»— acabé con él en urgencias poniéndole puntos de sutura porque resbaló y cayó de bruces contra el suelo; y, aunque al principio pensé que lo estaba haciendo a propósito, como las llamadas, cuando se quitó la mano de la frente y la sangre empezó a salir a borbotones, no tuve duda de que aquello no podía ser premeditado. O lo mismo sí, pero se le había ido de las manos. Visto el panorama, nada me sorprendía ya.

El catorce de febrero fue el día. David y yo habíamos quedado. Él tenía intención de darme una sorpresa por San Valentín. Yo tenía el firme propósito de darle otra.

Quedamos en encontrarnos a las ocho de la tarde bajo el reloj de la Puerta del Sol.

Quince minutos antes de la hora, yo ya estaba allí plantada oteando el horizonte a la espera de que David apareciese. A escasos dos minutos de dar las ocho en punto, le vi salir por la boca de metro más cercana, con un ramo de rosas que abultaba más que él, una botella de cristal con lo que parecía una carta dentro y la ilusión destellando en sus ojos, tras sus míticas gafas de pasta. Mi corazón comenzó a golpear mi pecho como queriendo salir escopetado. Llegó hasta mí y, justo antes de que pudiese producir algún tipo de sonido, destapé mi caja de Pandora.

—Esto se ha terminado.

Y eché a correr como alma que lleva el diablo. Insensible. Cruel. Despiadada. Sintiéndome como una auténtica mierda puesta al sol. Repugnante. Seca.

Corrí toda la calle Arenal hasta llegar al metro de Ópera y continué caminando ligera en dirección a los jardines de Sabatini. Cuando sentí que estaba lo suficientemente lejos del lugar del atentado emocional que acababa de protagonizar, me recosté contra una pared para tomar aire e intenté consolarme a mí misma diciéndome que no me había quedado más remedio que dar paso a lo que Alicia había definido como «plan granada», y que yo nunca había practicado. Dicho plan solo consistía en no intentar allanar el terreno para poder llevar a cabo una ruptura basada en el diálogo entre dos personas adultas, porque aquello —comprobado a lo largo de dos meses y medio— no era posible dado que cualquier tiempo extra era suficiente para que David se sacase una entrada de cine de la manga, recibiese una llamada con amenaza de muerte, valorase la posibilidad de una escapada en platillo volante o achacase de pronto una sordera súbita. Por eso, la única opción era la de tirar la granada y salir corriendo para evitar la onda expansiva. Aunque poca onda expansiva hizo el pobre de David, persona cauta, tranquila y amante de Yoda, que se quedó allí plantado como un pasmarote y sin articular una sola palabra. Y no le culpaba; reconocía que llevar a cabo el plan granada el mismísimo día de San Valentín era una auténtica cabronada por mi parte. Pero es que había llegado al límite de mis fuerzas...

Entonces, al escuchar a mi voz interior volver a justificarse ante lo que acababa de hacer, me di una bofetada a mí misma que captó la atención de varios transeúntes. Bofetón que podría haberme ahorrado de haber sabido lo que venía a continuación: un pequeño objeto volador no identificado cayó sobre mi cabeza y perdí el conocimiento. No sé de dónde vino ni de qué se trataba, pero seguro que el karma tenía mucho que ver en aquel atentado contra mi persona.

Abro los ojos y una luz blanca me ciega la visión por completo. ¿Estoy en el cielo?

Pocos segundos después, cuando mis ojos comienzan a acostumbrarse a la luz, descubro un montón de cabezas familiares alrededor de la cama en la que estoy. Y dado que las cabezas no corresponden a mi familia paterna, no debo de estar en el cielo. El karma no puede ser tan vengativo como para cargarse a todos los que me quedan vivos para castigarme por mi abrupta y poco delicada ruptura con David, así que debo de estar en el hospital, aunque no recuerdo qué me ha traído aquí. Solo sé que corría hacia los jardines de Sabatini y que me di un guantazo a mí misma...¿Tal vez me di demasiado fuerte?

—Ya vuelve en sí —anuncia mi madre.

—Cariño... ¿cómo te encuentras? —oigo preguntar a mi padre.

—Me duele un poco la cabeza...

Una enfermera de rosados mofletes y expresión amable entra en la habitación y pide educadamente a todo el conglomerado familiar que abandone la estancia para poder hacerme un reconocimiento.

—¿Qué me ha pasado? —pregunto mientras revisa mis globos oculares con una linternita que vuelve a nublarme la visión.

—Un huevo duro.

—¿Un huevo duro?

—Sí. El hombre que llamó a la ambulancia y estuvo contigo hasta que llegó ha dicho que oyó a una pareja discutir en el noveno o décimo piso del edificio junto al que estabas cuando recibiste el impacto. Por lo visto, él quería huevos fritos y ella se los puso duros, porque tiene sobrepeso además de colesterol. Él se enfadó y empezó a lanzar los huevos por la ventana. De haber sido huevos fritos, solo te habrían manchado el pelo —me informa la simpática enfermera.

—Menudo oído el del hombre que me socorrió...

Ella asiente con la cabeza efusivamente y continúa haciéndome el chequeo. Mientras tanto, yo medito sobre la peligrosidad de un huevo duro y noto que, además de la cabeza, también me duele un poquito el corazón. Y de esta manera descubro que tan cierto como que un huevo duro puede dejar inconsciente a una persona, es el hecho de que dejar a alguien es mucho más complicado a que te dejen.

—Todo en orden jovencita. En un ratito podrás irte a casa y, ya sabes, si sientes alguna anomalía en las próximas setenta y dos horas, ven inmediatamente para que te hagamos un TAC, ¿de acuerdo?

Asiento con la cabeza. Ella me sonríe satisfecha y comienza a salir de la habitación marcha atrás.

—Y la próxima vez procura mirar para arriba por si caen huevos duros en vez de judías.

La miro con cara de extrañeza ante lo que parece una broma que mi golpeada cabeza no parece haber entendido.

—Como la canción: «Mirad para arriba que caen judías, mirad para abajo que caen garbanzos...».

Y en lo que sigue caminando marcha atrás y cantando la canción de las judías y los garbanzos, choca con otro enfermero que se dirige apresuradamente y sin control hacia la habitación contigua, aguja en mano, a sedar a un paciente un tanto revoltoso. Una mezcla de irresponsabilidades por parte de ambos que termina en aguja clavada en los riñones de la enfermera y enfermera sedada durante el resto de su turno.

Tras el incidente de los torpes sanitarios, entra mi abuela como un terremoto al grito de «hay otro ingresado por impacto de huevo duro en la cabeza».

—Menuda puntería el hombrecito, si lo hace aposta no le sale —comenta mi madre, que entra detrás, al tiempo que se sienta junto a mí en la cama.

Como un segundo terremoto entra en acción mi tío Zenón, se echa folclóricamente un extremo de su fular color salmón hacia atrás y comienza a dar vueltas por la estancia sin parar de repetir «oi, oi, oi».

Mi abuela, mi madre y yo nos quedamos esperando pacientemente a que el tío Zenón termine su clásico espectáculo previo a un cotilleo. Por suerte mi padre y mi abuelo han ido a la cafetería y puede permitirse alargar ese momento más de lo normal. Tras dos minutos de «oi ,oi, ois», manos agitándose, suspiros y demás aspavientos, Zenón se queda parado mirándonos fijamente esperando por nuestra parte la ansiada y rutinaria pregunta que debe llegar tras su exhibición.

—¿Qué pasa? —preguntamos las tres al unísono.

—Muy fuerte. Muy fuerte... —Deja unos segundos para crear ese clima de tensión y misterio con el que tanto disfruta y continúa—: Me he enterado de quién es el otro que ha recibido el impacto de huevo duro. Muy fuerte, pero que muy fuerte.

—Venga tío, desembucha. No tengo la cabeza ahora como para ponerme a pensar.

—Qué ansiosa eres, sobrina. —Me da un toque con su dedo rechoncho en la nariz—. El hijo de Marisa, el hermano de las vecinas de Estremera, las que se querían matar, ¿recuerdas?

—¿Berto? —Al mismo tiempo que pronuncio ese nombre ligado a la persona que tantas y tan diversas emociones genera en mí, el color de mi cara va palideciendo—. ¿Pero está bien? ¡Tío! ¿Está bien?

—Despierto estaba, desde luego. Que después tenga algún traumatismo craneoencefálico y se convierta en el primer muerto por impacto de huevo duro... eso ya no sabría decirte.

—¡Como Newton con la manzana! —salta mi madre feliz por la similitud encontrada aunque claramente inventada tras una tergiversación de la historia real.

—¡Mamá!

—¡Zenón! —le riñe la abuela con un dedo apuntando en su dirección.

Intento levantarme sin pensar siquiera en qué pensarán mi madre y mi abuela ante mi preocupación por el vecino de Estremera al que —supuestamente— solo he visto una vez en mi vida y en una situación nada propicia para intimar.

—Estaba bromeando, madre.

—Pues con la muerte no se juega y menos dentro de un hospital. Anda, ve a la cafetería y tráeme un té verde con una rodajita de limón. —Se saca del escote cinco euros y se los tiende—. Y de paso te subes a tu padre y a tu cuñado que conociéndolos lo mismo se han puesto a jugar al mus.

Zenón obedece y sale cabizbajo en dirección a la cafetería. En cuanto mi tío desaparece de nuestro campo visual, Deyanira e Isabel dirigen sus sabios ojos hacia mí esperando una explicación.

—Qué casualidad, ¿no? —comenta mi madre dándole un leve codazo a mi abuela, la cual sonríe con picardía.

—¿El qué? —pregunto insegura, sin saber realmente a dónde quieren llegar.

—Que el chico de Estremera, al que tú abriste la puerta aquel día en que casi se matan sus hermanas, y tú hayáis recibido un impacto de huevo duro en el mismo sitio y a la misma hora.

—Mamá, Newton descubrió la gravedad gracias a la caída de una manzana, pero no sufrió un traumatismo craneoencefálico.

—Que no me cambies de tema. Ahora no estamos con qué le pasó a Newton, estamos con qué te pasa a ti con el vecino de Estremera.

Lo cierto es que nunca he tenido secretos con mi madre ni con mi abuela, pero en esta ocasión considero que es mejor ocultar lo de Berto hasta que las aguas se calmen un poco y sepa qué va a pasar con esta historia que se está cociendo a fuego lento y con una gran cantidad de anécdotas surrealistas como ingredientes añadidos.

—¿Estás embarazada? —me pregunta mi abuela sin yo saber muy bien cuál ha sido el hilo de sus pensamientos para llegar a tal conclusión.

—¡¿Qué?!

—Claramente conoces a ese muchacho de más de un día y como no nos has contado nada a tu madre ni a mí...

—Lo sé, yaya, pero no es porque esté embarazada.

—¿Entonces? —pregunta mi abuela inquisitiva.

—¿Es que ya no confías en nosotras? —concluye mi madre.

—No os pongáis melodramáticas. Es mucho más sencillo.

Mi abuela también se sienta a un lado de la cama y ambas me observan emocionadas esperando el relato como dos niñas pequeñas a las que les van a contar un cuento.

—Pues conocí a Berto, como bien sabéis, el día en que vino a pedirnos ayuda para evitar una tragedia familiar y después, casualidades de la vida, me lo encontré en el entierro de la abuela de David. Era el enterrador. Nos dimos los teléfonos. Quedamos en Madrid. Me llevó a un restaurante a oscuras, llamado Abayizimpumputhe. Tras complicaciones varias en mis intentos de ruptura con David, lo conseguí por fin. El mismísimo día de San Valentín y de la forma más rastrera. Y después me cayó un huevo duro en la cabeza y llegué aquí, como también sabéis. Fin —resumo a la velocidad del rayo deseosa de poder escapar de mi habitación para ir a ver a Berto.

—Te podías haber extendido un poco más, hija, ponerle unas florituras o algo. El golpe te ha dejado un poco sosa.

—Nosotras aquí esperando la historia de amor de Roberto y Roberta contada con la exquisitez de las narraciones de la mitología griega y tú haciéndonos un mal resumen como si estuvieses telegrafiando. Y hablando de mitología griega, ¿os he contado alguna vez la historia real de Medusa?

—Quiero ir a ver a Berto. Por favor. —Las dos sonríen emocionadas—. Otro día os amplío el resumen de hoy y tú, yaya, vuelves a contarme qué pasó con Medusa, por si me he perdido algún dato.

Las dos parecen satisfechas con el trato y, a pesar de que aún no me han dado el alta, me sorprenden permitiéndome levantarme para ir en busca de Berto. Paramos a la primera enfermera que vemos por el camino, que no es tan simpática como la enfermera accidentalmente sedada, pero al menos nos indica dónde poder encontrar al susodicho.

Tan solo se encuentra a unos pasos de mí, en la sala adyacente.

Por el camino, una voz masculina pregunta sorprendida «¿Deyanira?». Una voz inconfundible a sus oídos, a pesar de haber pasado más de veinte años sin oírla. Mi madre se gira y observo cómo su mandíbula se descuelga de la impresión. Frente a ella un atractivo —aunque menudo— hombre moreno con barba y bata blanca, la mira sonriente. La abuela Isabel abre los ojos de par en par y suspira. Tampoco ella ha olvidado al que fue, durante años, un miembro más de la familia.

—Roberto... —consigue pronunciar mi madre, taquicárdica aunque intente disimular.

—¡Cuánto tiempo! —Se queda mirándola con unos ojos que parecen querer retener esa imagen para siempre—. Deyanira... ven aquí cagando leches.

Las palabras mágicas para que mi madre salga corriendo hacia él y se abrace como un koala a un árbol.

—Isabel, ¿tú no vas a darme un abrazo? —pregunta él asomando la cabeza entre el cabello de mi madre.

Los ojos de mi abuela se perlan de emoción y son milésimas de segundo lo que necesita para reaccionar y unirse al emotivo abrazo. Cuando los tres se deshacen los unos de los otros, los ojos de Roberto se clavan en mí. Plantada en el pasillo, contemplando el panorama y rezando porque mi padre no aparezca en este preciso instante.

—No puedes negar que es hija tuya. Son tus ojos...

Mi madre me indica con la mano que me acerque hacia ellos. Camino dubitativa, sabiendo que llega el momento de la presentación. El momento clave. La revelación a gritos.

—Roberto, te presento a mi hija Roberta.

Y solo con esa introducción, el secreto que durante tantos años mi madre había guardado con celo, sale a la luz.

—Yo voy a ir a la cafetería a rescatar a los del mus. Así os dejo un rato a solas para que os pongáis al día —informa mi abuela, situada junto a mí.

—Vamos a mi despacho si quieres. Te invito a un café —propone Roberto a una Deyanira que aún está asimilando el fortuito encuentro—. Ha sido un placer volver a verte, Isabel. Y a ti conocerte, Roberta.

—Igualmente. —Y, aunque no lo verbalizo, mi voz interior añade: «o eso creo».

—Y tú, jovencita —dice mi abuela, sujetándome del brazo tras haber plantado dos besos en las mejillas al que podría haber sido su yerno—, ve a ver a ese muchacho, que lo estás deseando.

Y no se equivoca.

Con una despedida tímida y confundida, con una extraña sensación en el cuerpo ante el inesperado encuentro de mi madre con el culpable de que yo tenga este nombre y los nervios anidados en mi estómago, camino por el pasillo en dirección a la sala donde se encuentra Berto. Llego hasta ella y asomo un poco la cabeza por la puerta entreabierta.

—¿Berto? —tanteo previamente por si le encuentro dormido.

—¡Roberta! —exclama con esa sonrisa suya arrebatadora en los labios y una brecha luciendo en su frente.

—¿Te dio tanta envidia mi huevazo que pediste también uno para ti?

—Tengo envidia de todo lo que te toca.

Ante esas palabras suyas siento los músculos de mi cara ir adaptando la forma del bobaliconismo más extremo. Me acerco tímidamente hasta la cama y sigo preguntándome cómo puede ser tan perfecto. Hasta con esa bata horrible de hospital está digno de una portada del *Men's Health*.

—¿Estás bien?

Asiento con la cabeza, aún deleitándome en la frase anterior.

—Te vi en la calle y, cuando quise acercarme a saludarte, te desplomaste. Al echar a correr para ver qué te había pasado, algo me golpeó la cabeza.

—La maldición del huevo duro.

—O la fortuna —me guiña un ojo y me indica con un gesto de la mano que me acerque más a su cama—. Y lo siguiente que recuerdo ha sido despertarme aquí.

—¿Y tu familia? ¿Quieres que los llame? —pregunto ante la ausencia.

—No te preocupes. Ya he hablado con ellos, les he dicho que no era necesario que viniesen. Aun así, están de camino. Ya sabes, padres.

Me acerco más a él y observo cómo la luz de las farolas que entra por la ventana se refleja sobre su cara realzando la perfección de cada una de sus facciones. Me siento junto a él. Su mano acaricia mi pelo. Mi mano acaricia con cautela su reciente herida sellada con puntos de sutura, muy cerca del nacimiento del pelo. Tiene la piel tan suave...

—El destino se empeña en juntarnos en los lugares más imprevisibles.

—Ya no me parecería raro terminar contigo en un avión secuestrado por monjas —consigo bromear, a pesar de que los nervios me están torturando por dentro y, a tenor de mi mano temblorosa, también por fuera.

—Ni a mí besarte por primera vez en un hospital.

—¿Qué pensará ese señor? —digo en un susurro, señalando con un leve movimiento de cabeza al hombre que ronca en la cama de al lado.

—¿Tú crees que va a enterarse de algo?

Y así es cómo se incorpora lentamente y sus labios rozan por primera vez los míos. Perfectamente acoplados, en un ritmo suave y cálido. Un beso como nunca antes me habían dado. La perfecta sintonía de dos bocas que lo único que buscan es encontrarse.

16
Detalles de un encuentro fortuito

A escasos tres días de haber salido del hospital, regreso a mis labores en la empresa. Mi padre se niega en un principio, tal vez piensa que he sobrevivido al ataque de Hiroshima y Nagasaki, en vez de al simple golpe de un huevo. Los padres son así de exagerados cuando se trata de sus hijos, hasta del picotazo de un mosquito hacen un mundo por si el mosquito fuese portador del ébola. Insisto en que me encuentro bien y en perfecto estado para regresar al trabajo y finalmente consigo convencerle, aunque el encargo que recibo es más sencillo que montar en bicicleta con ruedines. Y solo me asigna uno. Lo que significa que mi jornada laboral se resume en hora y media. Lo que tardo en llegar a Pozuelo de Alarcón, entrar en el domicilio de un tal Jerónimo Pacheco, pederasta y violador, rociar la casa con un «anulador de olores gaseosos» y abrir la llave del gas mientras él duerme plácidamente, ajeno a que jamás despertará.

A las doce del mediodía llego a casa. Mi madre está en la cocina preparando unos termos de café para llevarse a su despacho. Descafeinado, por supuesto. A la mayoría de sus pacientes no se les recomienda ni una gota de cafeína. Y estamos solas. Paul está en el colegio. Mi padre en la oficina. Y, aunque dicen que las paredes oyen, no hablan. Así que ese es el momento idóneo para que mi madre me cuente cómo fue ese café con Roberto en su despacho. Y aunque no me siento demasiado cómoda escuchando a mi madre hablar de otro hombre que no sea mi padre, debo hacerlo. Porque sé que necesita desahogarse, porque ella siempre está para mí y porque no se puede juzgar a alguien que se enamoró profundamente en su juventud y no pudo olvidar.

Roberto comenzó a trabajar en el área de psiquiatría en el Hospital Clínico San Carlos hace dos años, justo cuando se divorció de Silvia tras veinte años de matrimonio sin hijos. Él siempre quiso ser padre, pero los años fueron pasando y Silvia siempre ponía alguna excusa para no quedarse embarazada. Finalmente, en una discusión bastante turbulenta, ella le confesó histérica que jamás castigaría su cuerpo teniendo hijos. Le daba asco tener barriga y quedarse después flácida y llena de estrías. Fue en ese preciso momento, ante aquellas frívolas palabras, cuando Roberto se desenamoró de la que había sido su mujer durante tantos años e, ipso facto, le pidió el divorcio.

Por su parte, mi madre le habló de Miguel, de su matrimonio feliz con dos hijos y de su actual trabajo como psicóloga en su propio gabinete en la calle Serrano. Hablaron de tiempos pasados, esos tiempos en los que compartían tanto, y buceando entre aquellos recuerdos la pregunta por parte de Roberto no tardó en llegar: «¿Por qué la llamaste Roberta?» Y Deyanira no calló en esta ocasión. «Por ti.»

—¿Y qué dijo él, mamá?

—Que cuando regresó de Berlín con Silvia y volvió a verme, supo que nunca llegaría a quererla del mismo modo en que me había querido a mí —me confiesa con un nudo en la garganta y los ojos clavados en su humeante taza de café.

—¿Y por qué nunca te dijo nada?

—¿Y por qué nunca le dije yo nada a él?

Roberto y mi madre jamás llegaron a estar juntos por orgullo y por miedo. Mirando a mi madre marear el café con la cucharilla, empiezo a pensar que eso de que el destino está escrito es una patraña como muchas otras, a pesar de los muchos favores que me ha hecho a mí, especialmente en los últimos meses. Pero la realidad es que el destino lo escribimos nosotros mismos, con nuestros pasos y con nuestras decisiones. Somos nosotros los que elegimos las zapatillas con las que andar el camino. El destino solo lanza piedras en él de vez en cuando: el retorno de Roberto a España con una novia justo cuando Deyanira se había decidido a decirle lo que sentía o el encuentro en el Hospital

Clínico tantos años después. El resto, el tomar un desvío u otro, es asunto nuestro. Si ninguno de ellos hubiese optado por el silencio, su destino no sería el que hoy es, se habría reescrito cada página. Lo que probablemente significaría que yo no habría existido.

—Gracias, mamá —digo de pronto tras el análisis mental.

—¿Gracias por qué?

—Porque si le hubieses dicho algo a Roberto, yo hoy no estaría aquí.

—Una cosa ten por segura, tal vez siempre quede en mí ese sentimiento hacia Roberto, o quizá solo sea un recuerdo enquistado de lo que fue, no lo sé. Pero a diferencia de él, yo no me arrepiento de las decisiones que tomé. Amo a tu padre, soy feliz con él y me ha dado los dos regalos más maravillosos de mi vida, tu hermano y tú. Mi vida no habría podido ser mejor.

Y en ese momento tan tierno y tan especial entre una madre y una hija, entra mi padre a pecho descubierto y la camisa en la mano.

—Vengo a cambiarme. Me he puesto la camisa perdida de sangre.

Mi madre se acerca hacia él y le besa apasionadamente.

—¿Y esto?

—Porque te quiero.

Una enorme sonrisa se forma en mis labios y salgo de la cocina de puntillas. En el trayecto siento el móvil vibrar en el bolsillo de mi pantalón vaquero desgastado. Un mensaje de Berto ilumina la pantalla. «Espero que hayas terminado ya tus tareas. Te recojo a las cinco. No preguntes dónde vamos, lo importante es que vamos juntos.» Y aunque la última vez que me dijeron algo así terminé cociéndome dentro de un mono de plástico y una peluca roja, decido que, sean cuales sean las trabas que me ponga el destino, siempre intentaré escoger el camino que me lleve a construir un futuro con él. Mi Roberto particular.

17
La herencia familiar

—Brindemos por este mes de abril en el que estamos, una vez más, todos reunidos. —La abuela Isabel levanta su copa de vino blanco y sonríe tan ampliamente que su dentadura postiza cae sobre su cuenco de gazpacho—. ¡Alegría, que pierdo los dientes!

—Recuérdale a tu madre, que debe de estar perdiendo ya la cabeza, que tiene dos nietas más que hoy no están aquí —dice Martina dirigiéndose a Pericles como si no pudiese ella misma hablar directamente a la abuela, sentada junto a ella.

Alguien había escuchado mis plegarias cuando Adelaida y Ofelia estuvieron de viaje en China, porque habían conocido a dos gemelos chinos en un crucero por el río Li y, definitivamente, se habían asentado allí. Por lo visto salieron desde Guilin y, entre miradas, sonrisas y ninguna palabra, cuando quisieron llegar a Yangshuo ya estaban los cuatro enamorados. Sospecho que en cuanto los dos chinos sean capaces de entender el castellano, el amor se irá por donde vino. Y, si no, yo misma iré a China para darles a esos dos un premio a la tenacidad, la paciencia y la gallardía.

Ante el ácido comentario de Martina, mi abuela Isabel hace oídos sordos. Ella es más elegante que todo eso. Se cubre la boca con una mano, mientras con la otra busca su dentadura en el fondo del recipiente. Consigue sacarla y, como si del acto más inocente se tratase, comienza a sacudirla en dirección a Martina. La lagarta grita espantada con la cara, el pelo y el vestido salpicados de gazpacho y sale despavorida, agitando las manos por encima de la cabeza, en dirección al interior de la casa.

—Mamá, eso no está bien —la riñe Pericles.

—Tu madre está ya chocha, hijo, no se lo tengas en cuenta —interviene mi abuelo Juan guiñando un ojo cómplice a su mujer.

Y ocurre lo inevitable y lo incomprensible. Esas cosas que solo suceden cuando Paul está cerca. Agarra el cuenco de gazpacho con las dos manos y, sin previo aviso, se lo vierte por encima de la cabeza ante nuestras miradas de estupor.

—Paul, cariño —consigue decir mi madre con esa paciencia que la caracteriza—. ¿Nos lo puedes explicar?

—¡Claro! —contesta entusiasmado, como si realmente tuviese una respuesta que justificase tan incoherente acto—. He sentido lo mismo que siento en la playa cuando me mancho un poquito de arena.

—Creo que necesitaremos que concretes un poquito más —continúa mi madre, con calma.

—Pues eso. Mancharme un poquito me sienta mal, por eso en la playa termino haciendo la croqueta. Si estoy todo rebozado, no necesito preocuparme por mancharme más.

—Y por eso has decidido tirarte el gazpacho por encima...

—¡Exacto! —exclama de nuevo entusiasmado—. Porque la yaya me ha salpicado un poquito con su dentadura postiza.

El mutismo invade la mesa. Definitivamente, o él es adoptado, o lo soy yo, pero no concibo de ninguna manera que seamos sangre de la misma sangre.

La primera en romper el silencio es mi abuela, con su dentadura postiza en la mano y los labios fruncidos hacia dentro consecuencia de sus encías desnudas.

—Venga, cariño, vamos para dentro. Tú a limpiarte y yo a pegarme de nuevo los dientes.

Mi hermano se levanta risueño, se agarra al brazo de mi abuela y se pierden en el interior de la casa.

Para amenizar la espera, a mi tío Zenón se le ocurre hacernos una muestra de los bailes que está aprendiendo en las clases de Bollywood a las que se ha apuntado recientemente. Mi abuelo desdobla el periódico ignorando, una vez más, lo evidente. Los demás nos quedamos observando el panorama, quizá por educación o porque no tenemos nada mejor que hacer en ese momento. Entonces pienso en la propuesta de mi madre tres días atrás —«¿por qué no le dices a Berto que venga?»— y mi rotundo «no» es por esto, porque estas cosas es mejor vivirlas en familia, porque la familia no es algo que decides, es algo que te viene impuesto. Y aunque Paul se tire el gazpacho por la cabeza o mi tío baile Bollywood o jotas aragonesas, los voy a seguir queriendo igual, pero con Berto llevo escasos dos meses e invitarle a una de estas comidas podría significar el fin antes del comienzo. Las familias estrambóticas no son algo a lo que uno se acostumbre de la noche a la mañana. Requiere tiempo.

Pero a veces ocurre que tus peores pesadillas se hacen realidad. Y lo compruebo en mis propias carnes cuando la puerta que da al patio se abre y aparece Berto. Radiante. Provocándome con cada movimiento. Con unos vaqueros oscuros, una camisa de cuadros granates y azules sobre fondo blanco y una tortilla.

Justo cuando voy a formular la evidente pregunta —«¿qué haces aquí?»—, mi madre se levanta alegremente hacia él.

—¡Bienvenido, Berto! Yo soy Deyanira, la madre de Roberta. —Le planta dos sonoros besos en las mejillas—. Voy a por una silla más y te hacemos hueco al lado de Roberta.

Todos los presentes saludan con cierta intriga en la mirada al invitado. El único que le conoce es mi abuelo y aún no ha levantado los ojos del periódico.

Aparece mi abuela pizpireta con una fuente de ensalada y la culpa impresa en el rostro. El agradecimiento de Berto por la invitación a esta, como él dice, «entrañable comida familiar» —ignorante de que estas comidas pueden ser de todo menos entrañables— confirma mis sospechas.

—¡Juanito!, mira quién ha venido.

Mi abuelo levanta la mirada observando por encima de sus gafas de monturas al aire.

—¡Pero bueno, Franklin, qué sorpresa!

¿Franklin?

Se levanta presuroso de su asiento y estrecha la mano de Berto. Este le mira de hito en hito, lo que me lleva a pensar que lo de llamarle Franklin no debe de ser una broma habitual entre vecinos de Estremera.

—Familia, por fin tengo el placer de presentaros al político, científico e inventor más grande que ha parido América.

Así es como mi abuelo se estrena como principal artífice de una comida familiar pasada de rosca quitando el título honorífico de un plumazo a mi hermano Paul, que segundos más tarde a la presentación en sociedad de Benjamin Franklin, aparece ataviado con un traje de neopreno.

—Juanito, ¿por qué no vas a enseñarle a Franklin la casa? —sugiere mi abuela.

—Franklin, acompáñame y siéntete como en casa. Tú y yo tenemos muchas cosas de las que hablar. Lo de que la cometa te llevase al pararrayos aún hoy me tiene fascinado, amigo mío. —Agarra a Berto del brazo y él, obediente y contrariado, le sigue hacia el interior de la casa.

Aprovechando la ausencia del abuelo, la abuela anuncia lo que, en realidad, ya todos sabemos e intuíamos que tarde o temprano llegaría: Juan Feliz de la Torre había admirado desde que tuvo uso de razón a Benjamin Franklin. Había leído todo lo que él había escrito y todo lo que se hubiese escrito sobre él. Su obsesión llegó a tal punto que comenzó a ir a una médium para poder contactar con el fallecido político y científico estadounidense. Desde hacía tres años acudía una vez al mes al gabinete de una tal «Menchu y sus espíritus» y había empezado a elaborar él mismo todos los inventos creados por Franklin, desde la cometa hasta la armónica de cristal. En cuanto empezó a «comunicarse» con el fallecido, mi abuela supo que no quedaba demasiado para que sucediese lo inevitable.

—¡Ay, mi Juanito! Ya se me ha quedado como una cabra —exclama la abuela Isabel.

—No te preocupes, no va a desentonar en esta familia.

—¿Y tú por qué no te callas, Martina? —ataca mi tía Afrodita.

—No suelo atender a los comentarios de furcias como tú. —Dispara la bala sin un ápice de educación.

—Oi, oi, oi, lo que ha dicho... —susurra Zenón ocultando la boca en el hueco que queda entre el fular y su cuello.

Es entonces cuando la mano de la tía Helena, la más pacífica, sensata y embarazadísima de la familia, impacta contra la cara de la italiana. César, pega un bote en su silla por la sorpresa y, cuando es consciente de lo que acaba de ocurrir, lanza una mirada de orgullo a su heroica Helena. Una bofetada tan merecida que ni mi tío Pericles interviene en la defensa de su mujer, a pesar de la mirada asesina que esta le dirige exigiéndole que se alce en armas contra su familia. Cosa que no hace y que me invita a pensar que, tal vez (y solo tal vez), mi tío algún día será capaz de decirle a la víbora «nunca vuelvas a tomar partido contra la familia» al más puro estilo Corleone. Porque una familia puede ser todo lo extravagante, extraña o anormal que quiera, pero la familia es la familia.

Es una verdadera pena que mi tío Pericles no decida hacer negocios con mi padre para poder quitarse de una vez esa soga que lleva atada al cuello desde el día en que decidió contraer matrimonio con Martina. Pero tiempo al tiempo, que ahora mis primas las repelentes están perdidas en algún rincón de China, lo que deja a Martina bastante indefensa.

El silencio se asienta en la mesa, pero las miradas que se lanzan los unos a los otros van cargadas de palabras. Un momento tan propio de las películas del Oeste que, de haberle puesto la banda sonora de *El bueno, el feo y el malo*, me habría pensado si sacarme las palomitas.

Por fin regresan a la escena el abuelo Juan y Berto. Los dos caminan juntos hacia la mesa con ese gesto de quien intenta contener la risa y a duras penas lo consigue. La atención se centra de nuevo en el tema que atañe: el abuelo está como una chota.

Temíamos que este día llegase, dado que todos los antepasados varones de la familia de mi abuelo materno habían perdido el juicio pasados los setenta años. Una extraña herencia que algunos médicos acordaron denominar *síndrome kaprino-kaprino*.

El primero en sufrir este tipo de desvaríos fue el tatatatatatarabuelo de Juanito, Casimiro —que, caprichos del destino, encima era bizco—. Se trata de una extraña enfermedad —padecida hasta hoy únicamente por la familia de mi abuelo— por la cual el afectado sustituye personas reales por personajes históricos que les hayan marcado de un modo u otro. No afecta para nada a la salud, de hecho Casimiro llegó a los ciento veinte años, y una larga lista de personas de su entorno convertidas, a sus ojos, en toda clase de celebridades, desde Karl Marx hasta Charles Darwin. De este modo el abuelo de mi abuelo pensaba que uno de sus hijos era Hitler, el padre de mi abuelo veía a Marilyn Monroe en su mujer —una fortuna para él que veía piel tersa donde solo había arrugas— y ahora mi abuelo ve en Berto a su idolatrado Benjamin Franklin.

—Se nos va a quedar la comida fría y para un día que viene Benjamin... —Da una palmadita en la espalda a Berto, con confianza, y le indica con la mano que puede ir tomando asiento.

Berto toma asiento junto a mí y me susurra al oído «tu abuelo es encantador» y no le falta razón. Disimuladamente poso mi mano sobre su pierna y él entrelaza sus dedos con los míos provocando un sinfín de emociones danzando dentro de mí. Una mano cálida, grande y acogedora. Una mano que deseo que jamás me suelte. Es increíble cómo en tan poco tiempo Berto se ha convertido en mi hogar.

—Juanito, mi amor —dice mi abuela Isabel con dulzura—. ¿Todo bien?

—Un poquito *estrufacto* Isabelita, para qué negarlo.

Ella le lanza un beso fantasma y él lo pesca al vuelo y se lo pone en los labios.

—Papá, *estupefacto* —corrige mi madre, conteniendo a duras penas las ganas de reír.

—Eso, eso —responde contento el abuelo Juan. Hunde la cuchara en el cuenco y comienza a comerse su gazpacho sin quitar ojo a Berto.

Y así nos quedamos todos, observando entre sorbos y bocados el discurrir de la educativa conversación del abuelo con el resucitado y rejuvenecido Franklin. Estupefactos. Muy estupefactos. Y Berto y yo con las manos entrelazadas por debajo de la mesa y cierta canción de Luis Miguel sonando en mi cabeza a modo de banda sonora, canción que nunca había significado nada para mí y que ahora tomaba un cariz diferente. «Por debajo de la mesa, acaricio tu rodilla y bebo sorbo a sorbo tu mirada angelical...»

18
Salto al vacío

Desde mi primera cita con Berto en el Abayizimpumputhe, mi vida se ha convertido en un sinfín de sorpresas y emociones. Más de las que mi extraña familia haya podido proporcionarme a lo largo de los años, que no son pocas ni cotidianas.

Me encuentro en la estación de Príncipe Pío esperando a que Berto venga a recogerme. Me ha obligado a ir en chándal y con mochila, a pesar de que odio esta clase de indumentaria; más aún cuando se trata de un domingo. Y no es que se trate de un domingo cualquiera, es el domingo de nuestro tercer mesiversario: catorce de mayo.

Rezo porque llegue pronto a recogerme y en su coche lleve el aire acondicionado en modo iglú, ya que el verano parece haberse adelantado y los treinta grados de las doce de la mañana me están haciendo sudar a mares. No estoy nada atractiva ni deseable y eso me pone muy nerviosa. Y cuanto más nerviosa, más sudo. Total, que entro en un terrible bucle de sudores incontrolables. Chándal, mochila y goterones nunca fueron una buena combinación, a no ser que esté justificado con una salida por la puerta del gimnasio. En momentos como este me pregunto por qué no haré yo caso a los consejos de mi abuela Isabel, «lleva siempre un pañuelo en el escote o en la manga». O un cubo.

Por fin veo aparecer a Berto, pero no viene en coche. Viene en moto. Lo que significa que tendré que ponerme un casco que me hará sudar más aún y me dejará el pelo pegado a la cabeza igual que si me hubiese lamido una vaca. Fantástico. Espero que la sorpresa de hoy no sea llevarme a un hotel. No por falta de ganas, sino porque las condiciones no son las más apropiadas para una primera vez con el amor de tu vida.

Llego junto a la moto y compruebo que nunca un hombre había estado tan sexy con un pantalón gris deportivo y una camiseta azul simple. A pesar de morirme de las ganas, evito cualquier contacto físico con la intención de no espantarle. Pero de nada sirve mi débil empeño cuando se quita el casco y su mano derecha pasa por detrás de mi cintura para acercarme a sus labios.

—Estás preciosa —dice, aún con su mano apretándome contra él.

—Y tú eres muy mentiroso —respondo, señalando mi cuerpo de arriba hacia abajo.

—Yo nunca miento, señorita Lamata.

Vuelve a besarme apasionadamente, mordisqueando de forma cariñosa mi labio inferior y un escalofrío recorre todo mi cuerpo y mi entrepierna. Le deseo con cada célula, de forma desesperada y me estremece el solo hecho de imaginarle desnudo sobre mí. Ante la imagen tan erótica que va tomando forma en mi cabeza, me agarro con más fuerza a él, acariciando sus brazos, fuertes y definidos. Un gemido escapa de mis labios y cuidadosamente él me separa de su boca y acariciando mi mejilla me mira fijamente con unos ojos encendidos, brillantes, cautivadores...

—¿Intentas despistarme? ¿O excitarme?

—Más lo segundo —consigo decir mientras me deleito en esa palabra tan sexy saliendo de esa boca tan apetitosa. Porque sí, quiero excitarle, quiero perderme en su cuerpo y amarle de todas las formas posibles.

—Pues lo has conseguido —responde de forma picarona dirigiendo una mirada a su paquete, visiblemente abultado.

Me emociona comprobar cómo reacciona a mis besos y vuelvo a besarle ansiosa, como si no estuviésemos en mitad de la calle, como si no existiese nada más. Él se escapa de mi boca sedienta y esconde la cabeza entre mi pelo.

—Roberta... Vas a volverme loco —susurra, aún escondido en la cavidad entre mi cuello y mi clavícula—, pero ahora debemos irnos o vamos a llegar tarde. Además, si sigues así voy a tirar la moto al suelo y devorarte aquí mismo y no es apropiado dar un espectáculo así.

—Tienes razón... —respondo melosa, aunque lo último que deseo es despegarme de él.

Se aparta suavemente de mí y se saca el otro casco encajado en su brazo izquierdo. Me lo pone cuidadosamente y me invita a subir golpeando con la mano el hueco detrás de él. Listo. Ya parezco la hormiga atómica. Subo a la impresionante Yamaha rojo pasión, paso mis brazos alrededor de su cuerpo y me aprieto contra él. Su calor enciende aún más mi deseo que se silencia con el rugir del motor y el viento azotándonos dirección a un lugar desconocido donde registrar nuevos recuerdos juntos.

Durante el camino intento hablar, pero el aire y el casco impiden que mis palabras lleguen a él, tan concentrado en la conducción. Decido callarme y disfrutar del paisaje y la velocidad. Hacía mucho tiempo que no montaba en moto y ya no recordaba esta sensación de libertad.

De pronto noto algo vibrar cerca de mí. Prudentemente palpo con las manos intentando localizar de dónde procede. Tanta insistencia empieza a ponerme nerviosa. Al final descubro que es el móvil de Berto, alojado en uno de sus bolsillos. No digo nada, porque es absurdo intentar hablar y supongo que él ya lo habrá notado. Por fin el temblor cesa, pero solo durante unos segundos. Berto dice algo que no consigo comprender. Aminora la marcha y repentinamente nos desviamos de la trayectoria y para en un lado de la carretera. Apaga el motor y me indica que me baje de la moto. Obedezco y aprovecho para quitarme el casco y respirar aire fresco, libre de la presión en la cabeza.

—Disculpa, pequeña, demasiada insistencia al teléfono. Voy a ver quién es.

—Sí, sí, tranquilo.

Saca el móvil de su bolsillo y su cara se torna en preocupación. Se aleja de mí para devolver la llamada y solo atino a entender «¿qué ocurre? Te dije que hoy no me llamaras, necesito pensar». Esas palabras me ponen en alerta. ¿Quién está llamándole y en qué tiene que pensar? Intento aguzar el oído para seguir escuchando la conversación, pero Berto continúa caminando y la distancia me impide oír nada más. Espero pacientemente, recogiendo piedrecitas del suelo y lanzándolas sin sentido para intentar no escuchar el hilo de mis pensamientos, pero la actividad escogida no evita que en mi cabeza empiece a generarse una película tras otra. Y en todas ellas hay un elemento común: una mujer.

El miedo a perderle, ese que había conseguido aplacar, vuelve a hacer su aparición por la puerta grande y a hombros. Intento calmarme y convencerme a mí misma de que estoy sacando todo de contexto. Berto no me engañaría, entre él y yo hay algo tan mágico y tan especial que no cabe esa posibilidad. Pero... ¿y si cabe? Siento cómo mi corazón late con más fuerza, violento, histérico, como si una mano estuviese estrujándolo. Me siento sobre una enorme piedra y hundo la cabeza entre mis manos intentando relajarme y borrar la sucesión de horribles imágenes que se agolpan en mi cabeza. Otra mujer. Hay otra mujer.

Levanto la cabeza sobresaltada cuando una mano se posa sobre mi cabeza. Berto se acuclilla junto a mí y con su mano empuja suavemente mi mentón para obligarme a mirarle a los ojos. No quiero. Estoy luchando con mis lágrimas para que no se derramen y por eso vuelvo a clavar la mirada en el suelo; si por los menos hubiese un desfile de hormigas podría intentar evadirme contándolas, pero nada. Y es que si le miro, aunque solo sea una milésima de segundo, estaré perdida. Pero él no piensa darse por vencido, toma mi cara entre sus manos y la levanta con suavidad. Intento pensar en algo divertido. Algo que evite que me rompa allí mismo, pero no encuentro nada. Él junta su cara a la mía, rozando mi nariz con la suya y una lágrima se escapa...

—Mi niña, ¿qué ocurre? —pregunta con tono de preocupación y cierta sorpresa.

—¿Hay otra mujer? —disparo sin pensar, porque estas cosas es mejor hacerlas así, sin vaselina, sin aditivos.

—¿Por qué preguntas eso? —su cara se turba ante mi pregunta.

—Por la llamada. Te he escuchado decir que hoy no te llamase, que tenías que pensar. ¿Cómo se llama?

—Rodrigo.

Abro los ojos como platos. No me lo puedo creer.

—¡¿Eres gay?!

Él comienza a reír estrepitosamente y yo le miro confundida porque a mí, gracia, lo que se dice gracia, no me hace ninguna. No creo que esté preguntando algo tan descabellado, podría pasar. Igual es bisexual y ahora está un poco perdido. Cuando consigue controlar los espasmos de la risa, estampa sus labios en los míos y sujetándome de las axilas me obliga a levantarme de mi improvisado asiento. Por mi parte sigo mirándole de hito en hito, esperando una respuesta.

—Era mi padre, tenemos algunos problemas, pero nada importante...

Su sonrisa se extiende iluminando su preciosa cara e intento resistirme. Lucho conmigo misma por no colgarme de su cuello y olvidar en la tontería que he compuesto en cuestión de minutos. Pero una parte de mí me hace dudar, esa parte que fue quebrando mi inocencia a base de decepciones. Ante mi mutismo, Berto me abraza con fuerza y, poco a poco, la rigidez de mi cuerpo va cediendo, amoldándose a su calidez.

—Tú eres mi única verdad.

Y aunque me hubiese gustado más escuchar «no hay ninguna otra mujer» o alguna variante similar, lo cierto es que su respuesta es mucho más original y auténtica. Soy su única verdad... Espera, la frase puede esconder trampa, igual significa que tiene otra mujer, pero de mentira. Igual está casado con alguna extranjera que quería conseguir los papeles. O con un hombre. Enredada aún en su abrazo y con este hilo de pensamientos cada vez más rocambolesco, me doy cuenta de que si hubiese un Oscar a «la película que te has montado» me lo habrían dado a mí seguro. Alzo la cabeza para encontrarme de nuevo con su intensa mirada y decido lanzarme a la aventura de confiar a ciegas.

—Perdóname... —Es lo único que consigo decir, con cierta vergüenza después del numerito de celos que acabo de protagonizar.

—Ponte el casco que nos vamos. —Deposita un beso fugaz en la punta de mi nariz, toma mi mano y volvemos hacia la moto para continuar con el camino a no sé qué lugar.

Durante el segundo tramo del trayecto, me mantengo en silencio. En primer lugar por la imposibilidad de mantener una conversación, pero sobre todo porque sigo dándole vueltas a lo que acaba de ocurrir. Ya no a lo de que haya otra mujer —eso lo he descartado, al menos eso quiero creer—, sino a los problemas de Berto con su padre. No he querido preguntar, porque si no ha dicho nada más es porque no quiere compartirlo conmigo, pero la curiosidad me puede y a riesgo de volver a montarme una película, decido empezar a tararear una canción para distraerme. Meryl Streep cantando *The Winner takes it all* resuena en mi cabeza y me pierdo en la belleza de su melodiosa voz y su energía.

El destino es Buitrago de Lozoya. Aparcamos en mitad de la aparente nada y observo a Berto guardar los cascos cuidadosamente en dos bolsas rojas con cuerdas. Parece distraído, absorto en sus pensamientos, ¿en qué estará pensando?, ¿qué ocurre con su padre? Meryl ha dejado de cantar y las preguntas vuelven a taladrarme la cabeza. Dudo si preguntar acerca de ello, pero antes de decidirme, él se cuelga las dos bolsas al hombro y me sonríe abiertamente. Una sonrisa misteriosa que me desconcierta unos instantes, aunque pronto descubro qué es lo que esconde cuando me tira de la mano y me arrastra en dirección al puente de Lozoya, desde el cual veo a personas caer sujetas por una cuerda. Solo por una cuerda. En cuestión de segundos, justo lo que mi cabeza tarda en procesar la información, mis articulaciones comienzan a ponerse rígidas y el pánico se asienta en mi interior.

—Espero que vengamos a fotografiar el paisaje —balbuceo, a sabiendas de que voy bastante desencaminada.

—Error. Venimos a saltar —me informa, entusiasmado, sin soltar mi mano, probablemente para evitar mi huida—. ¿Te atreves?

Y mis palabras me traicionan respondiendo: «Contigo me atrevo a todo».

Llegamos a lo alto del puente y un señor de pelo blanco con aspecto de madeja de lana se acerca a nosotros para pedirnos los nombres y explicarnos cómo funciona la locura del *puenting*, pero no escucho ni una palabra, ya que los continuos gritos de mi pensamiento ante la posibilidad de que la cuerda se rompa y me estampe, me dejan sorda. Únicamente hay dos personas por delante de nosotros, en cuanto ellos salten al vacío, nosotros iremos detrás.

El chico que está preparado en el borde para saltar, se gira para preguntar algo al tipo con rastas que le ha asegurado el arnés, los mosquetones y la cuerda. Y para rematar un día de locos, resulta que ese chico es David. El mundo es muy pequeño y también muy puñetero. Sus ojos se clavan en mí y su risueña expresión cambia por completo.

—Cuanto más te lo pienses es peor —le advierte el rastafari.

—Me dejaste sin una explicación —me reprocha David al filo de la caída.

Sus palabras captan la atención de Berto que me mira con una interrogación dibujada en las pupilas.

—Creo que ahora no es el momento más idóneo para hablar de esto —le advierto.

—Tal vez lo sea. Roberta, te echo de menos. Vuelve conmigo, por favor.

Observo el panorama a mi alrededor y, aunque hay más árboles y piedras que público, hay el suficiente como para que el rubor de mis mejilla haga su aparición estelar.

—David, no montes un número aquí. Estamos en un puente.

—Este es el mejor lugar, porque si no vuelves conmigo tendré que saltar sin cuerda.

—Eso no sería apropiado —interviene el tipo de las rastas con la parsimonia de quien se ha fumado un porro en horas laborales.

—Ni inteligente —añade Berto, que se ha acercado junto a mí.

—¿Y tú quién eres? —pregunta David, que acaba de reparar en la presencia de Berto.

—Roberto. Su novio —responde, mientras pasa su brazo por encima de mis hombros, marcando territorio.

—Roberto y Roberta. Parecéis un chiste malo.

Y sin dar lugar a ninguna intervención más, suelta el mosquetón de la cuerda y con un gesto de cabeza más propio de las tragedias griegas que del siglo XXI, informa de que va a saltar en cuestión de, exactamente, tres segundos. Observo a nuestro alrededor a ver si encuentro a la persona que ha venido con él, pero nadie parece preocuparse más que yo en este momento.

—No intentes buscar a alguien que me lo impida. He venido solo, como terapia para volver a sentir algo. Después de lo que pasó contigo...

—Esto no tiene sentido David —consigo decir a media voz.

Aunque intento disimularlo, mis nervios comienzan a ir in crescendo. Prueba de ello es mi pie izquierdo que no deja de moverse esquizofrénicamente en círculos. Pero aparte de mí, ninguno de los presentes muestra alarma alguna. Cosa extraña si tenemos en cuenta que hay un joven al borde del abismo amenazando con tirarse y salpicarnos a todos de sangre. Lo que me hace barajar dos posibles opciones: o bien todos han percibido que David se está marcando un farol, o bien han compartido el porro del chico de las rastas. De hecho, no es que la situación no haya despertado ninguna alarma, es que están de lo más tranquilos; incluso hay una pareja de peruanos —surgidos de la nada—, que están aprovechando el momento para hacerse un *selfie* junto al posible suicida del Puente de Lozoya.

—¿Volvemos a intentarlo? Si fue por aquel accesorio... —se pone las manos sobre las orejas a modo de cuenco, como queriendo simular las ensaimadas de pelo de Leia—, puedo cambiaaaaaaaaaaaaar...

El desprendimiento de algunas de las piedras sobre las que tiene apoyados los pies, impide que David termine la frase.

—Se ha caído —recalca el tipo de las rastas, por si alguno se lo ha perdido.

Entusiasmados, los dos peruanos se aproximan hacia el borde del puente, sacan su móvil y se hacen un nuevo *selfie*, asomando sus caritas felices por el puente y apuntando hacia abajo, hacia lo que, espero, no sea el cadáver de David. Aunque, teniendo en cuenta la altura y que iba sin cuerda, las posibilidades de supervivencia son reducidas. Sin poder aún moverme del sitio, mientras intento asimilar lo que acaba de ocurrir, me da por pensar en el trabajo. Y es que si mi padre contemplase esta escena, contrataría sin dudar a la pareja de peruanos, tan faltos de escrúpulos, tan sonrientemente retorcidos con sus mortuorios recuerdos de su paso por Madrid. No quiero ni imaginar la imagen de España que van a sembrar estos dos en Perú cuando regresen.

Al final el karma siempre se la termina jugando a uno. A mí me lanzó un huevo duro por atentar contra los sentimientos de David sin anestesia —y de rebote, mi karma salpicó a Berto, imagino que por ser el elemento de la discordia— y ahora a David le provoca un desprendimiento de piedras en el puente por tontear con el suicidio. Supongo que su habitual torpeza es también un elemento a tener en cuenta.

—A nosotros el karma nos hizo un favor —advierte Berto, como si hubiese estado leyendo mi pensamiento—. Con él parece que no ha sido tan generoso.

—¿Alguien piensa asomarse? A lo mejor necesita ayuda —sugiere el señor del pelo blanco que nos recibió al llegar, sin mostrar la más mínima intención de ofrecerse voluntario.

—¿Ayuda? Como no sea para enterrarlo...— se entromete el rastafari.

Yo no debería tener ningún problema en asomarme; después de mucho trabajo, mis escrúpulos son bastante escasos —excepto con la sangre, me agobia en grandes cantidades, y seguro que hay mucha sangre—, pero se trata de David, no de un psicópata o un estafador de abuelitas. A pesar de que lo nuestro no funcionó, le tengo cariño y no me gustaría guardar como última imagen de él una papilla humana, prefiero recordarle de una pieza, con su pelo alborotado y sus gafas de pasta que ahora descansan en un lateral de la riñonera del rastas que, imagino, se las estaba guardando para después. Me consuela saber que no fue capaz de intuir lo que estaba por venir mientras caía. Al menos visualmente, porque ver, lo que se dice ver, sin gafas, veía menos que un gato de escayola.

«Ayuuuuuda», oigo de pronto. Y aunque en un primer momento creo que aquella voz de socorro en la lejanía es producto de mi imaginación, descubro que todos los presentes la han oído igual que yo. Una pena que después del *selfie* con el muerto, los peruanos se fueran, porque ahora tendrían la tercera parte, la buena: la resurrección.

Ahora sí, todos se lanzan hacia el borde, movidos por esa voz que anuncia superviviente debajo del puente.

—Menuda suerte ha tenido, ha caído sobre un *berberis thunbergii* —anuncia Berto sorprendido. Más por la existencia del arbusto que por el hecho de que David siga vivo.

—¿Sabes de plantas? —pregunto impresionada por esta faceta que, hasta ahora, desconocía.

—En realidad solo conozco el *berberis thunbergii*, conocido coloquialmente como agracejo rojo. Se planta en algunos cementerios a modo de cerco.

—¡Llamad a una ambulancia! ¡Esto duele! —grita David con desesperación.

La ambulancia llega a los quince minutos. Quince minutos que pasamos junto a David, haciéndole compañía e intentando que no piense en los miles de pinchos que tiene clavados por todo el cuerpo y las posibles fracturas.

Sacar a David del agracejo salvavidas no resulta tarea fácil, el arbusto le tiene agarrado como si no quisiera desprenderse de él. Pero finalmente, con mucho sudor, dolor y esfuerzo, conseguimos entre todos arrancarle de los brazos de la planta. Le montan en la camilla y le inyectan un sedante que pronto le sumerge en un sueño profundo que alivia su dolor.

Próxima parada: el hospital. Y teniendo en cuenta su lamentable aspecto, intuyo que su recuperación no será rápida ni agradable.

—Bueno, chicos, ¿vais a saltar? —pregunta el señor del pelo blanco mientras la ambulancia se aleja.

Abro los ojos como platos y eso es suficiente para que Berto comprenda que, llegados a este punto, prefiero ahorrarme el salto.

—Por hoy ha sido suficiente.

El hombre y el rastafari levantan los hombros hacia arriba y se despiden de nosotros con un gesto de cabeza en perfecta sincronía.

—La sorpresa no ha resultado como esperaba.

Asiento con la cabeza y la preocupación me inunda de repente.

—Tranquila, se pondrá bien.

Berto sujeta mi mano, aún temblorosa, y nos alejamos del dichoso puente de Lozoya hacia la moto que nos llevará de nuevo hacia la civilización. O, al menos, eso espero.

De camino, en un intento por evadirme de lo que acaba de suceder, empiezo a pensar en cosas que desconozco de Berto y que, aunque son nimiedades, me gustaría saber.

—¿Tu color preferido? —pregunto repentinamente.

—El de tus ojos.

Su respuesta me hace sonreír. Él continúa caminando, de mi mano, pero con la mirada perdida.

—¿Tu lugar preferido en el mundo?

—Donde estés tú.

—¿Qué ha pasado con tu padre? —Aunque había estado luchando por no sucumbir a los deseos de hacer esta pregunta, una fuerza sobrehumana me empuja a ello.

Ante la pregunta inesperada, Berto se para en seco y me contempla como quien mira una obra de arte. De pronto, en un arranque de pasión, me alza del suelo, yo enredo mis piernas a sus caderas y me lleva hasta una zona un poco escondida bajo el puente. Comienza a besarme, unos besos cautelosos que pronto se tornan ávidos y lujuriosos. Me apoya contra la pared y me pierdo en su boca, sus manos empiezan a explorar mi piel por debajo de la camiseta, acariciándome de tal manera que mi vello no tarda en erizarse bajo el contacto de la yema de sus dedos. Entre el remolino de sensaciones que estoy experimentando y las ganas de arrancarle la ropa y hacerlo ahí mismo, con la naturaleza como testigo, pienso en la pregunta que no ha respondido y sé que esto, aunque dulce e inesperado, es solo un intento de no darme una respuesta. Pero ya tendré tiempo de pensar en ello, ahora solo quiero sucumbir al placer de su cuerpo. Sus dedos se deslizan por mi espalda mientras su lengua juega con la mía. Noto cómo esa parte de mí que tanto le desea comienza a palpitar desesperada. Su mano se desliza hacia mi sujetador, rozando la parte inferior de mis pechos, dibujando el contorno de los mismos, pero sin palparlos. Mi mano se desliza juguetona por la goma de su pantalón deportivo. Berto gruñe cerca de mi oído y ese silencio tan delicioso me hace pensar en que, como siga en este plan, voy a empezar a arder en llamas como la zarza que se le apareció a Moisés, pero mi ardor va a ser de todo menos bíblico.

Y cuando empiezo a introducir la punta de mis dedos para acariciar su piel más íntima, Berto me frena y acogiendo mi cara entre sus manos me susurra que tenemos que parar. Pero yo no quiero parar. No, no y no. Quiero hacerlo aquí mismo aunque me llene el culo de pinchos o me arañe la espalda con la pared del puente.

—Tú te mereces algo mejor.

Esas palabras me frenan en seco, porque hay cierto pesar en su mirada y eso me confunde. Sé que me desea, pero no quiere hacer el amor conmigo. No entiendo nada, pero decido no hacer más preguntas y creer que ese algo mejor que me merezco es una cama mullida y velas alrededor.

Retomamos el camino de vuelta a la moto cogidos de la mano y en silencio, cada uno inmerso en sus propios pensamientos. Y, a pesar del chasco que acabo de llevarme, mi cuerpo aún está encendido. Debería estar castigado dejar a alguien con un calentón tan severo. Es cruel, hasta viniendo de él.

Al llegar, saca los cascos de sus respectivas bolsas y me cede uno. Su silencio se rompe con una pregunta que me pilla desprevenida, tan inmersa en mis pensamientos sobre el por qué no me hace el amor de una maldita vez.

—¿Por qué le dejaste?

Y aunque estoy un poco enfadada por haberme dejado con el sofoco, le miro y esos ojos que brillan con luz propia me ciegan, consiguiendo que el huracán que hay dentro de mí amaine.

—Porque me enamoré de ti.

Lentamente acorta los pocos pasos que nos separan con una sonrisa enigmática, una sonrisa que no atino a descifrar. Deja la bolsa con el casco en el suelo e introduce sus dedos entre mi pelo haciéndome estremecer.

—No quiero perderte... —me dice con un hilo de voz mientras sigue acariciando mi cabello.

—No vas a perderme nunca —afirmo, porque por nada del mundo me alejaría de este hombre.

Nos quedamos en silencio unos segundos, contemplándonos, amándonos con la mirada y, de pronto, esa última frase vuelve a resonar en mi cabeza. «No quiero perderte.» Y pienso en que esas palabras esconden un temor real a perderme, pero ¿por qué?

Él parece leer mis dudas y después de un largo e intenso beso me sorprende diciendo «no pienses, solo vivamos el momento». Y así, de una manera tan simple, consigue apaciguar mis miedos.

19
Hasta que te encuentre

Solo han pasado dos días desde la última vez que vi a Berto, el caótico día del Puente de Lozoya, pero tengo la sensación de que llevo una eternidad sin él, a pesar de no haber parado de enviarnos mensajes a todas horas. Mensajes cargados de ternura, promesas y emoticones con corazones. Y hoy por fin volveré a verle y no puedo estar más nerviosa, sacando trapos del armario como una poseída e intentando encontrar el modelo más adecuado. Esta vez, aunque tampoco sé a dónde iremos, no me ha pedido un atuendo deportivo, así que decido esmerarme en mi aspecto para que no pueda resistirse. Con un punto de optimismo, decido depilarme concienzudamente y me unto en crema con olor a mango porque quizá hoy sea el día. A lo mejor me lleva a pasar la noche a algún hotel para compensar el calentón con el que me dejó el otro día. O igual sus padres han salido y me prepara una cena romántica en su casa, con vino y música de fondo, para después terminar enredados en su cama, prendiendo las sábanas. Oh, sí, solo de imaginarlo empiezo a excitarme, así que decido apartar esas eróticas imágenes de mi cabeza para no llegar a la cita más caliente que una estufa.

Inesperadamente la puerta de mi cuarto se abre y me cubro el pecho desnudo con las manos. Cuando veo a mi madre, me relajo y sigo buscando en el armario algo apto para un día que, sospecho, va a ser especial y memorable.

—Nunca me haces caso cuando te digo que te compres algún vestidito mono —me recrimina mi madre alargando la mano y tendiéndome lo que parece un vestido color salmón.

—¿Pretendes que me meta en uno de tus vestidos, mamá? Es como si Beyonce intenta meterse en un vestido de Gisele Bündchen, ¡va a parecer que me han envasado al vacío! —refunfuño mientras me pongo el sujetador.

—Te lo he comprado. Es de tu talla. Pruébatelo. —Me guiña un ojo cómplice y yo me lanzo a sus brazos agradecida. Estoy segura de que me quedará perfecto, mi madre tiene un gusto exquisito con la ropa y siempre sabe lo que le sienta bien a mi cuerpo—. ¿Y bien? ¿Qué vais a hacer hoy?

—No tengo ni idea. Es otra sorpresa.

—Espero que no sea como la del *puenting*, que ya bastante tenemos en esta casa como para tentar más a la suerte haciendo locuras de esas.

Nada más llegar a casa le conté a mi madre la gran idea de Berto, la gloriosa idea de saltar desde un puente, y no le hizo ni pizca de gracia. Hasta estuvo a punto de llamarle para advertirle que nada de *puenting*, ni paracaidismo ni deportes extremos similares, pero me negué en rotundo. ¡Lo que me faltaba! Mi madre llamando por teléfono a mi novio, ¡ni de broma! A ella nunca le han gustado los deportes de riesgo, opina que es una forma innecesaria de tentar a la muerte. Y si no, que se lo digan al pobre David, que a punto estuvo la broma de costarle la vida.

—Y por cierto, ¿os habéis acostado ya? —pregunta con curiosidad y, de paso, porque ella es así con el orden y la limpieza, se pone a doblar la ropa que he ido dejando tirada por el suelo.

—No, nada de nada. A este paso volveré a ser virgen —le digo mientras intento encontrar la posición adecuada de los tirantes del vestido. De verdad, hay algunas prendas que deberían venir con manual de instrucciones.

—A mí me parece muy bien. Un chico prudente que te respeta. —Y viene en mi ayuda para intentar desenredarme del vestido que me tiene presa—. Por aquí, mete la cabeza por aquí.

Con el vestido por fin en su sitio y pensando en que lo que ahora necesito no es que me respete sino que me arranque la ropa a bocados, me dirijo hacia el espejo de mi habitación, colocado en una de las puertas del armario y me maravillo ante la imagen que el espejo me devuelve. Está feo que yo lo diga, pero el vestido me queda como anillo al dedo.

—¡Estás guapísima, cariño!

—Gracias, mamá, eres la mejor. —Y me lanzo a su cuello para envolverla de nuevo en mis brazos.

Mientras ella sigue recogiendo y metiendo la ropa en mi armario, me calzo unas botas marrones de media caña y me dirijo al cuarto de baño para arreglarme el pelo y maquillarme un poco. Algo sencillo, un poco de rímel y colorete. Solo quedan diez minutos para que Berto venga a recogerme y esta vez espero que venga en coche, porque no me veo capacitada para ir en moto con vestido. Ya puedo imaginarme con el aire subiéndome la falda hasta la coronilla e ir mostrando por todo Madrid las bragas. Bastante simplonas, por cierto, pero mi armario de la ropa interior nunca ha destacado por ser el de un ángel de Victoria's Secret, cosa de la que ahora me arrepiento.

Bajo las escaleras de caracol de hierro forjado cual princesa sin tacones y me cruzo con mi hermano que me mira de arriba abajo con los ojos como platos.

—Estás muy bonita —me dice avergonzado.

—Gracias, Paul. A veces me caes rematadamente bien. —Le cojo con dos dedos uno de sus rosados mofletes y le pellizco con cariño.

Creo que es la primera vez que mi hermano me dice algo así y le miro con ternura. Entre la edad del pavo y que está como una regadera, suele sacarme de mis casillas, pero otras veces es tan mono que hasta consigue ablandarme el corazón.

—Si ahora te caigo tan bien, podrías ayudarme a convencer a mamá para que me deje tener un conejito —dice desplegando una sonrisa salpicada de manchas marrones que confirman que acaba de venir de la nevera y ponerse tibio a chocolate. Con esa constitución suya tan agradecida puede permitirse comer sin ningún tipo de preocupación. Ni granos le salen, ¡qué envidia me da!

—¿Ahora quieres un conejo?

Él asiente moviendo la cabeza con efusividad, pero el rotundo «no» de mi madre mientras baja por la escalera consigue cambiar la expresión de su cara.

—Jo, pero ¿por qué? Si lo voy a cuidar yo —alega él muy convencido aunque todos sabemos que no es verdad.

—Porque ya sabes que los conejos tienen mixomatosis y pueden contagiar a los humanos. Es una enfermedad de los ojos horrible, cariño. Mira el amiguito aquel de tu hermana —responde ella con total convicción.

Alucino con mi madre, ha olvidado por completo que lo de Alberto fue una burda mentira. Por no decir que debería convencer a mi hermano de lo inapropiado de tener una nueva mascota sacando a relucir que la última murió de inanición. Pero decido no decir nada porque ya no tiene sentido remover la mierda del pasado. Mi móvil suena estrepitosamente y al ver el nombre de Berto en la pantalla, los nervios vuelven a hacer su aparición estelar.

—Me tengo que ir. ¡Os quiero! —Doy un beso fugaz a ambos y salgo escopetada hacia la puerta.

Desde la entrada de la casa verifico que no hay motos en la costa, solo un coche gris aparcado unos metros más adelante. Camino hacia el vehículo y Berto sale de él para abrirme la puerta del copiloto caballerosamente. Lleva una camisa blanca con rayas azules y un vaquero oscuro que le sienta de maravilla. Aún, después de tres meses, me sigue pareciendo casi irreal, como si en cualquier momento su imagen fuese a evaporarse ante mis ojos y a hacerme despertar de este sueño. Pero la fuerza de sus brazos al rodearme y la suavidad de un beso fugaz me confirman que todo esto está pasando, que él está aquí conmigo y me siento afortunada, viviendo mi particular cuento de hadas con un príncipe azul de los que no destiñen. Dicen que la vida no se mide por las veces que respiras, sino por los momentos en que te dejan sin aliento y yo ya he perdido la cuenta de los alientos que este hombre me ha robado.

—Acabo de quedarme mudo —me dice con sus ojos recorriéndome de arriba abajo, sin soltarme.

—Pues yo te oigo alto y claro —me hago la tonta lo mejor que puedo y me acerco lentamente a sus labios.

—En serio, estás preciosa...

Nuestros labios vuelven a unirse y, por un momento, me olvido de todo. Me dejo envolver por el ritmo acompasado de nuestras bocas, nuestras lenguas acariciándose con cautela y con premura al mismo tiempo, ávidos de deseo y colmados de ilusión, nuestras manos acariciando la piel que arde a través de la ropa y que pide intimidad para que esa barrera de tela desaparezca. Me olvido de todo. Olvido hasta que mi hermano y mi madre estarán asomados en alguna de las ventanas escrutando el exterior para ver si captan algo, como dos marujas entusiasmadas detrás de una cortina. Pero me da igual. Quiero quedarme atrapada en sus besos para siempre, como una hormiga presa en la tela de una araña, porque si existe el paraíso yo ya lo he encontrado.

—¿Dónde vamos esta vez? —pregunto mientras subo al coche.

—Solo te diré que no habrá riesgos —responde antes de cerrarme la puerta con delicadeza.

Arranca el coche y, antes de salir, pone una mano sobre mi rodilla desnuda erizando mi piel con su contacto.

—Esta canción me recuerda a ti. —Pulsa un botón y una melodía que desconozco comienza a sonar.

Escucho con atención la letra de *Una noche*, una canción que desconocía de Alejandro Sanz con The Corrs. A medida que avanzamos hacia no sé qué lugar, la música sigue sonando entre nuestro silencio cargado de significado y noto una lágrima de felicidad resbalar por mi mejilla. Berto parece percibir mi emoción y sin dejar de prestar atención a la carretera, acaricia mi mejilla húmeda.

—Es tan bonita... —consigo decir cuando la canción termina.

—«Se me llenó de luz la noche y es porque yo vi nadar delfines en tu voz.» —Repite una pequeña parte de la letra, justo la que más me ha tocado. Una frase certera, inolvidable. Para en un semáforo y sus inmensos ojos se clavan en mí—. Pase lo que pase, mi alma estará contigo siempre.

Y de pronto, esas palabras hacen saltar mis alarmas. ¿Qué puede pasar? Es todo tan perfecto entre nosotros que no sé ni cómo puede plantearse la posibilidad de que algo ocurra. Aun así, decido no darle más importancia, decido no pensar, solo dejarme llevar, vivir el momento. Ahora tenemos algo más, una canción. Nuestra canción.

Entra en un parking subterráneo para dejar el coche cerca de la zona de San Bernardo y caminamos de la mano hacia un destino incierto para mí. Llevo tal sonrisa en la cara que me pregunto si la gente que pasa a nuestro alrededor no sentirá envidia. Seguro que sí. Vuelvo a sonreír ante la estupidez de mis conjeturas. Berto me mira de soslayo y me pregunta en qué estoy pensando.

—Pienso en lo inmensamente feliz que soy.

Frena en seco y me gira con cuidado para abrazarme.

—Ahora debes estar muy alerta, con todos tus sentidos activados, la misión no será fácil —susurra con su cabeza entre mi pelo y yo no entiendo de qué está hablando, pero me da igual. Con él me atrevo a todo.

Seguimos caminando hasta llegar a una calle angosta y Berto para frente a un portal. Mis pulsaciones comienzan a acelerarse hasta alcanzar un ritmo taquicárdico. ¡Ay, Dios mío! Me ha traído a su casa o a la casa de alguien. En ese momento reparo en que no tengo ni idea de dónde vive en Madrid, ¿cómo es posible? ¿Por qué no se lo he preguntado nunca?

Llama al timbre y a los pocos segundos la puerta se abre y nos recibe una chica con un polo azul eléctrico y una amplia sonrisa que parece forzada por la tirantez de su coleta. Hay dos opciones: o esta es la persona que le deja la casa y ya se marcha o va a ser la que nos lleve fresas, *champagne* y una bandejita con condones a la habitación. La última opción es demasiado bizarra, así que espero descartarla rápidamente.

La chica arranca a hablar a una velocidad pasmosa y descarto todas mis opciones disponibles de un plumazo. Vamos a entrar en una habitación y tenemos una hora para poder escapar de ella. Fantástico. Nos van a secuestrar por nuestra propia voluntad.

—Un momento —consigo decir entre medias de la verborrea—. ¿Qué es esto?

—Es un Escape Room, ¿no has oído hablar de ello? —Niego con la cabeza y Berto pasa su brazo por encima de mis hombros para acercarme más a él—. Te encantará.

—No te preocupes, si no lográis salir no os dejaré ahí de por vida —me advierte la chica con una risotada, probablemente ante mi cara de susto, y agradezco la aclaración.

—Pero no habrá personas dentro, ¿verdad? No me gustan las casas del terror.

Ella vuelve a reír y temo que se le raje la piel de tan estirado que lleva el pelo. Me informa de que no hay nadie dentro de la sala, salvo

Berto y yo, y nos da una serie de indicaciones. Después nos da un papel, un boli y un *walkietalkie* que podremos usar para comunicarnos con ella y pedir pistas. Empiezo a sospechar que Berto es un yonqui de la adrenalina, pero lo cierto es que me motiva bastante esta nueva aventura.

—Podéis dejar vuestras cosas aquí.

La chica abre un baúl para que guardemos nuestras pertenencias. Antes de dejarlo todo, reviso mi móvil. Tengo un wasap de mi madre. Pido que me den un segundo para poder leerlo. «¡Viva la madre que me parió!», grito para mis adentros cuando leo el contenido del mensaje. Mi madre ha sacado a mi padre y a mi hermano de casa para que Berto y yo podamos ir allí y tener una cena íntima. Me da de plazo hasta las dos de la madrugada, un par de horas más que a Cenicienta.

—Vamos para dentro. Aunque después me toca a mí llevarte a otro lugar. —Me pongo lo más enigmática que puedo y entramos en una sala con varios cuadros, un sofá, un mueble con candados y otra puerta sellada.

A escasos cinco minutos de completar la hora, logramos abrir la puerta que nos otorga la libertad. Saltamos de alegría ante nuestra habilidad a la hora de resolver enigmas y la chica nos da la enhorabuena con esa sonrisa suya tan tirante. He de decir que la experiencia ha sido de lo más interesante aunque al principio estaba más perdida que Marco en el día de la madre, sin saber muy bien qué hacer, dónde buscar y cómo conseguir claves para abrir candados. Recuperamos nuestras pertenencias y salimos al exterior con una carga extra de energía. Abrazo con fuerza a Berto y en un arranque de efusividad salto y enrosco mis piernas alrededor de sus caderas como un koala enganchado a un árbol. Él ríe abiertamente y me estrecha más contra él, aguantando mi peso de forma estoica, dando muestras claras de su fortaleza.

—¡Somos un gran equipo! —dice emocionado entre medias de una sucesión infinita de besos.

—¿Lo dudabas? —Y me descuelgo de su cuerpo procurando que el vestido quede en su sitio—. Y ahora... conduce hacia mi casa.

—¿Quieres irte ya?

—No exactamente. —Le guiño un ojo cómplice y, aún con la adrenalina corriendo por nuestro cuerpo, vamos hacia el coche.

Por el camino, el teléfono de Berto comienza a sonar. Es su padre. Las dos primeras veces decide hacer caso omiso de la llamada, pero ante la evidente insistencia, responde. Se disculpa y se aleja unos pasos de mí para hablar con él, no sin antes darme un beso, un beso que por alguna extraña razón me sabe a culpa. De nuevo esa sensación de confusión y miedo me recorre como un chispazo eléctrico, agarrotando mis músculos y forzando a mi cabeza a plantear nuevas dudas. No alcanzo a comprender tanto secretismo con respecto a lo que ocurre entre él y su padre. Lo único que soy capaz de percibir es el cambio en el semblante de Berto. Su cara, que hace unos segundos estaba rebosante de felicidad, está ahora en un tono afligido, surcada por una preocupación que me desconcierta y me entristece a partes iguales. El ruido que envuelve la ciudad me impide escuchar nada de la conversación y una punzada de amargura se me clava entre las costillas, la amargura de sentir que la persona a la que amas no confía plenamente en ti.

Berto vuelve hacia mí taciturno y noto cómo, paso a paso, intenta recomponerse. Sin darme tiempo a reaccionar ni tiempo para hacer preguntas, sus labios se estrellan contra los míos, como un tsunami arrasando con todo, devastador. Pero a pesar de la fuerza que me empuja a quedarme ahí, acompasando mis latidos a los suyos, me zafo de su beso e impongo mi voluntad. Quiero saber. Necesito saber. No quiero verdades a medias, ni mentiras azucaradas, ni besos hipnotizadores, ni dejar que una brecha de desconfianza se abra entre nosotros y nos trague.

—¿No confías en mí?

Berto no dice nada. Únicamente me mira. Noto cómo sus ojos se mueven frenéticos sin apartarse de mí. Vuelvo a repetir la pregunta por si no le ha quedado clara, por si por alguna extraña razón he hablado en alguna lengua muerta y no se ha enterado. Él sigue callado, probablemente meditando los riesgos de contarme lo que sea que no me ha contado. Por un momento siento la necesidad de darle un guantazo para que reaccione, pero me contengo.

—No confías en mí. —Y esta vez no pregunto, afirmo. Su mutismo no me deja más alternativa.

—Confío en ti, es solo que me da vergüenza contarte esto Roberta... —Parece que la afirmación ha sido más efectiva que la pregunta. Respira profundamente antes de continuar, bastante azorado—. Mi padre tiene problemas con el juego. Debe dinero y pretende que yo pague sus deudas.

La confesión me deja paralizada e intento buscar las palabras adecuadas, pero esas palabras parecen haberse largado, porque no las encuentro.

—No sé qué decir. —Es lo más elocuente que sale de mi boca.

—No tienes que decir nada. Me basta con que estés aquí.

Me abrazo fuertemente a él y alzo la cabeza, pegada a su pecho, para mirarle a los ojos. Su sonrisa se dibuja y mis labios le susurran que siempre estaré a su lado. Nunca había usado la palabra *siempre* con nadie, *siempre* es demasiado grande, demasiado tiempo, demasiado incierto. *Siempre* da demasiado vértigo. Pero con Berto todo es diferente y hasta el *siempre* se me queda famélico.

—¿Puedo ayudarte en algo? —pregunto con mi cuerpo aún apretado contra el suyo.

—Tranquila, me las apañaré. —Deposita un beso suave en mi coronilla y da pequeños pasitos arrastrándome con él—. ¿A tu casa entonces?

—Sí, cocino yo. Y ya te advierto de que soy una pésima cocinera. Un día hice lentejas y a mi padre le sirvieron de cemento para poner unos ladrillos.

—Suena bien.

Al entrar en casa, un olor delicioso inunda nuestras fosas nasales. Me dirijo hacia la cocina con la certeza de que, si hubiese un premio a madre del año, se lo darían a la mía. Una fuente de cristal tapada con papel de aluminio reposa sobre la encimera de *silestone* rojo y un pósit sobre ella indica que nos ha preparado berenjenas rellenas de carne listas para gratinar al horno y el deseo de que su elección para la cena sea de nuestro agrado. Qué fina ella, cual chef de restaurante con estrella Michelin. También hay una botella de vino con dos copas y un plato con queso y jamón ibérico.

—Hoy te has librado de que cocine yo. Espero que te gusten las berenjenas rellenas. Si no, preparo otra cosa.

—Me encantan las berenjenas —responde entusiasmado—. Y no lo digo por el miedo a que cocines. —Berto echa un vistazo a su alrededor y se queda pensativo—. ¿No están tus padres?

—No, estamos solos —le digo con regocijo mientras introduzco la bandeja en el horno ya precalentado.

Mientras la cena termina de hacerse, Berto me ayuda a preparar la mesa. Un manojo de nervios se manifiesta en mi estómago, a sabiendas de que hoy es el día en que vamos a estrenarnos. ¡Por fin! Él también parece agitado, intentando disimularlo contándome anécdotas de su infancia e historias de su chihuahua. Nos paramos en el incidente de aquel día en el cementerio, cuando el perro saltó al foso a comerse las castañas de la difunta Cayetana, y descubro que el perrito volador se llama *Steve* por Steve Jobs. Rompo a reír ante la ocurrencia de Berto al poner nombre a su mascota. ¿Qué podía esperar de un informático?

Entre risas, busco el mando de la televisión para poner un canal de música y dar un poco de ambiente a esta noche tan especial. A primera vista no lo encuentro y rebusco entre los huecos del sofá donde mi padre suele meterlo. Al final lo localizo sobre una mesilla junto a un jarrón y un botecito que reza en su etiqueta «CLOROFORMO». Me alarmo ante la posibilidad de que Berto pueda ver el frasco, a ver cómo le explico que tenemos cloroformo en casa como el que tiene aspirinas. Le digo que vaya a la cocina a echar un vistazo a las berenjenas mientras guardo el bote en un armario del salón. Tendré que echar una pequeña bronca a mi padre a su regreso. No es muy profesional que se vaya dejando por ahí el cloroformo a la vista. Ya pasó en otra ocasión y el hábil de mi hermano lo abrió y lo olió, lo que le llevó a echarse una buena siesta de casi una hora y luego estuvo otro buen rato con náuseas y caminando como un auténtico colgado. Soy totalmente consciente de que Berto y yo aún no hemos hablado en profundidad de este tema. Y sí, yo también debería hacer uso de la plena confianza en mi pareja, pero esta noche no es la más indicada. Esta noche es la noche. Y ese pensamiento consigue que un escalofrío me recorra todo el cuerpo a la velocidad de la luz.

—Estaba riquísimo, creo que voy a reventar—dice Berto con las dos manos sobre su abdomen.

Me levanto sibilina y me acerco a su silla para rodearle con mis brazos por detrás. Recorro su cuello con mis labios, saboreando la suavidad de su piel. Su cuerpo se estremece y deja escapar un suspiro. Le ayudo a retirar la silla y me siento a horcajadas sobre él para tenerle frente a frente. Berto toma mi cara entre sus manos y me besa la frente, la punta de la nariz, una mejilla, luego la otra, besa mi barbilla, acaricia mi pelo y llega hasta mis labios, sedientos de los suyos. Noto su excitación a través de sus vaqueros y sonrío satisfecha. Nuestras bocas continúan en su guerra de besos y mis manos se pierden en el interior de su camisa, recorriendo con mis dedos la perfección de su torso, duro, suave y casi febril. Empiezo a desabotonar su camisa y noto un escalofrío cuando sus manos acarician mis muslos hasta subir por encima de mis caderas.

—Un momento —me frena—. Ya que hoy ha sido un día de juegos, propongo que sigamos jugando.

Le miro desconcertada y le pregunto a qué quiere jugar. Sin dejar de acariciarme me sugiere que juguemos al escondite para hacerlo todo más emocionante. La idea es que él se esconde y cuando le encuentre le quito la camiseta. Después me escondo yo y cuando dé conmigo me quitará el vestido y así, sucesivamente. Pienso en su proposición y, aunque puede que este sea el polvo más difícil de conseguir de la historia, acepto su reto. Aún quedan tres horas para que mis padres lleguen y puede ser emocionante.

—Juguemos —le digo sin vacilar.

Su sonrisa se extiende de oreja a oreja.

—Sube arriba, a tu habitación. Cierra la puerta y cuenta hasta veinte. Que yo te oiga.

Obedezco como una niña buena y subo corriendo por la escalera hacia la planta de arriba. Cierro la puerta y comienzo a contar lo bastante alto para que él pueda oírme. La emoción se apodera de cada átomo y de cada célula. Mi sangre a borbotones, eufórica. Mi corazón bombeando lujurioso. Temblores en las piernas. Ardor en la entrepierna. ¡Veinte!

Abro la puerta sigilosamente y reviso todas las habitaciones de la planta de arriba, en el cuarto de baño, debajo de las camas, en los armarios, detrás de las cortinas. Nada. Me quito las botas para no hacer ruido al bajar las escaleras hacia la planta baja y así sorprenderle. Lo primero que reviso es la cocina, incluso dentro del horno y el lavavajillas, pero no hay indicios de vida en ella. Busco entre el hueco de la escalera y continúo hacia el salón. Miro hasta debajo de los cojines del sofá, como si fuese posible que el cuerpo de Berto cupiese en un sitio tan canijo. En los armarios tampoco hay nada y sospecho que tampoco entraría aunque fuese contorsionista. Entre las cortinas tampoco hay nada, ni debajo de la mesa, ni en ningún otro rincón. Después de quince minutos revisando cada resquicio de la casa, sigo sin encontrar a Berto. Los nervios se me hacen un nudo en el estómago y aprietan. «Pues sí que se esconde bien», pienso. Vuelvo a revisar la planta de arriba por si ha logrado escabullirse en algún momento, pero no hay rastro. Me quedo un rato en silencio, intentando escuchar algo, una respiración, un leve movimiento. Pero el silencio es atronador. Ya no estoy nerviosa, estoy histérica. El juego que en un principio me resultó cautivador ahora me parece una auténtica gilipollez. Estamos perdiendo el tiempo, y cuando tienes una hora límite, el tiempo se convierte en oro.

—Berto, sal de donde sea que te has metido. Esto es absurdo —digo con la voz bastante elevada y cierta desesperación, pero el silencio sigue siendo el rey de la casa.

Decido llamarle por teléfono, con un poco de suerte se lo ha dejado con sonido y puedo localizarle. Da la señal, pero no se oye por ninguna parte. De pronto me doy cuenta de que no he salido al patio, corro hacia la parte trasera de la casa y rodeo el perímetro como un sabueso. Ni rastro. Entro de nuevo hacia el interior de la casa con una clara sensación de olor a chamusquina. Son mis neuronas y mi paciencia ardiendo.

Pasa una hora y Berto sigue sin aparecer. Las opciones que me quedan son limitadas: o se ha evaporado, o es capaz de hacerse invisible, o

se ha largado. La única posibilidad que no me irrita es la de la invisibilidad, pero es bastante improbable.

Decido mandar un mensaje en un tono poco amistoso:

«¿SE PUEDE SABER DÓNDE NARICES TE HAS METIDO?
ESTO NO TIENE NI PIZCA DE GRACIA.»

Espero durante más de diez minutos, pero no obtengo respuesta
alguna. Doy vueltas por la casa presa del alucine más absoluto. Si esto
es una cámara oculta, deben de estar pasándoselo bomba a mi costa.
Ya estoy viendo el titular y el vídeo haciéndose viral por Internet:
«LA IDIOTA QUE JUGABA SOLA AL ESCONDITE». Y añadiría: «Y QUE PASA-
DA UNA HORA QUERÍA UNA CERILLA Y UN BIDÓN DE GASOLINA.»

Por fin mi teléfono suena, es Berto.

—¿Me estás vacilando?

—¿Estás enfadada? —me dice por toda respuesta, como si no fuese
lo bastante obvio.

—¿Dónde te has metido? —pregunto mientras doy puñetazos a un
inocente cojín del sofá.

—¿Has estado todo este tiempo pensando en mí?

Esto empieza a parecer, a todas luces, una conversación de besugos.
Respiro hondo e intento calmarme antes de ponerme a gritar y destro-
zarle los tímpanos.

—Llevo más de una hora buscándote.

—Objetivo cumplido.

—¿Perdona? —No estoy entendiendo nada. Hasta hace poco pensaba que hablábamos el mismo idioma.

—Estoy en mi casa. Quería estar en tu cabeza, siempre. Incluso
cuando no puedas verme.

—¡Vete a la mierda! —Es lo más bonito que se me ocurre.

Cuelgo el teléfono y me quedó sentada en el sofá, ojiplática. Durante un tiempo que no sabría calcular me quedo mirando al frente, a un
punto indeterminado, intentando ordenar mis ideas, pero no hay orden que sea capaz de hacer que comprenda lo que acaba de ocurrir. ¡Me
acaban de dar un plantón de manual!

20

¿Irritada yo?

Entre la multitud de gente que inunda el mítico barrio de La Latina a las ocho de la tarde, bajo un cielo despejado, me abro paso en dirección a la taberna de Rafael que, tras probar diversos nombres para su local como El botellín parlanchín, La cebada latina, El garbanzo asustado y otros tantos nombres poco acertados, por consejo de Sara, ha terminado por dejarlo en La Taberna.

Hoy es uno de esos días en los que habría ido directa a la cama, pero tengo que hacer el esfuerzo; Sara tiene algo extremadamente importante que contar y nos necesita a todas presentes. Espero que la noticia sea lo bastante impactante como para no quedarme dormida sobre la mesa. Y, si no es lo suficientemente impactante, ya les cuento yo mi última aventura con Berto, porque van a flipar en colores. En estos dos días me he mantenido firme y no he aflojado ante sus innumerables llamadas y mensajes de disculpa en los que alegaba creer que estaba haciendo algo bonito, algo memorable, algo que pudiésemos recordar para siempre. Y aquí tiene razón, porque no sé él, pero con la cara de imbécil que a mí se me quedó voy a recordar aquello por los siglos de los siglos. Por lo menos fue inventiva propia, no sacado de alguna película (y si hay película la desconozco). De cualquier modo yo no lo situaría en la categoría de romántico. Por amor de Dios, ¿en qué piensan los hombres? Ojalá viniesen con manual de instrucciones, una guía práctica para hacerlo todo más llevadero. Pero voy a ser sincera, al final me ablandé un poco, porque el amor es lo que tiene, que intentas comprender hasta lo incomprensible, y Berto estaba bastante afligido por lo ocurrido. Al final me reconoció que igual su idea de bombero no había sido tan brillante como había pensado en un principio.

El trabajo de hoy ha sido duro. Tenía un encargo bastante escurridizo y no ha sido fácil dar con él. En realidad, dar con el susodicho sí ha sido fácil, lo laborioso ha sido hallar un momento a solas para nosotros. Un hombre demasiado sociable para la clase de rata que es. Me pregunto cómo alguien con traje y corbata, educado y con tanta gente a la que atender, tiene tiempo para acudir a iglesias e ir matando a monseñores, diáconos y demás miembros de la Iglesia Católica, únicamente por el mero placer de hacer daño a la religión cristiana, según él. Porque encima me ha dado todo un sermón acerca de por qué hace lo que hace. Se puede ser ateo, agnóstico o creer en Meryl Streep como ser supremo, pero no hace falta ir matando a la gente sin una justificación lógica. Lo que yo digo, el mundo cada vez está más loco.

Entro por la puerta de la taberna y encuentro en nuestra mesa habitual a Alicia, Sara y Andrea. Gema está en la barra atendiendo a unos clientes, me dirige una mirada veloz y deja escapar una risilla que no llego a comprender. O yo no estoy en la onda o últimamente la gente parece hablar en código Morse.

—Rápido, siéntate. Te estamos esperando desde hace media hora —me riñe Sara.

—Lo siento, he tenido ciertas complicaciones.

—¿Todo bien?—pregunta Alicia. Saca un botellín del cubo, lo abre con su nuevo anillo abridor de botellas, del que se siente la mar de orgullosa, y me lo pasa.

—Sí, sí, ya lo he dejado todo arreglado.

—Bien. Entonces ha llegado el momento de soltar la primicia. —Los ojos verdes de Sara se iluminan.

—¿Ya has descubierto que eres adoptada?

La mano de Sara impacta sobre el cogote de Alicia.

—¡Au! —exclama y se frota con la mano la zona golpeada—. ¿Que no lo sabías? Pues mira, ya tienes otra noticia.

Sara resopla y se cruza de brazos, parece no estar por la labor de seguir el rollo a Alicia poniéndola nerviosa con sus continuas insinuaciones, como es costumbre. Ali parece percatarse de ello y la mira con extrañeza, rogando con la mirada un contraataque. Está claro que lo que le va es la marcha, tanto como claro está que, si Sara no entra al trapo, es porque lo que tiene que contar es realmente significativo.

—Quien bien te quiere te hará llorar —concluye Andrea que parece haber aterrizado, por fin, en el mundo real, a pesar de llevar dos ridículos quiquis con pompones rosa fucsia en la cabeza.

—¿Qué insinúas? —pregunta Ali con un palillo en la mano apuntando al ojo de Andrea.

—Os lo dije allá por noviembre o diciembre, que las que se pelean, se desean.

Sara resopla de nuevo y se gira sobre sí misma para indicarle a Gema que se acerque a la mesa. Ella le informa con la mano de que la nevera de los botellines está vacía y, seguidamente, entra en el almacén para reponer suministros.

—Andrea, me sorprende que tengas tan buena memoria —interrumpo; ella levanta los hombros hacia arriba sin sentirse, ni de lejos, ofendida por mi comentario. Así es Andrea, puedes llamarla cabeza de chorlito que, si lo haces con sutileza, ella jamás se percatará.

—¡No me jodas! Pero si las palabras le salen con cuenta gotas y encima siempre utiliza los mismos refranes, como para no acordarse. —Alicia se levanta de la silla como un resorte y le alborota los rizos a Sara enérgicamente—. Voy al baño. No cuentes la supernoticia sin mí.

—Al comer y al cagar, prisa no te has de dar. ¿Ves, lista? Ese no lo había dicho nunca.

Los roles en nuestro grupo siempre han estado perfectamente repartidos y equilibrados, una perfecta sintonía de tira y afloja. Me doy cuenta de ello al comprobar que la modificación en la conducta de una de nosotras afecta al resto de la ecuación de forma considerable. Solo me queda esperar que Ali no siga al pie de la letra el último refrán de Andrea y se dé más bien prisa en volver del baño para que Sara pueda comenzar, de una vez, a narrar su noticia. Hoy no tengo el día para librar guerras. Y además, siento la imperiosa necesidad de volver a casa, cargar el móvil y hablar con Berto, de cualquier cosa o de nada, me basta simplemente con oírle respirar. Aunque por un lado me alegra estar sin batería, así le hago sufrir un poquito, que a veces no viene mal.

Alicia regresa como un terremoto y alborota de nuevo el pelo de Sara que, esta vez, manotea intentando golpearla aunque sin éxito.

—Venga, coño, dispara. —Alicia gira la silla y se sienta a horcajadas sobre ella, apoyando los brazos en el respaldo y encajando la cabeza entre ellos.

—A veces eres insoportable, ¿lo sabías? —la reprende Sara, colocándose aún su larga melena rubia revuelta.

—Pero si te encanta.

—Menos lobos, caperucita.

—¡Qué buena! Esa me la apunto. —Andrea saca una libreta de la mochila y comienza a escribir.

—¿Podemos dejarnos de gilipolleces y escuchar lo que Sara tiene que contarnos? —propongo, lo suficientemente cabreada como para que todas callen y Sara sonría agradecida.

—Estoy saliendo con alguien.

—¡Ja! —Es lo único que sale de la boca de Alicia.

—¿Quién es? ¿La conocemos? —pregunto con curiosidad y Andrea, a mi lado, agita los quiquis esperando la respuesta.

Sin mediar palabra, Sara le pide a Gema que se acerque. La andaluza se agacha detrás de la barra, se hace con un cubo cargado de botellines y camina hacia nosotras cabizbaja, sujetando el cubo contra su pecho como si de una armadura se tratase y asomando entre la imponente mata de pelo sus enormes ojos pardos brillantes de emoción. De no ser por lo guapa que es, habría sido como ver a la niña de *The Ring* salir del pozo.

Al llegar Gema junto a la mesa, Sara le quita el cubo al que se aferra con cierto pánico y la sienta sobre sus piernas. Aparta el pelo que le cubre la cara parcialmente y la besa en los labios. Nuestras expresiones tornan en una mezcla de sorpresa y turbación dada la pasión con la que ambas se entregan a ese beso que bien podría haber terminado en una escena subida de tono de no ser por el comentario arcaico del señor de la mesa contigua que, tras soltar perlas tales como: «¡qué infamia!», «¡sinvergüenzas! Si Franco levantase la cabeza...», sale por la puerta dejando tras de sí un estrepitoso portazo; lo que las hace regresar a la realidad que, por unos instantes, habían llegado a obviar. Observan, azoradas, que no solo nosotras, sino la clientela al completo está con la vista clavada en su improvisado espectáculo lésbico. Excepto el hombrecito arrugado con mentalidad prehistórica y Alicia, todo el mundo arranca a aplaudir por el recién estrenado noviazgo de las chicas de la Taberna de Rafael.

—La próxima vez os vais a un hotel. —Es la forma en la que Alicia rompe la marea de aplausos. Se abre un botellín y se lo bebe de un solo trago. Al terminar, eructa con todas sus ganas y sopla hacia Gema y Sara que, inmediatamente, ponen cara de asco—. He comido chorizo.

—¿Y a ti qué mosca te ha picado hoy? Si puede saberse.

Antes de que Alicia abra la boca, intervengo para evitar que Troya termine ardiendo.

—No se lo tengáis en cuenta, estará con almorranas o algo —intento disculpar a Alicia, ella intenta hablar de nuevo, pero mi mano sobre su boca se lo impide.

—Perrito ladrador, poco mordedor —me respalda Andrea.

Ali me muerde la mano para conseguir que deje libre su boca y da comienzo el partido. Ali realiza un saque envenenado, Sara recibe la bola y golpea con más fuerza. Ali lanza un revés a mala leche, Sara responde con un buen derechazo. Y a todo esto, presenciando el intercambio de golpes, tres cabezas mudas botan de un lado al otro de la pista. Gema descompuesta, Andrea preocupantemente fascinada y yo conteniendo las ganas de matar a Alicia. Finalmente, Sara remata con un bolazo en toda la frente.

—¿Qué pasa Alicia? ¿Es que te jode?

—¿Que si me jode? ¿Estamos locos? —Se levanta de la silla frenética—. Se te ha subido el rubio a la cabeza.

—Ali, haz el favor de sentarte y callarte. Te estás pasando —le advierto.

—¡La madre que me parió! —Sus ojos verdes se encienden casi tanto como su pelo de fuego.

—Que a gusto se quedó —masculla Sara. Observa a Gema marcharse hacia la barra para atender a unos clientes y, ya de paso, huir de los improcedentes ataques verbales de Alicia.

—¿Ves? Si es ella —dice Ali, apuntando con el dedo índice a Sara.

—¿Yo? ¿Pero tú estás bien?

—¡Estoy de puta madre!

Sin duda, a nuestra amiga le ocurre algo que no nos ha contado y, lo que más me preocupa, no me ha contado a mí. Entre nosotras nunca ha habido secretos. De hecho, Ali es la única que conoce la verdadera actividad de nuestro negocio familiar. Pero como tampoco es ahora el momento de indagar en el motivo de su comportamiento, decido desviar la conversación —o más bien la guerra— hacia otros derroteros. Como por ejemplo, la falta de sexo en mi relación con Berto después de tres meses juntos y su inexplicable juego del escondite. Porque, diga lo que diga, aquello olía un poquito a huida. La información parece ser lo bastante escandalosa a ojos de Alicia para que baje las armas por un momento.

—¿Qué?, ¿aún no habéis follado?

—Ali, baja un poco la voz, bastante espectáculo hemos dado ya por hoy.

—¿Qué?, ¿aún no habéis follado? —repite susurrando.

—Te lo habría contado. —Le lanzo una mirada con la que intento transmitirle un «yo no tengo secretos contigo, a diferencia de ti», aunque no sé si habrá podido percibirlo. Es difícil decir una frase tan larga con una mirada, a pesar de que nosotras tengamos ya cierto entrenamiento.

— ¿Y él? ¿Lo ha intentado? —pregunta Sara.

—Lo más que ha hecho ha sido rozarme una teta —confieso. Al verbalizarlo por primera vez, siento crecer la preocupación en mí—. El otro día mi madre me dejó la casa libre para una cena con final feliz. Final que fue de todo, menos feliz. Me propuso jugar al escondite e ir quitándonos prendas cada vez que uno encontrase al otro. Pero desapareció.

—¿Cómo que desapareció? —pregunta Sara confundida.

—Me puse a buscarle por toda la casa y se había largado. Luego me dijo que era una forma de saber que pensaría siempre en él aunque no estuviésemos juntos.

Las tres me miran como si les hubiese dado un aire, una cara muy similar a la mía aquel día. Cuando procesan la información, comienza la sesión de conjeturas.

—Igual le daba apuro que fuesen a aparecer tus padres. Vuestra primera vez y con ese grado de tensión... —sugiere Sara y lo cierto es que me tranquiliza, porque no había barajado esa posibilidad.

—O lo mismo tiene un garbanzo entre las piernas y te quiere evitar el *shock* —no me sorprende que lo primero en lo que piense Ali sea en el micropene.

Niego con la cabeza efusivamente. No es que haya palpado paquete directamente, pero bulto hay.

—¿Impotente? ¿Eyaculador precoz? —añade Sara.

Esta vez niego, pero no con tanta convicción. En realidad, no lo sé. Hace tiempo leí un artículo en el que se hablaba de la impotencia y decía que uno de cada cuatro hombres que padecen disfunción eréctil es joven, así que tampoco sería tan descabellado.

—¿Virgen? —Es la aportación de Andrea y, aunque tampoco me parece una locura, me resulta extraño. Un chico como él y virgen, es imposible en un 99%, a no ser que se trate de una decisión propia.

—¿Y si es del Opus?

—Roberta, cariño, por tu bien es mejor que ni valores esa posibilidad. Supondría que, para echar un polvo con Berto, tendrías que pasar primero por vicaría. —Alicia comienza a tararear la marcha nupcial.

—Las otras posibilidades que planteáis tampoco son muy esperanzadoras.

—Estás jodida, sí —concluye Alicia—. Creo que lo único que puedes hacer es intentar llevarle al huerto y ver cómo responde. Puede que sí que fuese la presión de que tus padres pudiesen volver a casa.

—Claro, la clave es ir a un sitio íntimo sin riesgo de que alguien aparezca y, si en ese caso vuelve a evaporarse, ya nos preocupamos —me anima Sara. Mira de reojo a Alicia, tal vez temiendo un nuevo ataque. Pero, por el momento, la mar parece en calma.

Sonrío abiertamente y más relajada. A nadie le gusta la idea de que puedan pillarlos los padres de una en plena faena.

—El próximo día le agarras el paquete y le dices: ¿quién se va a comer esto? —Es bien sabido entre todos que la sutileza y las buenas formas no van con Ali, aun así, su comentario me deja boquiabierta.

—Todavía no abras la boca, mujer. Cada cosa a su tiempo —se burla.

Después de seguir elucubrando acerca de los posibles motivos por los que Berto aún no ha intentado llevarme a la cama, decidimos que lo que más nos convence (y, sobre todo, lo que más me interesa) es lo del miedo a que nos pillasen in fraganti. Juntas elaboramos un plan de acción que consiste en quedar con Berto lo antes posible, sin él saber a dónde vamos —para que no pueda imaginarse mis intenciones y no tener así posibilidad de escaquearse; escaquearse, claramente, por vergüenza y sumo respeto, no por impotencia, miembro diminuto, ni inexperiencia— y llevarle a algún sitio donde haya una cama e intimidad. Una encerrona en toda regla, vaya.

Una vez cerrado el plan de acción, Sara se levanta de la silla, se alisa con las manos el vestido de flores ajustado a su esbelto cuerpo y se dirige hacia la barra. Habla a Gema al oído, lo que nos imposibilita enterarnos de nada. Tal vez haya tenido un repentino ataque de amor y está saciando su necesidad de decir algo ardiente o amoroso a su recién estrenada novia. Gema sonríe, es una sonrisa que sugiere, por lo menos, que Sara le ha dicho que cuando acabe su turno piensa arrancarle la ropa a tiras o no... ¿unas llaves?

—Gema te presta mañana su casa —me informa Sara—. Ya no tiene escapatoria.

Sonrío agradecida.

—Ya puede ponerte una pata en cada mesilla o, si no, tendrá que vérselas conmigo —remata Alicia. Después dirige una mirada hacia Sara, que continúa de pie junto a mí, niega con la cabeza, recoge sus cosas y se dirige hacia la puerta—. Ya me irás contando. ¡Nos vemos!

—¿Te vas ya?

La única respuesta que recibo, bastante aclaratoria, es un portazo. El silencio se instala durante unos instantes en nuestra mesa.

—Espero que lo que le pase sea lo suficientemente grave como para perdonarle este comportamiento totalmente gratuito —advierte Sara.

«Tengo que ir a por ella», me digo. Y sin previo aviso, recojo mis cosas y me marcho. Oigo a Sara protestar a mis espaldas y, aunque siento irme de esa manera tan abrupta, sé que si pierdo algún segundo más, no podré alcanzar a Alicia. Y por su grado de enfado, intuyo que no irá directamente a casa.

Miro hacia un lado y otro de la calle, intentando vislumbrar su delgada figura, pero no la veo por ninguna parte. Comienzo a caminar con la esperanza de toparme con ella en algún rincón, pero después de treinta minutos deambulando por las calles de La Latina y más allá, decido ir a buscar el metro y retomar el camino de vuelta a casa. Con lo fácil que habría sido llamarla por teléfono para ver dónde se había metido... ¡Qué complicado se vuelve todo teniendo un móvil sin batería!

Después de quedarme dormida en el metro sobre el hombro de una monja y, como consecuencia directa, de pasarme la parada de Plaza de Castilla (por lo visto la hermana Ramona no tenía prisa y no quiso interrumpir mi angelical sueño, según ella), consigo salir del submundo y encaminarme con paso zombi hacia mi casa mientras me pregunto qué hacía una monja cargada de cajas con yemas de Santa Teresa a esas horas de la noche dando vueltas en el metro y cómo pudo calificar mi sueño de angelical si iba con la boca abierta y babeando sobre su hábito. En estas dudas existenciales me hallo cuando, a punto de meter la llave en la cerradura, oigo una serie de hipos combinados con lo que parece un llanto. La curiosidad me puede y me acerco con sigilo. Sigo el leve sonido hasta llegar al pequeño parque con columpios situado a unos metros de mi casa y en la caseta de madera unida a un tobogán rojo veo la sombra de lo que parece una persona hecha un ovillo. La luz de una farola me desvela un rojizo cabello inconfundible. Es Alicia. Subo por las escaleras hacia la minúscula caseta y, a duras penas, consigo colocarme junto a ella. No se asusta. Supongo que no necesita alzar la cabeza de entre sus piernas dobladas, a las que se abraza con cierta furia, para saber que soy yo. Después de diez minutos en silencio, con mi mano frotando su espalda en un intento por calmarla, sus ojos verdes arrasados por las lágrimas aparecen entre su mata de pelo rojiza y, por fin, me miran. Se me encoge el corazón.

—Ali, ¿qué te ocurre?

Ella rompe a llorar de nuevo y vuelve a esconder la cabeza como las tortugas. Realmente, debe de ser algo grave para que Ali se ponga así, me digo. La ansiedad y el temor comienzan a recorrer mi cuerpo con destreza. No alcanzo a imaginar qué puede ser tan alarmante para no poder contármelo; a ella, que cuando escuchó por primera vez la verdadera naturaleza del negocio heredado por la rama paterna ni pestañeó y simplemente dijo, con una sonrisa de medio lado, «confiaba en que hubiese alguien en este mundo capaz de poner orden a este puto desorden». No todo el mundo se enfrenta a la muerte con la misma entereza y comprensión. Quizá fue ese punto en el que nuestros lazos se hicieron inquebrantables.

Durante más de una hora, mi mano continúa deslizándose por su espalda y, entre espasmo y espasmo, ella levanta la cabeza de vez en cuando en un intento infructuoso de decirme algo, pero las palabras no logran abandonar sus labios. Sé que con Alicia la presión no funciona, por eso me mantengo en silencio, esperando el momento que ella considere oportuno para confesarme aquello que tanto la perturba. Por alguna razón sé que ese momento no va a llegar esta noche bajo la luz de las farolas de este parque minúsculo, ni mañana, ni a la semana siguiente, pero como dicen que la paciencia es un don, decido tenerla. Bien es cierto que es fácil tener paciencia cuando sabes a ciencia cierta que lo que esperas llegará antes o después. Ella solo necesita tiempo para asimilar lo que sea que le ocurre y ser capaz de verbalizarlo.

—¿Puedo quedarme en tu casa?

—¿Desde cuándo tienes que preguntar eso? Puedes quedarte cuando quieras. Paul siempre está deseoso de tener nuevas mascotas. —Me levanto del suelo, entumecida, y bajo las escaleras.

Por fin, un leve alzamiento de las comisuras de sus labios dibuja lo que parece una sonrisa.

—Capulla... —susurra Alicia mientras se levanta.

—Te he oído.

—Eso pretendía. —Da un salto y cae sobre la tierra. Se agarra a mi brazo y caminamos hacia mi casa—. Gracias por estar siempre ahí, sin pedir nada a cambio.

—¿Te parece que tu amistad es poca cosa a cambio?

—Pero no la pediste, te la ganaste.

—Este es el momento más romántico que hemos tenido nunca, ¿lo sabes, no?

—¡Me cago en la puta! ¡Algo me ha abducido! Yo no digo cosas así, Roberta, tú lo sabes... ¡sácalo de mí! ¡Sácalo de mi cuerpo! —grita a pleno pulmón y, aunque puede que los vecinos nos lancen una serie de improperios por el escándalo o el contenido de un orinal, la dejo volverse loca entre gritos y risas y me vuelvo loca con ella—. Por cierto, ¿tienes tampones?

—Ahora lo entiendo todo... Aunque, ¿desde cuándo a ti la regla te afecta tanto?

—Desde hoy, por ejemplo.

21

Trampa, por un buen motivo, no es trampa

Miro horrorizada mi cajón desastre de la ropa interior. Lo vuelvo a mirar. Aumenta el horror. A escasas horas de mi cita con Berto —¡la cita!— me encuentro con unas bragas de algodón rosa y un sujetador negro desgastado, también de algodón, en una mano y un insípido conjunto blanco en la otra como las únicas opciones «sexys» de mi colección. Y pongo el *sexy* entre comillas porque de sexy tiene bien poco. Un mono con tanga de encaje estaría más apetecible.

Descarto las opciones y paso al plan B; un plan que probablemente suene bastante raro, pero lo suficientemente necesario para llevarlo a cabo, dada la situación en la que espero encontrarme en pocas horas. Porque esta noche sí es la noche. Se me eriza la piel solo de imaginarlo. Cojo el móvil y marco.

—¿Ali? Necesito que me prestes un conjunto de ropa interior, de esos de encaje que te gusta coleccionar. —Según hablo, soy consciente de que lo peor del asunto no es que le esté pidiendo a mi amiga prendas íntimas, sino que con el cuerpecito que tiene Alicia, probablemente vaya a parecer una butifarra metida en sus bragas minúsculas y su sujetador.

—Ve a abrirme la puerta, anda. Si es que soy la hostia. —Y sin nada más que añadir, cuelga.

Me visto con lo primero que pillo encima de la cama, una camiseta cutre de propaganda y unos *leggins* negros con agujeros, y voy hacia la puerta principal. Allí está ella, con una bolsa blanca de Intimissimi, esperándome.

—Si llego a saber que tu *look* exterior iba a ser tan lamentable, te habría comprado también un vestido.

El conjunto es impresionante. De encaje rojo con detalles en negro. Y además, ha tenido la delicadeza de comprarme un culote —tal vez excesivamente transparente— y no un tanga. Los detesto. Son incómodos. Un invento del demonio.

—Si no te arranca ese conjunto a bocados, es gay seguro.

—¡Lo que me faltaba por oír después de la disfunción eréctil, el micropene y lo del Opus!

Subir con tacones por las escaleras de piedra que dan al Templo de Debod no es tarea fácil, pero consigo llegar arriba sin torcerme un tobillo ni abrirme la crisma. Un gran logro por mi parte si se tiene en cuenta que no suelo llevar esta clase de calzado y que estoy más nerviosa que Pinocho sometiéndose al polígrafo.

Al llegar a la cima, recorro todo el perímetro con la mirada. No hay rastro aparente de Berto. Me siento en un banco cercano al Templo, mientras observo el sol esconderse en un despejado cielo de color anaranjado rodeado de niños que juegan a ser guerreros, adolescentes que se entregan a una pasión incontrolable, deportistas, ancianos que se toman de la mano y pasean años de complicidad y fotógrafos que desean inmortalizar la belleza de este emblemático regalo que los egipcios hicieron a España, en concreto a Madrid, allá por 1968. Pronto, una sombra se materializa frente a mí, como surgida de la nada. Y ahí está él. Con unos vaqueros desgastados y una camiseta gris simple, pero que sobre su cuerpo resulta ser una obra de arte. Alzo los ojos y su rostro me transmite esa paz inquebrantable que proporciona lo que, supongo, es amor verdadero. Sus manos se extienden para recoger las mías y ayudarme a levantar, pero una maldita espina de madera se engancha en mis medias negras y me las desgarra por completo. Fantástico. El resultado no es una pequeña carrera, sino una autopista de seis carriles.

Y, aunque lo primero que pensaba hacer era acoplar mis labios en los suyos, un «mierda» es lo único que logro pronunciar.

—Me gusta tu nuevo estilo *grunge*. —Desliza su brazo por mi cintura y me arrastra hacia él para encontrarme con ese ansiado beso que logra que todo a nuestro alrededor se volatilice.

Durante lo que para mí son segundos, pero quizá supongan horas al resto de los mortales, nos besamos sin descanso, sin medida, acariciando cada mirada, cada palabra no pronunciada, cada latido desmesurado y cada respiración acelerada. Y al volver al mundo real, al ya oscurecido Templo de Debod, tan solo iluminado por la suave luz artificial, oímos el rugir de nuestros estómagos y decidimos encontrar un lugar en el que saciar nuestro apetito menos carnal. Y qué mejor lugar que La Tagliatella, con esos platos de pasta insuperables, esas deliciosas pizzas de masa fina y la chispa de un buen vino para rebajar nervios y aumentar el desenfreno. Aunque bien es cierto que no preciso de vinos para desatar el deseo. Bastante acumulación llevo ya en mi cuerpo de los últimos tres meses. Y espero que a Berto le ocurra lo mismo. Durante el trayecto al restaurante, Berto se disculpa otras tantas veces por la metedura de pata en nuestra última cita. Le digo que ya está olvidado y que lo único que puede hacer ya es no volver a jugar conmigo al escondite, porque no necesito nada para no dejar de pensar en él, día y noche, a todas horas, cada segundo. Él desliza por sus labios esa sonrisa suya que quiero contemplar eternamente y me regala un fugaz beso en la mejilla.

Y ahora, ante este plato de pasta rellena con salsa de setas y trufa, este vino espumoso y esta ensalada con vinagreta de miel y pistacho, me confieso: ya le estoy imaginado desnudo.

Llegan los postres y es el momento de plantear el terminar la noche en casa de Gema. Me cago. No literal, por supuesto, pero me cago de miedo. ¿Por qué? Quizá por miedo a agobiarle, quizá porque algunos acontecimientos recientes han instalado las dudas de forma permanente en mí aunque intente obviarlas. El parón radical bajo el puente, cuando me dijo que merecía algo mejor, lo de su padre, que no tiene que ver con el sexo, pero igual la preocupación le paraliza, y la huida aprovechando el jueguecito del escondite. Un poco raruno todo, pero tres meses son suficientes como para dar paso a lo inevitable, ¿o no? «Roberta, que el espumoso no te nuble, hoy es el día. Hoy es la noche», me digo una y otra vez.

Salimos del restaurante italiano, abandonamos el Centro Comercial de Príncipe Pío y nos dirigimos hacia el arbolado paseo del Madrid Río tomando el sentido que nos llevará a casa de Gema, en el Paseo de Extremadura. Él cree que la dirección tomada es pura improvisación, pero mi carne de gallina y yo sabemos que de improvisación tiene más bien poco.

—¿Te atreves? —le pregunto directamente, a sabiendas de que aún no he verbalizado la proposición indecente y que él no tiene ni idea de a qué se supone que debe atreverse. Pero así es nuestra relación, él me llevó al Abayizimpumputhe sin tener que preguntar primero y fue emocionante y especial; ahora yo pretendo llevarle a la cama, también sin mediar palabra. Por seguir con la línea del misterio y, sinceramente, porque no sé cómo invitarle a casa de la novia de mi amiga sin que resulte violento.

—Eres siempre tan enigmática... —responde. Sus pasos se frenan en seco.

—¿Qué ocurre?

—Contigo me atrevo a todo —reproduce las mismas palabras que dije yo cuando me propuso saltar desde el puente de Lozoya al vacío y siento cómo cada célula de mi cuerpo se enamora más de él—, pero con una condición.

—¿Qué condición?

—Que me cuentes a qué te dedicas. Después de tres meses juntos solo sé que eres periodista y que trabajas con tu padre, pero tu actividad laboral es una incógnita para mí.

Sinceridad, Roberta. Confianza.

—Pensé que ya te lo había dicho. —Sé que no es así, pero intento ganar tiempo para ver cómo decirlo de la forma más adecuada—. Elimino gente indeseada —entrelazo mis dedos con los suyos y le obligo a reanudar el paso.

—¿Del Facebook?

—Eso también. —Sonrío ante su ocurrencia y me fascina que no se alarme ante mis palabras.

—Entiendo, entonces eres una especie de *community manager*, ¿no?

En ese instante soy yo la que deja de caminar. Le miro directamente a los ojos, esos ojos castaños arrebatadores y me siento afortunada. Afortunada de tenerle en mi vida y de poder ser yo misma con él, de poder decirle sin tapujos que mi profesión es matar gente, o bien por decisión de nuestra propia empresa después de ojear minuciosamente los periódicos y ver los telediarios (un servicio que ofrecemos gratuitamente a la sociedad cuando la justicia no hace su trabajo), o bien por expresa petición de clientes, siempre y cuando haya un buen motivo.

Me doy cuenta que con Berto son muchas las primeras veces. La primera vez que un hombre come con mi familia, la primera vez que le cuento la verdad sobre mi trabajo y también la primera vez que atraviesan la carne para tocarme tan salvajemente el corazón.

—Roberta, Roberta... Eres incorregible —dice al tiempo que rompe a reír enérgicamente.

—Si tenía alguna duda con respecto a que, llegados a este punto, no entendieses mi profesión, se ha desintegrado por completo. Eres maravilloso.

—Espero que lo sigas pensando cuando te cuente yo mi secretito... —responde con un tono pícaro y deja la frase sin concluir, esperando la inevitable pregunta por mi parte.

—¿Qué secretito?

—Todos los jueves en los que hay luna llena, me reúno con Mandela, Platón, Kennedy y Mahatma Gandhi para dialogar y debatir sobre diversos asuntos, tanto de política, como de filosofía, sociedad, economía y cultura.

—¿En serio? ¿Por *ouija*? —pregunto entusiasmada.

—No, por Skype. —Vuelve a reír, inundando el silencio que envuelve el Madrid Río.

—A mí no me vaciles. —Mi dedo índice apunta hacia él, amenazador.

—Vale, vale. —Alza una mano en son de paz—. Son reuniones por *ouija*.

—¡Qué emocionante! Yo siempre he querido hacerla, pero no me he atrevido, aún. Lo de matar es una cosa, pero hablar con los muertos... me da un poco de respeto —confieso.

—¡Eres tan divertida!

De un modo inesperado, como un animal a la caza, se lanza sobre mí y, con cautela, me tumba sobre un césped cercano y deja caer su cuerpo sobre mí. Noto su calor atravesándome y siento un bulto haciendo presión en mi entrepierna, un bulto que, espero, no sea su teléfono móvil. Sus besos saben a sal, a fuego, a descontrol, a necesidad, a «¡vamos a casa de Gema de una vez por todas!».

Pongo mis manos sobre sus hombros y le retiro para poder hablar.

—¿Intentas entretenerme para que olvide el reto que te he lanzado hace un momento?

—¡Pillado! —Muerde mi labio inferior y despega su cuerpo del mío para sentarse junto a mí—. Me gustaría hacer una cosa, ¿puedo?

—Mientras no sea jugar al escondite... —digo jocosamente y me incorporo para arrebujarme junto a él.

Desliza su mano por mi espalda y saca la camiseta que llevo metida por dentro del pantalón corto, la sube muy despacio haciéndome cosquillas y la prende con el sujetador para que no vuelva a bajarse. Con la otra mano saca algo de su pantalón.

—¿Qué vas a hacer? —No tengo ningún miedo, pero sí mucha curiosidad.

—Quiero escribirte algo. —Destapa lo que parece un bolígrafo y la punta comienza a deslizarse por mi espalda.

—Si me lo escribes en la espalda no podré leerlo —advierto mientras me deleito en las palabras misteriosas que empiezan a surcar mi piel acariciada también por el canto de su mano.

—Esa es la idea. No podrás leerlo hasta que no llegues a casa. —Para de escribir y deja un cálido beso en mi espalda.

—Con tinta me tienes —le digo recordando aquel extraño día en el cementerio de Tembleque.

—Así es.

—¿Y si se me borra?—pregunto.

—No lo hará. Es permanente.

Continúa escribiendo y me siento flotar, inmersa en una clase de amor que aunque soñaba jamás creí alcanzable, inundada por sensaciones que nunca antes había experimentado y con la necesidad de dejar aflorar el «te quiero» que guardo en los labios. Pero me contengo y me encojo al pensar que nunca antes había querido decir a ningún hombre esas dos palabras mágicas. Esas dos palabras tan poderosas, las palabras que lo pueden todo.

Pone un punto y final al secreto que ha escrito sobre mí, devuelve mi camiseta a su sitio y se levanta, ofreciéndome sus manos para levantarme yo también.

—Vamos a ver qué es eso a lo que he decidido atreverme.

El portal de Gema se manifiesta, cómplice, ante nosotros; incluso me parece ver a la cerradura guiñarme el ojo. Introduzco mis manos temblorosas en el bolso para buscar las llaves y mis dedos chocan con toda clase de objetos insospechados, desde una cuchara hasta un sobre de kétchup, excepto con el ansiado manojo metálico floreado con llaveros de lo más variopintos. Durante mi búsqueda, cada vez más esquizofrénica ante el temor de haberme dejado las llaves en casa, siento los ojos de Berto puestos sobre mí. No dice nada, pero no hay que ser un genio para haber descifrado ya el misterio. Por fin recuerdo que las llaves están en un bolsillo exterior, precisamente las puse ahí para ahorrarme este momento Mary Poppins. Los bolsos grandes y el síndrome de Diógenes es lo que tienen.

Alzo la mano victoriosa y mis ojos se clavan en los suyos buscando respuestas. Respuestas a mi atrevimiento, respuestas a las dudas, respuestas a los tres meses de abstinencia. Y en medio del duelo de miradas, las palabras que se precipitan a sus labios no resultan ser lo que yo esperaba. Pero como mi abuela Isabel siempre ha dicho: «Cada cual tiene su propio idioma interno».

—Voy a por unos altramuces.

Y con un beso fugaz que deja en mis labios sorprendidos, Berto sale corriendo calle abajo como alma que lleva el diablo. Me quedo clavada en el suelo, agarrada al inmenso manojo de llaves, viéndole perderse en la oscuridad, en busca de unos altramuces a media noche.

Vuelvo a casa con las lágrimas desbordándose. El grifo se ha abierto y no puedo pararlo. Nada tiene sentido, pero hay algo que sí lo tiene: el sinsentido del escondite solo fue otra artimaña para escapar de mí, pero volvió. ¿Y esta vez? ¿Volverá? Si es así me mantendré más firme que la última vez hasta que no me dé una explicación creíble. Me enfurezco conmigo misma por mantener la esperanza de que regrese y me enfurezco porque sé que volveré a sus brazos, como un imán que no puede evitar pegarse a su polo opuesto. Y en el fondo sé que sus disculpas y sus explicaciones serán de nuevo absurdas, mentiras aliñadas con azúcar y miel. ¿Cómo podría justificar esto? No sé, quizá me diga que está embarazado y tenía un antojo insoportable de altramuces. Llegados a este punto, nada me sorprendería.

Introduzco la llave en la cerradura de la puerta principal de mi casa con cautela, espero que mis padres y Paul estén dormidos, porque no quiero ni puedo hablar de lo que acaba de suceder. Nunca antes había estado tan confundida, porque sé que todo lo que ha habido entre nosotros ha sido real, todo este tiempo ha pasado, sus miradas, sus caricias, nuestros silencios cargados de significado, toda esa complicidad, esa química... Todo. Todo se ha evaporado, pero me niego a creer en la falta de sentimientos. Hay algo más, algo que no consigo alcanzar, algo que se me escapa entre los dedos como agua, como arena. Hay algo más. Algo que me taladra el cerebro y, con más saña, el corazón. Duele. Perder a quien amas, duele. Duele la incertidumbre. El abandono. El sentirse navegar a la deriva en un barco de papel que se hunde inevitablemente. Me hundo. Me falta el aire. Pero luego pienso en el olvido, ese que siempre llega cuando menos te lo esperas y me aferro a él con desesperación. Quiero que llegue el día en que pueda decir que he logrado olvidar. Todo el mundo dice que el primer amor verdadero es una espina imposible de sacar, y si no que se lo cuenten a mi madre, casada felizmente con dos hijos y aun así, Roberto sigue peregrinando por su cabeza. Yo solo quiero que mi Roberto se volatilice, que deje de tener sentido, que me suene su nombre a chino y que me hagan una lobotomía si es necesario. Y pensando en el olvido recuerdo que llevo con tinta sus últimas palabras en mi espalda.

Entro en mi habitación y me quito la parte de arriba, hago contorsionismo con la espalda dirigida al espejo y mi cuello en modo avestruz para intentar leer. Imposible. Cojo el móvil e inevitablemente espero un mensaje o una llamada. Pero no hay nada. Solo tres flamencas del wasap enviadas por Alicia. Ya le diré más adelante que las flamencas se pongan de luto porque no hay ninguna fiesta que celebrar. Activo la cámara e intento fotografiarme como buenamente puedo. Me pregunto cómo son capaces algunas personas de fotografiarse de culo con tanto glamur, porque yo ahora mismo parezco Stephen Hawkins.

Antes de descubrir lo que mi espalda esconde, me pongo el pijama, me acomodo en la cama y, temblando de los pies a la cabeza, amplío la ortopédica foto del móvil y leo:

«CON TINTA TE DEJO MI RECUERDO.
CON TINTA QUE, AUNQUE SE BORRE, NUNCA OLVIDES.
ERES MI PARA SIEMPRE Y YO ESPERO SER EL TUYO,
AUNQUE NO PUEDAS VERME...»

Golpeo la almohada con los puños. ¡¿Que nunca olvide?! Eso ya lo veremos.

22
Cavilando

Han pasado dos meses desde que Berto se fue a buscar altramuces y nunca más volvió. Y no, no he olvidado, como era de suponer. Dos largos meses que han dado para muchas cavilaciones entre mis amigas y familia, más allá del micropene, la homosexualidad y el Opus. Mi madre dice que debo alegrarme, que para un zumbado más ya bastantes tenemos en casa. Aunque para zumbada yo, que durante dos semanas intenté no frotarme por la espalda para no borrar sus últimas palabras. Hasta que Alicia se dio cuenta y me frotó hasta con estropajo de aluminio. Tal era su furia que, si no hubiese conseguido borrar las palabras de mi espalda, creo que me hubiese arrancado la piel a tiras. Mi padre me ha propuesto saltarse un poco las reglas empresariales porque no quiere verme sufrir. Claramente, he declinado su oferta. En realidad sé que solo lo decía para consolarme, Miguel Lamata jamás se salta las normas. En cuanto a mi abuela Isabel se ha ofrecido a hacer acampada detrás de algún seto cercano a la casa de Berto con unos bocadillos de chorizo y una cantimplora y esperar a que aparezca para abordarle. Dice que así podremos averiguar qué pasó aquella noche en la que me quedé plantada en el portal de Gema esperando a alguien que, aunque de forma extraña y sin sentido aparente, huía de mí.

El problema de ocultarnos tras el seto es que no sé exactamente dónde vive, nunca me lo dijo y nunca tuve necesidad de preguntarlo. El único lugar en el que puedo localizarle es la casa de Estremera, pero en todo este tiempo no ha pasado por allí. Mi abuelo Juan bien lo sabe, ha pasado largas horas pegado a la ventana junto a su taza de café humeante esperando el regreso de su querido amigo Franklin con el que, según él, tiene asuntos importantes que tratar. De hecho, ha vuelto a acudir a la consulta de Menchu y sus espíritus para intentar localizarle, pero, según ella, la línea espiritual de Franklin no deja de comunicar.

—Tengo un amigo ideal para ti, puede salvarte de todos los males. A falta de pan, buenas son tortas, ¿no? —comenta Andrea con la ilusión y la esperanza de colocar a uno de sus extraños amigos impregnada en cada poro de su piel.

—No tengo ganas de conocer a nadie —confieso bastante alicaída—. Te lo agradezco, pero ninguno de ellos es, ni será nunca, Berto.

—Siempre se puede recurrir a la cirugía estética —añade Andrea al tiempo que da una profunda calada a su quinto cigarrillo.

—Aflójate un poco la coleta que te está presionando el cerebro. —La recomendación de Alicia llega acompañada de una colleja bastante merecida. Andrea se atraganta con el humo y tose exageradamente provocando un progresivo aumento de los tonos rojos en su cara—. Siempre te lo digo, fumar te va a matar.

Cuando Andrea recupera su color natural, da una nueva calada y expulsa la nube de humo en dirección a Alicia, haciéndola casi desaparecer. Acto seguido, añade:

—Dejar de fumar es fácil. Yo lo he hecho mil veces —responde Andrea mientras Ali aparta el humo de su cara a manotazos.

—Chicas... Necesito saber qué ocurrió, por qué se marchó de aquella manera, por qué desapareció de mi vida sin previo aviso, como si lo nuestro hubiese sido un rollo insignificante. Una farsa. Una mentira. Una ilusión. Un sueño. Fue real, ¿verdad? —Mi mano, inerte, se queda solitaria sobre la mesa de piedra, pero pronto la calidez del tacto de Alicia la cubre y rompe el silencio.

—Solo espero que ese capullo no tenga la suerte de cruzarse en mi camino, porque tiene las horas contadas. —El ladrido de Colón parece apoyar la amenaza de su dueña. Él también parece percibir mi dolor, porque con un salto circense aterriza sobre mis piernas y comienza a lamerme con impaciencia dejando un terrible olor a pienso en toda la superficie de mi cara. A pesar de ello, se agradece el cariño.

Macarena aparece en el jardín con unas copas de vino y una botella descorchada. Antes de llegar a su casa, Ali la había puesto sobre aviso, mis ojos hinchados no iban a escapar a su perspicacia y yo no iba a poder contarle la historia sin ahogarme en un mar salado.

—Cielo, recuerda que no hay hombre que merezca tus lágrimas. —Sus manos estrechan con calidez mis hombros y deja un beso en mi coronilla—. Este albariño cura todas las penas. Es Mar de Frades, ¡verás qué maravilla!

—Mamá, creo que han llamado al timbre. Será Sara.

—Voy a abrirla. —Macarena se aleja con pasos menudos y elegantes. Se gira de nuevo hacia nosotras—. En un ratito estará la comida lista.

—Gracias, Macarena —consigo decir con las lágrimas a punto de mezclarse con la saliva de *Colón*. Es que hasta el perro me recuerda a Berto. Digo *Colón* y pienso en Steve Jobs, que no tienen ninguna relación, pero a mí me parece que sí porque ya he empezado a enloquecer.

No sé si el vino y el sol de finales de julio serán una buena combinación para una cabeza que no ha parado de dar vueltas desde aquel inesperado desenlace, pero bebo. Y pienso en altramuces. Y bebo. Y vuelvo a pensar en los malditos y jodidos altramuces. Y bebo. Y después de la cuarta copa rebusco en mi bolso y saco el móvil para llamar a Berto. Pero antes de pulsar el botón de llamada, Sara y Alicia se percatan de mi patética intención y se lanzan sobre mí para arrebatarme el teléfono. Sus cabezas chocan y suena a hueso contra hueso, pero como las dos tienen la cabeza muy dura, todo queda en un simple chichón.

—¡Misión cumplida, rubia! —dice Alicia alzando una mano, esperando el choque de la victoria.

—Sí, aunque con percance. —Sara choca la mano que Alicia le tiende y se frota con la otra la frente dolorida.

—¿Y tu novia? —pregunta Alicia de pronto y guarda mi móvil en el bolsillo de su apretado pantalón vaquero.

—Trabajando.

—Muy bien. Levantando el país.

Un extraño silencio se instala en el jardín, pero pronto Andrea rompe la incomodidad mostrando una fotografía en la pantalla agrietada de su móvil. Según ella ese chico es un amigo suyo de toda la vida, Manuel, del que jamás habíamos oído hablar y que por lo visto hace tiempo que se ha fijado en mí. Sospecho que en su ansiado intento de encontrarme un novio supletorio está descargando fotos de desconocidos, ciertamente guapos, para organizarme una cita. Cosa que, viniendo de Andrea, no me extrañaría. Por suerte, Sara interviene ofreciendo la posibilidad de salir de fiesta, aunque, para mi sorpresa, Alicia apoya la opción de organizarme una cita a ciegas con el individuo de la foto.

—¡Te vendrá de puta madre! Así desconectas.

—Dentro de mi desgana absoluta, prefiero salir de fiesta con vosotras que conocer a un desconocido. —Dejo mi cuerpo escurrirse en la silla—. Pero gracias.

—¡Pues hágase la fiesta! —exclama Alicia mientras descorcha la segunda botella de vino.

A las diez de la noche voy lo suficientemente etílica como para no saber dónde estoy, ni cuál es mi nombre y, probablemente, no recordar absolutamente nada de lo que ocurra esta noche. Pero no logro olvidar a Berto. Sus intensos ojos castaños, sus enormes manos acariciándome, la suavidad de su pelo, el sabor de sus labios... Y aunque ese ansiado olvido no llega, me pierdo en la música casposa y entre la multitud de cuerpos que bailan a nuestro alrededor y beben en cubos de playa y alzan rastrillos por los aires, porque en este local son así de originales, nada de vasos anodinos, sino complementos de playa y tubos de ensayo para los chupitos. Sal en mi mano. Tequila y un limón amargo que me recuerda a mi propia amargura. Yo no soy esta persona. Nunca he sido esta persona. Yo no lloro. El amor es una mierda. Una inmensa y apestosa mierda de rinoceronte. Y los altramuces también.

En un punto indeterminado de la noche, se materializa ante mí un chico que me resulta bastante familiar. De una familiaridad reciente, podría decirse. Alicia se acerca a mí y, perforando mi tímpano, me transmite una anticipada disculpa acompañada de esa sonrisa pícara suya que no suele traer nada bueno. Sara me mira con sus ojos marrones como platos y me parece leer en sus labios «yo no sabía nada». Y Andrea, con su *look* de chica yeyé, hace las presentaciones eliminando así todo rastro de duda. «Roberta, este es Manuel.» Exacto. Me la han jugado.

Y desde ese punto hasta el final de la noche dejo mi consciencia volar para acoger a una inconsciencia que no sé cómo de bien me tratará a la mañana siguiente.

Una luz cegadora entra por la ventana de ¿mi habitación? Intento adaptar mis ojos a la claridad y enfocar el lugar. Mientras el cerebro me late en el interior del cráneo a punto de hacérmelo añicos y mi cuerpo se retuerce resentido, mi corazón comienza a palpitar estrepitosamente ante la posibilidad de no estar amaneciendo en mi propia cama. Cierro los ojos con fuerza y me los froto con las dos manos. Procuro recordar algo de la noche anterior, pero a partir de las once y media, aproximadamente, tengo una laguna del tamaño de Ruidera. Me concentro y un flash viene a mi cabeza: «Roberta, este es Manuel». Ese recuerdo aumenta mi alarma y mi corazón late aún más desbocado. Abro los ojos cautelosamente y palpo a mi alrededor. Esto está duro... ¿Dónde estoy? Termino de abrir los ojos con temor y me relajo al comprobar que, aunque no se trata de mi habitación, estoy en territorio conocido: el suelo de la cocina de mi casa. Por lo que se ve, dentro de la profunda embriaguez tuve la lucidez de acostarme en un lugar estratégico, junto al cajón de los medicamentos para poder acceder inmediatamente al Ibuprofeno.

Por suerte, mis padres aún no se han despertado y podré ahorrarles encontrarme en este lamentable estado. Me levanto cuidadosamente para no perder el equilibrio y camino en dirección a mi habitación para seguir durmiendo la mona hasta la hora de la comida en casa de mis abuelos. Al ser julio, no es una de las citas inviolables sino un simple almuerzo, lo que significa que, por suerte, no estará la familia al completo, únicamente mis abuelos, mis padres, mi hermano y yo.

Por el camino, un espejo refleja mi pelo encrespado y unos ojos enrojecidos con la pintura corrida al más puro estilo mapache, lo que me convierte en un claro ejemplo de cómo salir de casa como la reina Letizia y volver como Lindsay Lohan.

Las infernales escaleras de caracol que van a parar a la planta de arriba, donde se encuentran todas las habitaciones de la casa, las subo prácticamente a gatas por temor a despertar a Paul y a mis padres y ante la posibilidad de un mareo que me haga rodar escaleras abajo y morir desnucada como mi prima Dora, hija de una novia que el tío Godofredo tuvo antes de su primera y última mujer, la que se acostaba con la tía Laura, y de la que tuvo que hacerse cargo al desaparecer la madre sin previo aviso. Lo mismo fue a por altramuces, quién sabe. Dora murió despeñada en la escalera de caracol de un amante burgués que tenía, por hortera y tacaña. Si usas tacones de aguja de más de quince centímetros, procura que al menos sean de calidad y no del mercadillo. El tacón se partió y rodó como si no hubiese un mañana. Y de hecho, para ella no hubo un mañana. Algunos miembros de la familia creían que el zapato estaba amañado por el amante para provocarle la caída de la muerte, pero me parece un plan estúpido, porque podría haberse roto el tacón caminando en llano y, como mucho, se habría hecho un esguince. La cuestión es que la palmó y de una manera poco memorable.

Sigo arrastrándome cual gusana, la escalera de caracol no parece tener fin. Logro alcanzar la cima y vuelvo a ponerme en pie. Suspiro aliviada. Y justo cuando voy a reanudar mis pasos, freno en seco. Hay algo al fondo del pasillo. Una extraña silueta delgada y esbelta, de menos de medio metro, me observa desde la penumbra. Me acerco prudentemente y lo que ven mis ojos me hace pensar en una posible alucinación consecuencia de la intoxicación etílica.

Hay un suricato en el pasillo.

Durante unos segundos el suricato y yo nos miramos fijamente. La alucinación no se desvanece. Entonces comprendo que no se trata de mí.

—¡¡¡Paul!!!

Pasados unos segundos, mi hermano sale de su habitación y me mira somnoliento y algo sorprendido. Parece ser más extraño una hermana destartalada y con resaca que un suricato en mitad del pasillo.

—¿Puedes explicarme esto?

—Es *Acelga*. Tu nuevo hermano. —Se acerca hacia el bicho y lo toma de la mano para llevarlo hacia su cuarto.

Esta vez no he llegado a tiempo, ante el desconocimiento de esta nueva adquisición, para evitar que Paul le bautizase con un nombre absurdo y ridículo, como es el caso.

—*Acelga...* —repito en un susurro para intentar asimilar el atentado ejecutado contra el pobre animal—. ¿Y saben esto papá y mamá?

—¡Claro! Me lo han regalado por tu cumpleaños.

—Mi cumpleaños es dentro de un mes y es mi cumpleaños —digo bastante ofendida.

—No seas egoísta, tú te puedes pedir otro y así hacemos la parejita. —Entra a la habitación y el animal, de un salto, se sube a la cama y se acuesta panza arriba—. Vamos a dormir otro ratito, en un rato *Acelga* va a conocer a los abuelos y está un poco nervioso. Y tú también deberías dormir.

Seguidamente, mi hermano me cierra la puerta en las narices y yo me quedo allí observando la puerta de madera y preguntándome cómo mis padres le permiten a mi hermano tener más animales cuando no sabe cuidar ni de él mismo. Solo espero que el suricato sepa abrir solo la nevera y el grifo para beber agua. Yo aún recuerdo al pobre *Rasputín* que murió expuesto al sol o por inanición, nunca lo sabremos. Y encima un animal exótico. Definitivamente, mi hermano no es muy listo, pero sabe bien cómo camelarse a nuestros progenitores que, por otro lado, no deben de andar muy en sus cabales.

Entro en mi habitación. Me deshago de la ropa apestada de fiesta y saco el pijama con olor a limpio de debajo de la almohada. Mientras me lo pongo con cierta torpeza, observo mi estantería tributo a Meryl Streep y le ruego, como si de mi propio Dios se tratase, que por favor al levantarme todo esto haya sido un extraño sueño.

23

Presentación en sociedad

No sabría cómo explicar lo absurdo de ir en la parte trasera del ranchera negro de mi padre, sentada junto a un suricato con cinturón de seguridad y un hermano imbécil, camino de Estremera; un lugar donde, sin duda, el recuerdo de Berto me abofeteará hasta saltarme las muelas del juicio. Una imagen que viaja conmigo allá donde vaya, de la mano del dolor, pellizcándome las entrañas y retorciéndome con saña el corazón, pero Estremera, y en concreto la casa de mis abuelos, es un potenciador abrasivo, como tomar un chupito de absenta en ayunas.

—*Acelga*, hoy vas a conocer a los abuelos —dice mi hermano, agarrando la manita del suricato, sentado junto a la ventanilla.

Observo la escena entre atónita y atemorizada. En algún momento a Paul tuvieron que abducirle los alienígenas y no nos dimos ni cuenta.

—Mira cómo sonríe. —El codazo de mi hermano se me hinca en las costillas, lo que, sumado a la incipiente jaqueca producto de una resaca no reposada en condiciones, provoca que mis ganas de estrellar su cabeza contra la ventanilla aumenten a una velocidad alarmante—. Roberta, míralo, es tu hermano. No le hagas *bullying*.

Lo que me quedaba por oír.

—Los suricatos no sonríen, Paul. —Cruzo los brazos sobre el pecho e intento buscar una posición cómoda.

Mi hermano cubre con sus manos los oídos de *Acelga* y, para rematar la faena, cuando ve que no tengo nada más que añadir que pueda herir los sentimientos del bicho, retira lentamente las manos y escucho cómo le susurra «no hagas caso a la petarda, tienes una sonrisa muy bonita».

¿Me acaba de llamar *petarda*? Y a todo esto, ¿por qué mis padres parecen estar en otra galaxia, en una muy muy lejana? ¿También habrán sido abducidos y no me he dado cuenta?

Apoyo la cabeza contra la ventanilla y cierro los ojos. Mientras escucho a Paul hacerle un minucioso resumen de cada miembro de la familia al suricato, empezando con un «prepárate, el abuelo Juan está como una chota. Tú solo tienes que seguirle el rollo cuando te hable de Franklin», me voy sumiendo en un profundo y estrafalario sueño. Una canción se incorpora a ese sueño, una canción que dice algo así como que «vi nadar delfines en tu voz». Una noche. La voz de Alejandro Sanz y The Corrs. Nuestra canción. Abro los ojos de par en par con la respiración agitada. Nunca antes la había escuchado y ahora viene a por mí como la muerte con su guadaña. Que mala leche tiene la casualidad a veces.

—¡Quitad esa canción, por favor!

Mi madre se sobresalta ante mi repentina exclamación y cambia de emisora sin preguntar. Mi padre sí pregunta, pero ella le indica que es mejor callar. Después del incidente musical y, aunque con cierta dificultad después de la dichosa cancioncita que tanto remueve en mí, Morfeo vuelve a acogerme en sus brazos.

Despierto de golpe vareada como un olivo por mi hermano y la última imagen que me viene a la cabeza es la de *Steve*, el chihuahua de Berto, viendo *Friends* sentado en un sillón de cuero negro estilo *El padrino* con un enorme bol que no contiene palomitas ni pienso, sino altramuces. Descubro entonces que tengo un trauma importante y que quizá una lobotomía a tiempo no sea nada disparatado, dadas las circunstancias. Me bajo del coche y me repito, una y otra vez, que no voy a intentar buscarle ningún sentido al sinsentido e intento animarme a mí misma diciéndome que este extraño día terminará sucumbiendo a la normalidad más absoluta. Qué ingenua yo...

Parados ante la puerta principal de la casa, bajo un sol abrasador, empiezo a arrepentirme de no haber traído el bikini. Aunque siempre puedo bañarme en bragas y sujetador, total, todo queda en familia y, por fortuna, hoy será una comida de versión reducida.

Mientras alguien se decide a abrirnos la puerta, intento buscar cobijo bajo el ala de la enorme pamela que cubre casi por completo a mi madre. Por más que insistí en que no se la comprase, no logré sacarle de la cabeza la idea de la pamela como complemento elegante. Elegantemente espantoso. Es el abuelo Juan quien, por fin, nos abre la puerta. En una de las manos va agitando la dentadura postiza de mi abuela Isabel. Seguro que estaría lavándosela con Mistol. Maldita manía de usar productos de limpieza del hogar para la dentadura postiza. Ellos dicen que les va mucho mejor, pero así pasa, que a veces no la aclaran bien y cuando hablan expulsan pompas de jabón. Las personas mayores son muy cabezotas, es como volver a la infancia de nuevo, basta que les digas que no deben de hacer algo, para que con más gusto lo sigan haciendo.

La sonrisa del abuelo reluce al vernos, su dentadura parece haber pasado ya la prueba del Mistol, pero antes de colgarme de su cuello y abrazarle, le dejo que inspeccione la escena y se tome su tiempo para procesar lo del nuevo miembro de la familia. Sin embargo, no se extraña en absoluto, lo que me hace pensar que quizá a las gafas no les ha pasado aún la gamuza.

—Abuelo, te presento a *Acelga*. *Acelga*, te presento al abuelo Juan —dice Paul de un modo muy formal.

Y ante mi asombro, el abuelo estrecha la pequeña mano-patita del suricato y hasta le habla.

—*Acelga*, tú y yo tenemos una conversación pendiente. —A pesar de su edad, se acuclilla ágilmente para ponerse a la altura del animal y su voz comienza a sonar en mi cabeza como la de Ramón Langa, el doblador de Bruce Willis—. Yo sé que tú sabes, amigo mío, y sé que sabes que yo sé que tú sabes, cuál es el paradero de Benjamin Franklin y, aunque me cueste tres puros habanos, hoy acabarás por desembuchar.

Y así es como sale a relucir la mafia que desconocía que mi abuelo materno llevase dentro y es así también como, escuchando el nombre de Benjamin Franklin, vuelvo a sentir una profunda tristeza palpitándome hasta en los tuétanos. Quién me iba a decir a mí, cuando estudiaba historia en la carrera, que el tal Franklin se me acabaría atragantando de esta manera.

—¿Dónde está la abuela?—pregunto.

—En el patio, con Evangelia. —El abuelo cierra la puerta a nuestro paso, dentadura en mano—. Vamos, ya está la mesa preparada. A la abuela solo le faltan los dientes.

—¿Quién es Evangelia? —Intento hacer memoria, pero no, no he oído hablar antes de esa mujer.

—Una nueva amiguita. Para más detalles, preguntad a la abuela.

Es todo lo que Juanito tiene que decir al respecto. La duda se apodera de mí y, por la mirada que mis padres intercambian, creo que el abuelo también ha logrado sembrar la duda en ellos. Excepto en Paul, por supuesto, él se encuentra ajeno a todo lo que ocurre a su alrededor, preocupado únicamente por que el suricato conozca la historia de cada cuadro y las anécdotas que se alojan en cada rincón de la casa, incluyendo las más bochornosas a ojos ajenos, aunque ante los suyos sean consideradas auténticas proezas. Intento alejarme de él ante la posibilidad de que saque a relucir el episodio de la abrupta llegada de Berto aquel día en que pensaba que sus hermanas iban a matarse y su abrupta entrada en mi corazón. Entrada que ya había ido forjando en encuentros fortuitos por el campus, el metro o El Retiro, pero que no hubiesen dejado huella de haber terminado ahí. La nuestra hubiese sido una bonita historia que contar a nuestros hijos: cómo en mitad del drama, nació el amor. «Deja de pensar en él, Roberta», me dice la voz de mi conciencia una y otra vez. «Fue un amor de mierda, no duró ni cuatro meses», continúa diciéndome. «Pero vaya cuatro meses... inmejorables, inolvidables...», dice la otra voz, una que viene desde más adentro, esa a la que intento acallar continuamente, pero que parece ir al gimnasio de tanta fuerza que hace. Una fuerza que me empuja a sacar el móvil del bolsillo de mi pantalón y mirar la pantalla. Nada. No hay nada desde hace ya dos largos meses. Una maldita gota salada intenta abrirse hueco entre mis lagrimales, pero la empujo de nuevo hacia dentro y me concentro en este momento. Me concentro en saber quién es la señora Evangelia.

A unos pasos se encuentra la resolución del misterio. Caminamos en fila india hacia el patio, dejando atrás a Paul y al suricato, y con lo primero que topamos es con la abuela Isabel dando vueltas en círculos, alzando las manos teatralmente al cielo cada cinco segundos, y clamando: «¡Oh, Dios!» Brazos al cielo. «¡Oh, Dios!» Más aspavientos con los brazos. «¡Oh, Dios!»

—¡Oh, Dios! —Es también lo único que mi madre consigue decir ante semejante e inesperada escena.

—Oh, Dios... —repite mi padre como hipnotizado.

—Creo que Dios os ha oído ya a todos —interrumpo lo que, sin venir a cuento, se ha convertido en un extraño rito—. Y ahora, ¿podemos saber qué pasa con la abuela?

El abuelo Juan hace una especie de mohín con la cabeza, entre molesto y preocupado, y señala con su dedo en dirección a la mesa perfectamente preparada para la comida que está por llegar, con un mantel de flores primaverales y toda la cubertería perfectamente dispuesta para siete personas. Y allí, frente a la mesa y tiesa como un palo, se encuentra una señora diminuta, muy entrada en años, ataviada con un *look* de cucaracha antigua y el pelo negro como el carbón, cardado y envuelto en una redecilla igual de negra que el resto de su atuendo. La señora resulta ser Evangelia y, según nos cuenta la abuela cuando conseguimos que se sosiegue un poco, esta señora es una griega que se ha traído de intercambio para poder conocer más a fondo su cultura.

—Madre, ¿cómo que te has traído a una griega de intercambio?

—Ya ves hija, los jóvenes se van de *Etumus* de ese y yo me traigo una griega.

—Isabel, se llama *Erasmus* —corrige mi padre.

—Pues eso, de Erasmus de ese. Es que las revistas, los libros y los documentales ya los tengo muy vistos y necesitaba más información. Información de primera mano. Y qué mejor que una griega con más años que Tutankamon.

—Yaya... —le indico con la mano que baje la voz—, que te va a oír la pobre mujer.

—¡¿Pobre mujer?! Pobre mujer yo, cariño, que me traigo una griega y resulta que ha hecho voto de silencio y no abre el pico ni para pedir migas. Y además, si es griega. No se entera —resopla compungida y se quita el delantal dejando al descubierto un bonito vestido color burdeos—. Con todo lo que podría haber aprendido yo de una descendiente de Atenea. Porque, aquí donde la veis, la momia es descendiente de la mismísima diosa de la guerra y la sabiduría.

—¿Y cómo sabes eso si es muda? —Los dedos de mi madre colocan con delicadeza el cabello de su madre que mira a la señora Evangelia con un ojo medio cerrado y el otro abierto al más puro estilo maldición gitana.

—No es muda, hija mía, es una cabrona.

Por un momento parece que el espíritu de Alicia haya poseído a mi abuela y esté hablando a través de su boca. Mi madre y yo nos miramos escandalizadas. La abuela Isabel está bastante enfadada con la griega, por lo que se ve.

—Pero, yaya, ¿cómo sabes lo de Atenea? —insisto en la pregunta, ante su falta de respuesta.

—Porque venía con libro de instrucciones, bibliografía y hasta árbol genealógico.

Nos quedamos aún más estupefactas. Mi padre ya se ha marchado junto con el abuelo para ayudarle a ir llevando la comida a la mesa del patio.

—¿Con libro de instrucciones? ¿Es un ser humano? ¿Qué has comprado, mamá?

—Deyanira, hija, que es una persona de verdad. Acércate, si pestañea y todo. Y no la he comprado, la he intercambiado.

Ha intercambiado, dice. Como si estuviese jugando a los cromos. Voy a recapitular. Mi abuela se ha traído una griega medio momificada, descendiente de la diosa Atenea y que ha hecho voto de silencio, no se sabe por qué motivo (quizá venga en el libro de instrucciones ese o en la bibliografía de la señora). Y, viendo el estado de mi abuela, como no hable pronto le va a intentar sacar las palabras con sacacorchos si es necesario. Me paro de nuevo en la última frase y analizo. «No la he comprado, la he intercambiado...»

—Yaya...¿por qué o quién has intercambiado a la momia?

—Por tu tío Zenón.

Me da un ataque de risa imaginando a mi tío Zenón enviado en paquete como los animales de *Madagascar*. Pero no, estoy segura de que, voluntariamente y con mucha alegría, aceptó la disparatada propuesta de mi abuela. En Grecia podrá soltarse la melena y sacar a la loca que lleva dentro. Y quién sabe, lo mismo regresa de su intercambio con un novio del brazo. Y creo, que aun así, mi abuelo seguiría haciéndose el ciego, el sordo y el mudo.

La mesa está lista y, cuando todos estamos sentados, dispuestos para hincar el diente al apetitoso cordero con patatas panaderas que mis abuelos han preparado, observo el panorama: un hermano imbécil a la par que entrañable, un suricato, mis padres con sus cosas más o menos estrambóticas, mi abuelo creyendo que mi exnovio es Benjamin Franklin —ex... qué difícil suena decir eso— y mi abuela observando a la momia de Tutankamon que voto de silencio ha hecho pero que, por su ansia viva comiendo el cordero, huelga de hambre no. Y llevo a cabo una especie de plegaria, a pesar de mi ateísmo, que reza un «consérvame la cordura, que de locos ya estamos servidos. Con cariño, Roberta». Ojo, locos, pero a los que quiero con toda mi alma, claro.

24
Pero solo por probar

Me he dejado liar. No sé cómo ha sucedido, pero me he dejado liar. Y aquí estoy, sentada en una terraza en la Plaza del Dos de Mayo, en Malasaña, con el amigo de Andrea. Manuel. Es guapo sí, muy guapo, pero no es Berto. A las vivarachas de mis amigas les ha costado casi un mes convencerme, pero al final... me han liado. Pero solo por probar. Y por hacerlas callar de una vez. Por eso, también.

Son las ocho de una tarde de finales de agosto y la plaza bulle de gente y de alegría. Los perros corretean de un lado para otro y, mientras lo que ocurre a nuestro alrededor sucede con la naturalidad de un día más; Manuel habla y habla sin parar como si no hubiese un mañana. Su voz se convierte en música de fondo que oigo, pero a la que no presto atención. Pienso en *Acelga* y sonrío al imaginar la cara que se les quedaría a todos los aquí congregados si apareciese con un suricato y bolsitas en la mano para recoger sus cacas. Bolsitas, imprescindible. Ante todo civismo, cosa que algunos olvidan practicar con demasiada frecuencia. Confirmado por mi zapatilla que aún arrastra un leve olor a mierda pisada minutos antes de sentarme en la terraza en la que Manuel ya estaba esperándome con una jarra de cerveza fría y una sonrisa en los labios. Pero no es la sonrisa de Berto. No lo es.

—Gracias por este día —me suelta a los cinco minutos de habernos encontrado.

—No me las des aún. Esto acaba de empezar y aún estoy a tiempo de conseguir que te arrepientas. —Quizá no suene muy cortés por mi parte, pero me da bastante igual. ¿He dicho ya que no es Berto?

Como no tengo nada más que añadir, me mantengo a la espera de su reacción ante mi comentario. Reacción que tarda en llegar varios segundos (que a mi incomodidad le resultan minutos), lo que me hace sospechar que tal vez, y solo tal vez, este chico sea de procesador lento (cosa que no me extrañaría siendo amigo de Andrea). Y cuando procesa, me sorprendo ante la cantidad de interpretaciones que se le puede dar a una misma frase, porque lo que hace unos segundos ha salido de mi boca era una bordería de manual y Manuel lo ha interpretado como flirteo. No puede ser de otra manera cuando me guiña el ojo y me dice:

—Ya entiendo por dónde vas.

Lo que ocurre a continuación es que, en un arranque de insensatez, empiezo a beber cervezas al ritmo que él enlaza unas palabras con otras. Vertiginoso.

—Roberta, si hay algo que para mí es importante en una relación es la sinceridad —suelta a bocajarro y a mí se me atraganta el trago de cerveza cuya espuma sale a propulsión por mis orificios nasales.

¿Acaba de pronunciar la palabra *relación* o esta cerveza lleva algún tipo de alucinógeno, aparte de cebada y el alcohol básico?

Me limpio la cara salpicada por la erupción de espuma y miro en torno a mí para comprobar que todo sigue como estaba hasta hace unos minutos. Y sí, todo sigue igual, no veo pitufos jugando a las cartas, ni platillos volantes surcando el cielo ni personas con un ojo de Sauron en la frente. Todo sigue exactamente igual, salvo los lógicos desplazamientos humanos y animales. Lo que me hace llegar a la conclusión de que sí, ha usado la palabra *relación*. Ni corto ni perezoso. Yo continúo en modo *mute* y él procede con la concreción del tema. Sinceridad máxima. Apabullante.

—Debes saber algo acerca de mí. Tal vez al principio te suene extraño, incluso descabellado. Pero es importante. Cuando lo proceses, serás consciente de que vas a empezar a formar parte de algo excepcional y maravilloso. Mi vida.

El arranque de la explicación me resulta más que extraño, engreído. Yo le miro atónita y él calla durante unos segundos, quizá esperando por mi parte un agradecimiento por permitirme formar parte de su vida. La incomodidad más absoluta se instala de nuevo en la mesa. Por fin, cuando esa incomodidad está a punto de abrir la boca, él se adelanta y continúa con su exposición.

—Soy una persona muy cultivada y experimentada a lo largo de los siglos gracias al recuerdo que guardo de todas y cada una de mis reencarnaciones. Incluso antes de Jesucristo. Sabes quién fue Cleopatra, ¿verdad? —Su mirada me interroga y decido demostrar que tengo ciertas nociones históricas para que continúe con lo que, probablemente, va a ser otro episodio histriónico que sumar a mi lista de «cosas extrañas que le pasan a Roberta».

—Cleopatra, cuyo nombre significa *gloria de su padre*, fue la reina más joven de Egipto. Una mujer alabada por su belleza y su enorme cultura.

—Exacto. Veo que tú también eres una pequeña Cleopatra. —Alarga la mano hacia mi cara y me da un ridículo pellizco en la punta de la nariz—. Me seducen las mentes y la tuya está demostrando ser muy atractiva, Roberta.

Decido dar un largo trago a mi cerveza hasta dejarla seca. Alzo la mano y le indico a la camarera que me sirva otra doble. Más tarde me encargaré de hablar con Andrea y culparla de mi incipiente alcoholismo.

—Yo fui Marco Antonio, el hombre que robó a Julio César el amor de Cleopatra. Vivimos un amor intenso, pero nuestra relación no fue bien acogida, llegamos a desestabilizar al Imperio Romano. Finalmente, tuvimos un desenlace al más puro estilo Romeo y Julieta. Historia que también conozco de primera mano porque yo fui, en otra vida, Shakespeare. Como Marco Antonio me suicidé clavándome mi propia espada en el vientre al creer que ella había muerto y mi querida Cleopatra, de la que no debes sentir celo alguno porque es agua pasada, no pudo soportar mi pérdida y se sometió a la picadura de un áspid. Todo muy dramático, como puedes comprobar.

—Tienes cara de haber sido también Juana de Arco en otro tiempo —vacilo, mientras busco las cámaras y examino los arbustos para comprobar si estoy siendo víctima de una broma pesada.

—¿Cómo lo has sabido? —sonríe abiertamente y deja escapar un suspiro de autosuficiencia.

—Llámalo intuición femenina.

—Pero antes de llegar a mi asombrosa y heroica vida como Juana de Arco, debo contarte la época en la que fui el gran Atila, rey de los Hunos. Yo era conocido entonces como «el azote de Dios»...

«Azote el que tienes tú en la cara», pienso. Su narración prosigue y mi mente desconecta por completo. ¡Y luego me quejo de Paul! Al lado de este tipo mi hermano es santa Teresa de Calcuta. Estamos ya situados pocos años después de Cristo, pero aún queda historia para rato hasta que lleguemos a la actualidad de Manuel, un hombre con un trastorno muy serio. Soy consciente de que, si no hago algo rápidamente, voy a sufrir una insoportable e interminable clase de historia desde la caída de Constantinopla, el descubrimiento de América por Cristóbal Colón, pasando por la Revolución Francesa y la elección de Abraham Lincoln como presidente de Estados Unidos hasta llegar a la Guerra Civil Española en la que, seguro, fue el mismísimo Caudillo. Y yo ya tuve bastante con las soporíferas clases de Historia en la universidad. Debo actuar. Y rápido.

—Manuel, perdona, tengo que ir al baño. Ahora vuelvo. —Me levanto precipitadamente de la silla y salgo corriendo a la dirección «sálvese quien pueda».

—¡Roberta! —grita al ver que mis pasos no me llevan hacia el interior del bar—. Los servicios no están por ahí.

Corro y corro y corro. Como si el espíritu de Forrest Gump hubiese tomado mi cuerpo. Corro como si la vida se me fuera en ello y, cuando estoy a punto de expulsar el estómago por la boca, cerca de la plaza de Tribunal, me apoyo contra una pared y lloro. Lloro porque, si Berto no hubiese desaparecido, yo no tendría que estar pasando por esto. Lloro porque, si mi amiga Andrea fuese una persona normal, no me habría recomendado al tarado de Manuel como vía de escape. Lloro y lloro y lloro.

Tras el espontáneo llanto que ha despertado la atención de varios transeúntes, logro calmarme un poco. Saco el teléfono para llamar a mi padre, que responde al segundo tono.

—Papá, ¿tienes por ahí algún encargo que pueda hacer ahora mismo? Necesito descargar adrenalina.

Germán Pasiego. Psicópata, necrófilo y caníbal. Por lo visto se merendó a la prima de un cliente y, además, profanó la tumba del padre y la madre de este con fines poco éticos y morales. No fueron capaces de encontrar pruebas contra él, pero a la familia Lamata no se le escapa una.

Germán Pasiego, tienes los días contados. Y puedes echar la culpa al señor que ha encargado este trabajo, a tu condición de monstruo o a Manuel, si lo prefieres.

25

Tsunami de acontecimientos

En las dos semanas consecutivas a mi desastrosa cita con Manuel, me encargué de dejar claro a Andrea que jamás de los jamases volviese a recomendarme a ninguno de sus amigos. No se atrevió a rechistarme ni a sacar a relucir su repertorio refranero. Aquello me confirmó que mi narración sobre lo acontecido aquella tarde en la plaza del Dos de Mayo, incluso a ella, ser extraño por excelencia, le pareció suficiente para salir corriendo y no parar hasta que le hablasen en japonés. Cerrado ese capítulo, me centré en el inusitado comportamiento que Alicia mantenía desde hacía meses. Aún no me había contado nada, ni yo había querido hacer presión al respecto, pero empezaba a preocuparme seriamente.

Agradecido septiembre. Son las cinco de la tarde y estoy torrándome al sol en la terraza de mi casa. No estoy sola. El suricato está en la tumbona de al lado disfrutando también del sol y del silencio. Hemos hecho migas y ahora pasa más tiempo conmigo que con Paul. A veces le hablo de Berto y hasta parece que me entiende. Ojalá pudiese volver a verle aunque fuese un instante. Un instante para darme una explicación y volver a marcharse mientras recojo los trozos de mi corazón e intento pegarlo con Loctite. La incertidumbre es de las peores sensaciones que he experimentado, el no saber es tan destructivo... porque la cabeza no descansa, no para de hacerse preguntas para las que no hay respuesta, solo conjeturas. Y todas ellas llevan hacia caminos inciertos.

«Berto, me olvidé de olvidarte», digo para mí. Y cojo un trozo de manzana que he cortado en un bol y le ofrezco otro a *Acelga* que lo atrapa con su diminuta manita y se lo come gustoso. Es como una personita y ahora que lo miro, parece que sí, a veces sonríe. Mi hermano está celoso de nuestra unión y después de varios intentos para convencerlo de que pase más tiempo con él, infructuosos todos, ha pasado a la siguiente fase, la del novio ofendido. Ahora va por la casa con la cara larga y cuando se cruza con *Acelga*, levanta la cabeza, muy digno, y sigue su camino sin reparar en él. A veces suelta comentarios absurdos del tipo: «Quizá me compre un mono o un camaleón o un suricato simpático y agradecido». Creo que aún no ha comprendido que los animales no se comportan como las personas, a pesar de que la situación actual en la que nos encontramos *Acelga* y yo diga lo contrario. Quizá debería prestarle unas gafas de sol. Mi móvil comienza a sonar. Resoplo. ¿Quién osa perturbar mi momento zen? Miro la pantalla y veo que se trata de un número oculto. Descuelgo.

—¿Hola?

No hay respuesta al otro lado.

—¿Hola? ¿Quién es? —insisto.

Mi interlocutor sigue sin modular palabra alguna. Solo oigo una respiración. Me quedo a la escucha un rato. Esa respiración... Por friki que resulte, me parece la de Berto.

—¿Berto? ¿Eres tú? —me atrevo a preguntar, con el corazón latiéndome a un ritmo vertiginoso.

El silencio continúa reinando al otro lado de la línea hasta que cuelgan. Me quedo unos instantes paralizada. Me planteo si estoy loca de remate o si realmente era él. Abro el grupo de wasap en el que estamos Alicia, Sara, Andrea y yo y convoco una reunión de urgencia en la Taberna.

Subo corriendo hacia mi habitación, como alma que lleva el diablo, a ponerme lo primero que pillo en el armario. Ahora mismo lo que menos me preocupa es mi aspecto. Bastante lamentable, por cierto. Tengo un rojo alarmante en la cara, a pesar de la protección solar, y unos pelos que ni la niña del exorcista me haría sombra.

Justo cuando voy a salir por la puerta, llegan mi madre y Paloma. La cachonda de Paloma enfundada en un vestido blanco que marca esos michelines que luce con tanto orgullo y estilo.

—¡Mira qué vestido me he comprado! No me digas que no parezco la Marilyn Monroe. —Da una vuelta sobre sí misma, con demasiada intensidad, en un intento de lucir el vuelo de su nuevo vestido, pero su falta de pericia provoca que termine desparramada en el suelo.

Mi madre y yo, sumergidas en un repentino ataque de risa, ayudamos a Paloma a levantarse.

—Lo que tiene que hacer una para que os echéis unas risas. —Se recoloca el vestido y me estruja contra su pecho—. Niña, cada día estás más guapa.

—Qué va, Paloma, mira qué pintas llevo. Tú sí que estás guapa, que ya quisiera la Marilyn.

—Ya quisiera la Marilyn y el ballet de Varsovia, ¡qué pirueta!, ¡qué maravillosa forma de caer! —exclama mi madre con sorna.

—Tienes una madre un poco cabrona. —Paloma se gira pizpireta y se dirige hacia la cocina—. ¿Meriendas con nosotras? Queso fresco y pavo, por supuesto, que este cuerpo no se cuida solo.

Es imposible no reír con ella. Las sigo hasta la cocina y me apoyo en la encimera roja mientras ellas comienzan a prepararse un festín muy lejano al pavo y el queso fresco.

—Suena apetitoso, pero no puedo. He quedado con las chicas. —La angustia por la reciente llamada vuelve a instalarse en mí.

—¿Estás bien, cariño?

¿Qué tendrán las madres que aun con la cabeza metida en la nevera ha intuido que algo ocurre?

—No sé... Me ha llamado un número oculto y creo que era Berto. —Intento contener las lágrimas, las jodidas lágrimas, como diría Ali.

La cabeza de mi madre sale de la nevera y se acerca a mí. Toda ella, claro. No solo la cabeza. Me abraza y toma mi cara entre sus manos.

—Espero que algún día ese chico se dé cuenta de la estupidez que ha cometido al apartarte de su vida.

—Ese chico lo mismo se queda sin pelotas —añade Paloma con unas tijeras en las manos que abre y cierra con un cómico gesto de perturbación mental que me hace pensar en Jack Nicholson en *El resplandor* y también en que mi querida amiga Alicia habría sido digna hija de la mejor amiga de mi madre.

Abro la puerta de la Taberna al más puro estilo de las películas del Oeste, pero con cara de descomposición y sin desenfundar mis pistolas. No creo que con esa entrada Clint Eastwood me hubiese fichado, ni de lejos. Y tampoco me sirve para sembrar el pánico entre mis amigas, dado que ninguna de ellas ha hecho aún acto de presencia. Decido desprenderme un poco del dramatismo y guardarlo para cuando lleguen. Quizá Gema les pueda dar más adelante el parte de mi estado meteorológico, con una borrasca que se cierne amenazante sobre mi cabeza, porque ella sí está en la Taberna, pero no por la urgencia de mi llamada, sino porque le toca trabajar. ¿Dónde se han metido? ¿No he sido lo suficientemente alarmante con mi mensaje? ¿Tal vez estoy exagerando? Sí, es posible. Solo ha sido una estúpida llamada. Una llamada basada en el silencio del otro lado de la línea y mis conjeturas. Mis estúpidas conjeturas. ¿Se puede odiar a la persona que más amas? Me autorrespondo con un rotundo sí y lo digo en voz alta, lo que resulta bastante esquizofrénico. Gema me mira contrariada. Alzo la mano para saludarla y me siento en la mesa de siempre a esperar. Ella me pregunta si me sirve algo mientras espero. Al menos no me ha ofrecido la camisa de fuerza, vamos bien. Me pido un Nestea. Gema sale de la barra secándose las manos con una bayeta morada y se acerca a la mesa con cara de preocupación.

—¿Nestea? ¿Estás bien?

Su pregunta me hace replantearme hasta qué punto tenemos un problema con la cerveza para que se haga tan extraño el hecho de que pida un refresco. No me da tiempo a responder cuando un cliente reclama la atención de la andaluza con bastante exigencia.

—Perdona, tengo que atenderle. —Se cuelga la bayeta del cinturón y resopla—. Es muy cansino.

—Tranquila, si estoy bien. Y estas no creo que tarden en llegar. Al menos eso espero, no me gusta beber sola. Aunque sea un triste Nestea. —Le dedico una sonrisa forzada y cojo el primer palillo para empezar a triturarlo.

Por suerte las tres mosqueteras no tardan más de diez minutos en hacer acto de presencia. Su forma de entrar, quitándose las gafas de sol al mismo tiempo, con esos estilos tan diferentes y opuestos, me hace pensar de nuevo en Clint Eastwood y en un moderno Oeste.

Su sintonía al caminar se rompe en cuanto los ojos de Sara se encuentran con los de Gema. La rubia se desvía del camino que lleva hasta la mesa en la que espero para contarles lo que empieza a parecerme una soberana chorrada y toma impulso con las manos sobre la barra para alcanzar a besar a su chica.

—¿Podemos ahorrarnos las escenas lésbicas y atender a esta pobre mujer que está bebiéndose un jodido Nestea?

Olvido momentáneamente la llamada oculta y me centro de nuevo en el problema de Alicia. Estoy más que acostumbrada a este tipo de comentarios por su parte, es ella, es su esencia, su marca. Pero es la forma en que lo dice, la tristeza en sus ojos mezclada con una pequeña dosis de rabia lo que me activa el chip. Y de pronto mi cabeza comienza a atar cabos y descubro lo que oculta. Y me digo a mí misma, mentalmente: «¿Cómo he podido ser tan obtusa para no darme cuenta?» Es mi mejor amiga y no he sido capaz de descifrar sus códigos.

Sara regresa a la mesa, me da un beso en la coronilla y se sienta.

—¿Qué ha pasado? —pregunta inmediatamente.

—Pon un cubo de cervezas —le pide Alicia a Gema, sin mirarla siquiera.

Mis manos siguen triturando palillos a un ritmo desenfrenado.

—Vais a creer que es una tontería...

—No hay tonterías si para ti es importante. Desembucha. —Las manos de Alicia frenan mi destrucción de inocentes palillos—. Ellos no tienen la culpa.

Respiro hondo y les cuento lo de la llamada. Cuando llego al punto en el que aseguro haber descubierto que era Berto por la respiración, me siento bastante patética, pero, como buenas amigas que son, le dan a mi historia la mayor importancia.

—Cuando el diablo no tiene nada que hacer, con el rabo mata moscas.

Durante unos segundos intento procesar a qué puede estar refiriéndose Andrea. Sospecho que a veces no encuentra el refrán apropiado y escoge uno al azar. Pero Alicia resuelve pronto la duda y le da sentido a la frase.

—Exacto. A este tío le gusta tocar los cojones, pero con la Iglesia hemos topado.

—Ali... ¿Qué quieres decir? —pregunto alarmada.

—Que le vamos a encontrar. Que no se va a ir de rositas tan fácilmente. Que se va a cagar, literalmente. Eso quiero decir. —Se bebe de un trago el botellín y lo deja con fuerza sobre la mesa.

A Alicia a veces se le va la fuerza por la boca. No sé cómo pretende ejecutar su venganza. No sé dónde está Berto. O quizá no he querido encontrarle por miedo a la verdad. No le he buscado en Estremera porque no ha habido ni un atisbo de su presencia, mi abuelo ha estado haciendo guardia en la ventana y ni rastro. Como tampoco he recorrido cementerios ni me he dado largos paseos por la Complutense por si le daba morriña de sus tiempos universitarios y se dejaba caer por la zona. Tal vez sea más fácil para mí vivir con la duda que descubrir que dejó de quererme y no supo cómo poner punto y final a nuestra historia. Qué bipolar me siento... Al fin y al cabo yo hice lo mismo con David, hui como una cobarde por no enfrentarme a él. Perfectamente Berto pudo haber tomado la misma decisión con respecto a mí. Operación Granada. Huir como un cobarde y acabar de ese modo con todo. Con ese nosotros que estábamos forjando, con mis ilusiones, con mis esperanzas... Huir de mí porque el amor se le rompió. Y no de tanto usarlo, precisamente.

—¿Podemos ir a la próxima comida en casa de tus abuelos? —pregunta Alicia.

—Podéis venir siempre que queráis, claro. —Al terminar de responder, reparo en las intenciones de mi amiga—. ¿Por qué queréis venir?

—Su familia vive allí, ¿no?

Asiento con la cabeza al mismo tiempo que mi cuerpo comienza a ponerse rígido.

—Pues vamos a ir a hacerles una visitilla...

Aprovechando la repentina ausencia de clientes, Gema se acerca a nuestra mesa y se sienta en las rodillas de Sara.

—¿Tú no deberías estar trabajando? —pregunta Alicia, insolente.

—Ahora mismo no tengo nada que hacer. —La rojez comienza a aparecer en su cara bronceada.

—Quiero unas patatas bravas. Venga, ya tienes algo que hacer.

—¿Se puede saber por qué eres tan imbécil? —replica Sara, claramente ofendida.

—Coño, ¿qué pasa? ¿No puedo tener hambre?

—Puedes tener toda el hambre que quieras, pero también puedes ser amable por una vez en tu vida. No hace daño, ¿lo sabías?

Gema se levanta con cautela de las piernas de Sara y agarra uno de sus hombros con cariño, como pidiéndole que no entre de nuevo en una guerra con Alicia.

—Ahora mismo te las hago.

La tensión se masca en el ambiente. Sara mira con ojos asesinos a una Alicia que agacha la cabeza avergonzada. Esa impulsividad suya la traiciona, ese secreto que esconde la está torturando. Sara parece querer hablar, pero se contiene. Se contiene durante unos segundos, pero finalmente termina por explotar.

—¿Se puede saber qué narices te pasa? Estás insoportable. Ya no te aguanto ni una más, ¿me oyes? Ni una. Eres una arrogante. —Sara alza la voz como nunca antes la había visto, ella, con esa paz y esa alegría que siempre la acompaña—. Crees que puedes tratar a la gente de cualquier modo, no tienes vergüenza, ni sentimientos. ¡Ni nada!

Alicia sigue callada mirando hacia la mesa, sin entrar en guerra, sin atacar. Muy extraño en ella. Andrea y yo miramos la escena estupefactas, temiendo la vorágine.

—¡Habla, joder! ¿Con qué derecho te crees para tratar así a la gente? —Sara espera unos segundos, esperando alguna reacción por parte de Alicia—. ¡Que digas algo! ¿Qué problema tienes? Dime, ¿qué puto problema tienes?

Alicia levanta la cabeza y mira directamente a Sara con los ojos anegados en lágrimas. Se me parte el corazón al verla así. Comprendo que Sara haya llegado al límite de su paciencia, pero también sé cuánto está sufriendo Ali. Está asustada, ha descubierto algo a lo que no quiere enfrentarse porque tiene miedo. Por primera vez miro a mi mejor amiga indefensa, asustada y su miedo se cala en mis huesos.

Sara afloja al ver ese rostro, siempre tan fuerte y decidido, cubierto de lágrimas.

—Que te quiero. Eso es lo que me pasa. Te quiero y no soporto ver que eres feliz con otra persona que no sea yo. —Ali se levanta de la mesa con tal desesperación que la silla se cae hacia atrás.

Yo solo atino a levantarme para colocar la silla de nuevo en posición erguida. Ella recoge sus cosas y se dirige hacia la puerta para marcharse, pero antes se gira hacia Gema y le pide disculpas por su comportamiento y por lo que acaba de decir delante de ella. Gema está en un estado de asombro absoluto, pero es un asombro extraño, un asombro que me desconcierta. Sara se queda paralizada ante la revelación y una lágrima silenciosa comienza a deslizarse por su mejilla izquierda.

—¡Para! —grita Sara, al tiempo que comienza acercarse hacia la puerta donde Alicia se ha quedado congelada.

En ese preciso instante observo que Andrea saca su móvil y comienza a filmar la escena. Una escena que quizá no fuese recomendable grabar porque puede terminar en catástrofe, dada la situación.

Alicia se gira y se enfrenta a la intensa mirada de ojos castaños de Sara. Acto seguido, la mano de la rubia impacta sobre la cara de Alicia. Ella se toca el moflete dolorido por el repentino impacto y lo que sucede a continuación es un baile de bofetones. Cuento ocho exactamente, cuatro para cada una. Dos en cada carrillo. Al menos ambas están compensadas. Cuando va a llegar el quinto tortazo de la mano de Sara en la cara de Alicia se produce un momento de aproximación verbal en vez de física.

—Estúpida —dice Sara con las lágrimas cayendo ya a borbotones sobre sus rojas y calenturientas mejillas, seguido de un abrupto acercamiento hacia una Alicia descolocada entre bofetón y bofetón que concluye en un beso apasionado, desatado y rebosante de ansia, deseo y amor.

Andrea sigue grabando y, mientras contemplo la escena de más amor-odio que he presenciado hasta el momento, me alegro de que la loca de los quiquis haya comenzado a filmar lo que está sucediendo. Guardando ese instante para siempre. Pero en un lapso de lucidez pienso en Gema. Me giro despacio hacia ella temerosa de encontrarla empuñando un cuchillo o un sacacorchos, pero antes de que la perjudicada en cuestión entre en mi campo de visión oigo unos aplausos eufóricos. Gema está aplaudiendo con una sonrisa de oreja a oreja, lo que me hace plantearme la posibilidad de que el impacto visual ante lo acontecido le haya perjudicado gravemente su estabilidad mental y emocional. Para una persona medianamente normal que había en mi vida y ha perdido el juicio. Aunque viendo el lado positivo, mejor esto que el sacacorchos clavado en la frente de mi mejor amiga. Sí, definitivamente es bastante mejor.

Supongo que en unos minutos tendremos que proceder a ponerle una camisa de fuerza a Gema —yo ya no la necesito, visto lo visto— y encerrarla en alguna habitación de esas que solo tienen paredes blancas acolchadas y un ventanuco para observar la evolución en el comportamiento del sujeto, pero de nuevo vuelvo a equivocarme. Cuando las aguas vuelven a su cauce tras el tsunami, Sara nos confiesa que todo aquello había sido una artimaña finamente elaborada por Gema. Y de pronto caigo en la cuenta. Sara nos había hablado en alguna ocasión de su amiga Gema, con la que fue a Granada y se enganchó a la cachimba, la hija de los mejores amigos de sus padres con los que veranean cada año en una casa que estos tienen en Conil, Cádiz. Y esa Gema es esta Gema. Heterosexual y tan buena amiga de la rubia como para haberse hecho pasar por su novia con tanta credibilidad.

—Siempre sospeché, por las cosas que me contaba Sara sobre cómo reaccionaba Alicia a sus insinuaciones, que se negaba a asumir que, quizá por primera vez, estaba sintiendo algo por una mujer. Así que conseguí convencerla para ponerla entre la espada y la pared —nos cuenta Gema con una seguridad apabullante.

—¡Qué cabrona! ¿Y si te hubieses equivocado? —pregunta Alicia con su mano entrelazada a la de Sara, feliz e ilusionada como hacía tiempo que no la veía.

—Si me hubiese equivocado tendría que haber roto con Sara, porque me caso el año que viene. Con un hombre —puntualiza la andaluza.

—¡Enhorabuena! —coreamos todas al unísono.

Y pienso mentalmente: «¿Sabrá algo su futuro marido de sus actividades extraescolares como amiga lésbica entregada a la causa?»

—Siento haberte engañado, Ali... —dice Sara cabizbaja.

—No me pidas perdón, te doy las gracias por ello. —Con la mano que le queda libre, Alicia alza la cabeza de Sara y la besa con ternura—. Y gracias a ti, Gema, por haberme obligado, con tus trucos jodidamente maquiavélicos, a darme cuenta de que estaba perdiendo a la mujer que amo, por cobarde.

Joder. Estoy llorando de emoción. Y estoy diciendo *joder*. Joder. Joder. Joder.

El sonido de mi teléfono rompe el encanto del momento. Es mi abuela Isabel. Juanito, mi abuelo, asegura haber visto a Franklin caminando por las calles de Estremera a lomos de un elefante. O realmente el abuelo ha confundido una Vespa con un paquidermo —cosa que dudo, puesto que en el historial familiar no figura que ninguno de los afectados por el heredado síndrome kaprino haya transformado objetos en animales—, o Berto se está paseando en este preciso instante subido en lo alto de un Dumbo. Si quería discreción no ha elegido el medio de transporte más adecuado para ello, eso desde luego.

Cuelgo, con la cara desencajada, y me quedo mirando al vacío. Hipnotizada por el suceder de las cosas. Intentando que mi cerebro mande a mi cuerpo el impulso de levantarse de la silla y salir escopetada hacia Estremera. Pero no hago nada. Solo eso, mirar al vacío. Y en ese vacío se forma su imagen, como un holograma al alcance de mi mano, pero inalcanzable. Me pierdo en la perfección de su rostro, en el dibujo de sus labios, en la grandeza de sus manos y la suavidad de su pelo oscuro. Le observo detalladamente y al milímetro, porque quiero retener su figura por siempre en mi memoria, apresar cada pequeño gesto y cada ínfimo detalle que le hacen único e inigualable. Quiero capturarlo todo y guardarlo en mi memoria RAM por si el destino me aparta definitivamente de él, por si no le vuelvo a ver, por si se cae del puñetero elefante y se rompe la crisma, porque eso es lo que se merece; eso, o que el obeso culo del elefante se le siente encima para que pueda sentir al menos una mínima parte del dolor que dejó dentro de mí cuando se marchó aquella noche, a por altramuces de mierda, para no volver. Y quiero besarle desesperadamente y que se pare el mundo.

—¿Roberta? ¿Te han abducido? —Alicia me da un cachete en la cara para sacarme del trance.

«Se han aficionado a lo de los tortazos hoy», es lo primero que pienso cuando el holograma de Berto se disuelve ante mis ojos.

—¿Es normal ir montado en elefante por la calle? ¿O es que yo me estoy volviendo anormalmente loca?

26

Investigación y otros imprevistos

Como si del equipo de *Ocean's Eleven* se tratase —solo que con el insignificante detalle de ser cuatro mujeres en vez de once hombres, y sin ser nuestro principal objetivo un atraco, sino la recopilación de información— nos plantamos en mi casa para coger el coche y ponernos en marcha dirección Estremera. Ya no hay necesidad de esperar a una comida familiar como excusa para ir todas allí, las extrañas circunstancias apremian. Pero el siempre inesperado acontecer de la vida trastoca el plan establecido en el mismo instante en el que cruzamos el umbral de la puerta principal, entramos al salón para recoger las llaves del coche y nos topamos con una escena fuera de lo normal.

Roberto está en mi casa aguantando una bolsa de plástico a la que mi madre, sentada en el sofá junto a Paloma y el suricato, se aferra con desesperación respirando al ritmo de las palabras de su amor platónico de juventud: «expira, inspira, expira, inspira» y así sucesivamente. El único motivo que se me ocurre por el que mi madre estaría respirando dentro de una bolsa es un ataque de pánico. Pero ¿por qué? ¿Y por qué está Roberto metido en mi casa? La respuesta no tarda en llegar. Paloma se desprende con cautela de la mano de mi madre y se acerca hacia nosotras, más concretamente hacia mí.

—Cariño, tú padre está en el hospital. Acaba de ingresar de urgencia. —Paloma agarra mis hombros con sus regordetas manos, quizá por temor a que me desplome o entre en ataque de pánico como mi madre.

Me quedo en *shock* durante unos segundos, intentando procesar la información. Mis tres amigas, ancladas en el suelo ante la sorpresa, acarician mi espalda, mi nuca y mi pelo con sus manos. *Acelga* me mira fijamente, como si entendiese la gravedad de la situación. Las probabilidades de muerte en mi familia paterna son suficiente motivo de alarma, pero solo atino a formular una pregunta.

—¿Qué hace él aquí?

—Trabaja en el hospital en el que tu padre ingresó. Supo que era él porque cuando le llevaban en la camilla hacia quirófano no paraba de repetir el nombre de tu madre. Consiguió la dirección y vino inmediatamente hacia aquí.

—¿A quirófano? —Mi cabeza no para de dar vueltas, intentando descifrar qué puede haber pasado para que mi padre esté ahora mismo tumbado en una mesa de operatorio, probablemente, entre la vida y la muerte.

—No sabemos muy bien lo que ha ocurrido, pero estoy segura de que todo saldrá bien, ¿me oyes?

—Roberta, tu padre es un jodido superviviente —añade Alicia, abrazándome fuertemente por la espalda.

Estoy asustada. Lo único que quiero ahora es montarme en el coche para ir directa al hospital, ver a mi padre y cerciorarme de que las palabras de Alicia son ciertas. Pero me siento incapaz de moverme del sitio. De pronto, la voz quebrada de mi madre pronunciando mi nombre me devuelve a la realidad y corro hacia ella. Me acurruco a su lado, como cuando era pequeña y temía por algo.

En cuanto nos sentimos con fuerzas salimos disparadas hacia el hospital. En mi estado de nervios, ponerme al volante no es lo más prudente. Con eso de que las desgracias nunca vienen solas, mejor no tentar a la suerte. Alicia se ofrece a ser la conductora. Nosotras vamos en un coche y mi madre y Paloma van con Roberto. Observo cómo el hombre al que mi madre amó profundamente en su juventud y que a día de hoy —aunque me fastidie reconocerlo— sigue siendo alguien especial para ella, regresa a su vida para cuidarla y, en definitiva, cuidar de nuestra familia. Él no tenía la obligación de venir aquí a darnos la noticia personalmente. Podría haber dejado que la gente del hospital se hubiese encargado de todo. Pero no. Nos localizó y vino a ser el portador de las malas noticias. Supongo que a nadie le gusta ser esa clase de mensajero.

—Seguidme. Aparcaremos en la zona de trabajadores porque, si no, será imposible que encontréis hueco a estas horas —nos comunica Roberto antes de dirigirnos a los coches.

Sin decir nada, le abrazo. Es la única manera que encuentro de agradecerle lo que está haciendo por nosotras. Él pasa su mano por mi pelo y dice algo que encoge aún más mi corazón.

—No sé qué ha sucedido, Roberta, pero tu padre tiene tres motivos maravillosos para seguir con vida.

Me desprendo del abrazo y le miro a los ojos con las lágrimas a punto de desbordarse y, por una vez en mi vida, me siento orgullosa de llamarme Roberta.

Llegamos al hospital. La entrada me trae un recuerdo que, en esos momentos, preferiría borrar de mi memoria. El día en que un huevo duro impactó sobre mi cabeza, mi primer beso con Berto. El inicio de todo y de nada. Aparto con la mano la imagen de mi cabeza como quien espanta una mosca cojonera y sigo el camino de los pasos decididos de Roberto. Nos deja en una sala de espera y se separa de nosotras para ir en busca de alguien que pueda darnos información acerca del estado de mi padre y de lo sucedido. Mi madre y yo nos sentamos en las rígidas sillas azules situadas frente a la puerta de entrada, con las manos entrelazadas apretándonos cada cierto tiempo en un intento de infundirnos, la una a la otra, valor y confianza. Valor para afrontar posibles noticias desagradables, confianza para creer que las malas noticias se perderán por el pasillo para no entrar en aquella sala y destruirnos.

—¿Sabe algo Paul? —pregunto a mi madre.

—Está en casa de un amigo, he preferido no decirle nada aún —dice ella con la voz entrecortada.

—Mejor así, hasta que no sepamos qué está pasando. —Vuelvo a apretar la mano de mi madre y ella me lanza una mirada cargada de temor.

Cada pocos minutos Alicia se levanta y camina con desasosiego por la habitación y, a los pocos minutos, Sara se levanta de su silla para obligarla a sentarse de nuevo, susurrándole al oído que sus paseos en círculos y sus resoplidos de yegua con sofocos pueden aumentar nuestros nervios, que ya de por sí no son pocos. Alicia asiente con la cabeza y obedece de inmediato, pero a los pocos minutos vuelve a alzarse como un resorte y Sara vuelve a por ella, y así sucesivamente, como en un bucle. Andrea, colocada frente a mí de cuclillas con sus manos sobre mis rodillas, parece recitar una serie de refranes que para ella deben de tener todo el sentido del mundo, pero que para mí resultan tan indescifrables como intentar leer en Braille. Así pasan los minutos del reloj atrapado en esta fría habitación de paredes blancas, un reloj que parece ralentizarse a cada suspiro de más y a cada lágrima que pugna por salir pese a los esfuerzos. Hasta que por fin aparece ante la puerta Roberto en compañía de un médico regordete con ojos derramados y mofletes colganderos y que recuerda a los bulldogs franceses. Une sus manos por la yema de los dedos y, seguidamente, se dedica a observar cómo esas yemas golpean, repetidamente, las unas contra las otras. Se toma todo el tiempo del mundo antes de arrancar a hablar. Todo el tiempo del mundo, ¡cómo si lo tuviésemos! ¡Habla ya, maldita sea! Observo de reojo a Paloma y sé que, si el bulldog no comienza a hablar en menos de, exactamente, cinco segundos, ella se lanzará contra él y le zarandeará hasta que se le salten una a una todas las muelas. Roberto parece impacientarse también.

—Doctor Ramírez... —Roberto carraspea.

El llamamiento hace reaccionar al doctor Ramírez, que parece salir de su obnubilación. Alza sus ojos tristes hacia nosotras, a cámara lenta, y con la calma de quien se ha tomado un diazepam (o dos) comienza a exponernos lo sucedido. Lenta, muy lentamente.

—Bien. El señor Lamata ha ingresado de urgencia hace exactamente... —observa con suma tranquilidad la esfera de su reloj y se mantiene así largo rato, moviendo levemente la cabeza hacia arriba y hacia abajo, haciendo cálculos tal vez o pensando en el proceso de maduración de la papaya, quién sabe—, una hora, cuarenta minutos y veintiséis segundos.

La ansiedad de mi madre y la mía van en aumento. Realmente espero y deseo que este hombrecito no haya sido el responsable de la operación de mi padre. Roberto capta nuestra desazón y sonríe, advirtiéndonos con sus manos de que estemos tranquilas. O al menos eso es lo que ambas entendemos ante ese gesto y esa sonrisa, bastante bonita, por cierto. Mi madre y yo logramos que nuestros músculos, agarrotados por la tensión, se destensen al fin y la sangre de nuestras manos, apresadas la una a la de la otra, vuelva a circular.

El doctor Ramírez continúa hablando, pero sin decir nada en realidad. Y ocurre lo inevitable. Paloma se levanta de la silla, que al desprenderse de su peso cruje, se acerca como poseída hacia el señor del diazepam, pone sus manos regordetas sobre los huesudos hombros del médico y le zarandea.

—¿Puede decirnos, de una vez por todas, si Miguel está vivo o muerto?

Roberto interviene para intentar calmar a Paloma. El hombrecillo mira aterrorizado a la gran mujer que no para de agitarle como si fuese una coctelera y, a una velocidad que resulta casi imposible para un organismo como el suyo, cuenta todo lo ocurrido casi sin respirar. A veces el miedo paraliza, otras, sin embargo, es capaz de todo.

—Ya está en planta. Habitación 432—concluye Ramírez a un ritmo acelerado tras la frenética exposición de los hechos y sale de la sala de espera con unos andares que me recuerdan, inevitablemente, a los de *Acelga*.

Retrocedemos unas horas. Miguel Lamata está en su oficina, frente a su mesa de caoba bien organizada, revisando los documentos acerca de las últimas eliminaciones llevadas a cabo. Son muchas horas trabajando y le escuecen los ojos. Miguel decide ponerse lágrimas artificiales para hidratarlos y poder continuar con su labor. Se levanta hacia el mueble en el que guarda su botiquín y material de oficina y coge, supuestamente, el botecito de las lágrimas. Desenrosca el tapón, abre su ojo izquierdo y vierte el contenido dentro de él. El líquido le resulta espeso al contacto con el ojo, pero no se alarma. Incluso llega a pensar que pueda tratarse de un nuevo tipo de gotas con extracto de Aloe Vera, esa planta que vale para todo. Segundos después, mi pobre padre intenta abrir el ojo, pero no puede. Con el ojo que le queda observa bien el bote de lágrimas artificiales y lee: Super Glue Extra Fuerte. Estás jodido, Miguel, bien jodido.

Cuando Miguel es consciente de que se ha pegado el ojo con el pegamento más potente del mercado, se frota con histeria en un inútil intento de eliminar el líquido de su globo ocular, consiguiendo que también la mano se quede adherida a su ojo. Con una mano libre y un único ojo sano, a Miguel le entra un ataque de pánico y, por falta de aire, cae desplomado en la moqueta verde de su despacho. Por fortuna, la secretaria, que está mejor del oído de lo que su jefe está de la vista, oye el golpe y entra inmediatamente a ver qué ha ocurrido. Encuentra a Miguel desplomado en el suelo y, con los nervios a punto de hacerla caer desplomada también a ella, acierta a marcar el 112. La ambulancia llega antes de diez minutos y se llevan a Miguel, aún inconsciente, al hospital. La secretaria no sabe decirles qué ha ocurrido, pero pronto lo descubren cuando intentan quitar la mano de Miguel del ojo izquierdo para explorarlo, sin éxito.

—¡La hostia! —Es lo primero que suelta Alicia por su boca nada más salir el extraño médico por la puerta—. Te lo dije, Roberta, tu padre es duro de cojones.

—No, su padre es gilipollas —interviene mi madre—, mira que le tengo dicho que mire lo que se toma y lo que se echa. Mira que se lo tengo dicho... Ahora se va a quedar tuerto por imbécil.

—Mamá...

—No, ni mamá ni leches. Ganas de quedarse sin ojo por no mirar lo que se está echando. ¡Señor, que se ha puesto Super Glue! —exclama haciendo aspavientos con las manos alzadas al aire como si a alguien ahí arriba le importase mucho los despistes de mi padre.

Empiezo a pensar que quizá Paul haya salido tan... tan así por genes paternos.

—Roberta, ¿pero tu padre está muy mal de la vista? —pregunta Sara un poco asustada ante la reacción de mi madre. A mí no me alarma verla así, es su forma de sacar los nervios acumulados.

—Supongo que después de echarse pegamento instantáneo no estará muy bien.

—Me refiero a antes, si era muy miope o algo —aclara Sara con una media sonrisa que intenta ocultar.

—No es muy miope, no, si ya os digo yo, que lo que es mi marido es muy gilipollas —repite mi madre mientras recoge su bolso del suelo y va hacia la puerta—. Vamos a verle. —Y, tras la indicación, se gira hacia Roberto—. ¿Puede perder el ojo, verdad?

—Cabe la posibilidad, sí —responde Roberto, prudentemente.

El ascensor nos lleva hasta la cuarta planta. En tropa nos dirigimos hacia la habitación 423. Al entrar vemos en la cama a un señor de unos setenta y tantos años, de color ceniciento, comiendo un yogurt. El hombre nos mira extrañado.

—Pues sí que le ha dejado jodido a tu padre el Super Glue —susurra Alicia en mi oído y no puedo evitar el romper a reír contagiando a todos los presentes, excepto al señor desconocido que sigue mirándonos con cara de no entender qué está sucediendo.

—Esta es la 423, creo que el doctor Ramírez dijo la 432 —dice Roberto, sin quitar ojo a mi madre. Admirándola en silencio.

La primera en entrar a la habitación es mi madre. Corre hacia la cama donde mi padre está tumbado con el ojo afectado cubierto con una gasa nada discreta. Le abraza y rompe a llorar.

—Estoy bien, cariño. Estoy bien —consigue decir mi padre, aún un poco afectado por la sedación.

—¡Qué susto nos has dado, Miguel!

Cuando mi madre se aparta, me tumbo en la cama junto a mi padre y me acurruco junto a él. Tal vez tiene un ojo menos, pero lo importante es que sigue con nosotros. Y eso, teniendo en cuenta tantas y tantas muertes absurdas acumuladas ya en la historia de los Lamata, es una gran fortuna.

—¿Y el niño? —pregunta mi padre.

—No sabe nada. Pero creo que cuando llegues a casa, se percatará de que algo ha ocurrido —responde mi madre tocando con prudencia la gasa que cubre el ojo dañado.

—Puede que ahora tengas un marido tuerto.

—Eso da igual, mi amor, lo importante es que sigo teniendo marido.

Se besan apasionadamente y el resto decidimos retirarnos de la habitación para dejarles cierta intimidad.

27
Operación Estremera

Al día siguiente, con mi padre ya en casa y las aguas más calmadas, decido que es el momento de ir a Estremera y llevar a cabo el plan trazado antes del imprevisto accidente ocular. Es sábado y todas tenemos el día libre. O eso espero, no me apetece plantarme sola ante el problema, ante la realidad que sea que me espere al llegar allí. Mando un mensaje a nuestro grupo de wasap: «¿Operación Estremera en quince minutos?» Las respuestas afirmativas no tardan en llegar.

—Mamá, no tardaré mucho en volver —informo.

—Tranquila, cariño, podéis dormir en casa de los abuelos si la cosa se alarga. Papá está bien y yo estaré aquí con él todo el fin de semana. He avisado a mis pacientes de que el gabinete estará cerrado al menos hasta el miércoles. —Posa su mano sobre mi cara y me da unos leves golpecitos. Intuyo que ahora viene algo serio—. ¿Ese chico merece tu esfuerzo?

—Aún no lo sé, mamá... Intento averiguarlo.

—Cerciórate y recuerda, si no se da cuenta de que eres un solomillo, no merece la pena.

—Ojalá Paul Newman hubiese escogido otro símil. Yo no quiero ser un solomillo —respondo resignada.

—Sabes a lo que me refiero, cariño.

Asiento con la cabeza y atrapo su mano, que aún reposa sobre mi cara, con las mías. Paul aparece en ese momento en la cocina con unos rotuladores en la mano y una sonrisa bastante sospechosa en los labios.

—¿Podéis subir a ver a papá? Le he puesto guapo.

Mi madre y yo le miramos sin saber muy bien qué decir. Las ideas de Paul no suelen ser buenas.

Entramos en la habitación y vemos que mi padre vuelve a tener dos ojos, el suyo y otro pintado sobre el parche. Un ojo enorme en color verde y con unas pestañas excesivamente largas. La risa es inevitable. Por una vez, tengo que decir que mi hermano ha tenido una idea, si no buena, simpática. Y bastante cómica.

—Siempre quise tener los ojos verdes —dice mi padre con una sonrisa que pretende ser seductora.

—Más bien tienes heterocromía. Un ojo verde y otro marrón. —Me acerco a la cama y me siento en el borde para contemplar de cerca la obra de Paul—. No te ha quedado mal.

—Soy un artista —dice mi hermano orgulloso—. Mañana, cuando mamá le cambie el parche, le pondré un ojo de chino.

—Quizá resulte una mirada confusa, pero por probar... —añade mi madre mientras pasa su mano por el pelo de Paul, alborotándolo.

Acelga no tarda en aparecer y se agarra a mi pierna, para desilusión de Paul.

—*Acelga*, ahora tienes que quedarte con Paul y ayudarle a diseñar ojos para papá. Paul es un gran tipo, tiene sus cositas raras, pero son las que le hacen único e irremplazable. Yo tengo que ir a solucionar unos asuntos. —Le guiño un ojo cómplice a mi hermano.

Sí, así es, hablo con el suricato como si fuese una persona, como cuando le hablé de Berto mientras tomábamos el sol y él parecía entenderme. No sé qué será lo próximo, quizá llevarlo de fiesta con un tutú rosa y una peluca. Mi hermano sonríe cuando empujo suavemente a *Acelga* en dirección a él. Con sus pequeños pasitos, llega hasta Paul, que le toma de la mano.

—Gracias, Roberta. Tú también eres irremplazable —oigo decir a mi hermano tímidamente antes de salir de la habitación.

Mis padres sonríen ante la repentina muestra de afecto entre Paul y yo. No solemos decirnos cosas así, pero le quiero, no solo porque es el hermano que me ha tocado, sino porque no querría tener otro que no fuese él.

—Hija, hoy no deberías trabajar. Sea lo que sea puede esperar.

—Lo sé, papá. Es otra clase de asunto del que me debo encargar hoy. De esos que no pueden esperar.

Deposito un beso en su frente.

—Ve con la ranchera de tu padre. El negro es más discreto para el espionaje. —Mi madre me guiña un ojo y salgo de la habitación con energías renovadas.

—¿De quién tienes que encargarte? Ya sabes que para la familia, los trabajos son gratis —bromea mi padre con esa mirada de ojo izquierdo tan desconcertante.

—Por el momento creo que no será necesario.

«Berto, ahora me vas a explicar, por las buenas o por las malas, qué hacías paseándote en elefante.»

Bajo trotando las escaleras hacia la planta de abajo. Busco las llaves de la ranchera en una cajetilla de madera que tenemos en la entrada destinada para tal fin. No están.

—¡Mamá! ¡¿Dónde están las llaves del coche?!

—¡En la encimera de la cocina, junto a mi móvil!

Me dirijo hacia la cocina, localizo el móvil y, junto a él, las llaves. Las cojo, pero antes de darme la vuelta para continuar mi camino, la pantalla del teléfono se ilumina. Es un wasap de Roberto. Y aunque no debería invadir la intimidad de mi madre, abro el mensaje y leo:

«Deyanira, espero que tu marido se encuentre mejor. Es afortunado de tenerte, como estoy seguro de que tú eres afortunada de tenerle a él. Quizá no debería decir lo que estoy a punto de decir (o de escribir, más bien), pero sé que le amas lo suficiente como para que esto no importe demasiado, o no importe nada: fuiste el amor de mi vida y ni el tiempo ni las circunstancias de cada uno han hecho que eso cambie. Cuídate. Siempre tuyo, Roberto.»

Quizá mi madre merezca saber que el hombre al que amó en su juventud también sentía lo mismo hacia ella, pero mi padre es mi padre y la familia es la familia. Y aunque sea injusto, y aunque ahora me sienta agradecida hacia este hombre por su apoyo en los momentos difíciles, borro el mensaje. Como si nunca hubiese pasado. Como si nunca hubiese ocurrido.

28
Descubrir la verdad

Llegamos a Estremera a la hora del vermú. Lo más lógico es ir a algún bar a poner la oreja mientras tomamos una cerveza o ir a por el pan. En los pueblos, según tengo entendido, uno se entera de todo en las panaderías, los bares y las peluquerías. Y como no es momento de ir a la peluquería a que nos hagan un *cardao*, decidimos ir primero a por la cerveza fresquita y después a por el pan.

Entramos en la primera cafetería que encontramos, situada junto a un estanco, para mayor alegría de Andrea, que ha agotado, en cuestión de dos horas, sus provisiones de cigarrillos para todo el día. Se trata del típico bar de pueblo con toldo verde, paredes rústicas y mesas de madera bastante añeja. Al entrar, todas las miradas se giran hacia nosotras, las forasteras.

Desde que mis abuelos se vinieron a vivir aquí, nunca he pisado el pueblo. Hasta hoy. Mis únicos movimientos por la zona consistían en ir del coche a la finca de mis abuelos y de la finca al coche. A diferencia de mi tío Zenón, a quien le hizo falta poco tiempo para conocer todos los chismorreos del pueblo y los puntos de interés. Y realmente, pensándolo bien, esto es una ventaja. Sin saber quién soy yo y sin saber quiénes son mis amigas, las lenguas se soltarán más libremente. O al menos eso espero.

—Buenos días —le digo al camarero para captar su atención mientras el resto de mi equipo toma asiento en una mesa aislada junto a un gran ventanal—. ¿Nos pone cuatro cervezas, por favor?

—Y sin por favor también os las pongo —bromea el camarero sin dejar la tarea de secar vasos con un paño mugriento que está pidiendo a gritos un lavado—. ¿De barril o botellín?

—De barril, sin por favor.

El hombre ríe abiertamente ante mi respuesta que, en realidad, no pretendía ser una gracia.

—Marchaaaando cuatro cervezas para las chicas guapas. —Y, dicho esto, abre el grifo y comienza a tirar la primera copa de cerveza.

Sin hablar demasiado, para no perder cualquier información que pueda brotar de algunas de las bocas parlanchinas que allí se encuentran reunidas, esperamos las cervezas que no tardan en llegar acompañadas de una generosa ración de patatas bravas como aperitivo.

—¿Venís para los preparativos de la boda? —La pregunta del camarero nos pilla desprevenidas.

Mi cara se nubla y mi corazón se acelera repentinamente temiendo lo peor. Pero no, no puede ser. Hay más de mil habitantes en Estremera, entre tanta gente no tiene por qué ser Berto el que se casa.

—No exactamente. Somos parientes del novio, pero no participamos en los preparativos, ahora estamos en calidad de turistas —interviene Alicia para sorpresa de todas. Como periodista de investigación la pelirroja no tiene precio.

—Lo imaginaba. —El camarero ríe exageradamente mostrando unas prominentes encías—. No tenéis pinta de indias.

—¿Indias? —pregunta Sara, tan desconcertada como el resto.

—Sí, la novia es india. ¿No lo sabíais?

—A ver si estamos hablando de otra boda, que la gente se casa mucho últimamente... —Alicia guarda silencio unos segundos, apoya los codos sobre la mesa y prosigue, directa al grano—. El que se casa con la india, ¿cómo se llama?

—Roberto. Y la muchacha se llama Nila. Su familia lleva aquí muchos años.

Son demasiadas casualidades. El nombre de él y el elefante, que es para los hindúes el símbolo para empezar bien una nueva etapa... Debe de estar practicando para el día de la boda. Berto va a casarse. Con una hindú. No sé cuándo. No sé por qué. No sé qué hacer. No sé si quiero morirme. O si quiero matarle. A él. O a ella. No lo sé. Ya no hace falta ir a la panadería, pienso. La cabeza comienza a darme vueltas. Creo que he dejado de respirar. Sí, he dejado de hacerlo.

Estoy en la playa, corriendo por la orilla, saltando, con los brazos alzados al aire y riendo. No hay nadie a nuestro alrededor. Solo él y yo, disfrutando del nosotros. Juntos y libres. El agua salpica mi rostro y me moja el pelo. Los pies de Berto golpeando contra el agua que, musicalmente, se acerca a la orilla para atraparnos. Pero sus pies comienzan a desdibujarse y a mezclarse con otra imagen, la de la mano de Alicia, situada frente a mí y lanzándome agua con una botella de plástico. No estoy en la playa. Estoy tumbada boca arriba en un banco de madera con la cabeza apoyada sobre las piernas de Sara. Alicia salpicándome agua y Andrea observándome fijamente y sacando aleatoriamente dedos en una mano. Y fotos. ¡Fotos! Será idiota...

—¿Cuántos dedos ves aquí?

No respondo. Veo claramente los dedos que tiene en la mano, como veo que he perdido para siempre al hombre de mi vida mientras mi amiga se pone a hacer *selfies*. Intento levantarme, pero Sara me lo impide.

—¿Qué día? —logro decir.

—No he podido averiguarlo. Hablar con esta gente es como jugar al teléfono escacharrado. Si lo mismo no es ni Berto el que se casa —dice Ali desviando la mirada hacia Andrea—. O guardas el teléfono, o te lo tragas.

Andrea, obediente, guarda el teléfono en el bolsillo del vaquero. Sé que Alicia está haciendo todo lo posible por animarme, aunque ella sabe que en ese aspecto, seguro casi al noventa por ciento, esa información no es errónea.

—Con una mentira se puede ir muy lejos, pero sin esperanzas de volver.

—No da puntada sin hilo la cabrona —dice Alicia dirigiéndose a mí, seguidamente se gira de nuevo hacia Andrea apuntándola con un dedo amenazante—. ¿Te puedes guardar también el puto refranero un ratito?

Andrea asiente con la cabeza, un poco atemorizada, todo hay que decirlo.

—Gracias —concluye Alicia. Besa en los labios a Sara y, con la mano libre de la botella con que me ha bañado, acaricia su mejilla—. Vamos a levantarla y vamos a buscar a ese cretino.

—Me apunto. —La sonrisa de Sara se dibuja infinita.

—¡Y yo! —exclama Andrea agitando las coletas entusiasmada ante la idea.

—¿Habláis de Berto? —pregunto alarmada.

—¿De quién si no? —responde Alicia de manera categórica, y entre las tres me ayudan a incorporarme lentamente.

Aparcamos el coche un par de calles alejado de la casa de Berto. Es una maniobra un tanto absurda para evitar ser vistas. Absurda porque caminamos a plena luz del día, cuatro forasteras y una nada discreta, por lo que ni un coche negro hubiese sido de gran ayuda a la hora de pasar desapercibidas.

—Andrea, cariño, ¿tú no tienes ni puñetera idea de espionaje, verdad? —La recrimina Alicia.

—Perdóname, pero no suelo practicarlo. —Observa su camiseta amarilla fosforita y sonríe orgullosa—. Se cree el león que todos son de su condición.

—¡¿Pero qué coño dices?!

Con un gesto de la mano, indico a Alicia que baje la voz.

—Ni que yo fuese Tom Cruise en *Misión imposible*, no te jode... —murmura.

—Mi amor, creo que el primer paso en el espionaje es ser silencioso —comenta Sara y se acerca sigilosamente hasta su chica para morder sensualmente su oreja.

Me quedo atónita ante la escena que presencio. A escasos metros de comprobar si Berto está en su casa y poder conocer finalmente la verdad sobre todo, la recién estrenada pareja lésbica se pone a darse el lote mientras una Andrea ensimismada observa la escena, a falta de ponerse a dar saltitos y palmas.

—No me gustan los tópicos, pero...¿os pago un hotel? —Mi voz se eleva por encima del canto alegre de los pájaros de Estremera; pero ya da igual, porque la discreción es algo de lo que no hemos hecho alarde desde que bajamos del coche—. Por cierto, me alegra mucho que estéis juntas. Disculpad si no he dado muestras de ello anteriormente, pero entre unas cosas y otras...

—Lo sabemos —dice Ali poniendo un dedo sobre mi boca para hacerme callar y sonríe—. Pero ahora tenemos algo más importante de lo que ocuparnos, tu felicidad.

Cuando alcanzamos un nivel de sigilo medianamente aceptable, doy luz verde a mi equipo para aproximarnos a la verja de la casa de Berto. Por fortuna está cubierta por una espesa manta de pino que dificulta la visibilidad. Cada cierto tiempo se oye un zumbido y un ruido seco al final del mismo.

Les indico que se queden pegadas en un lateral para ir a echar un vistazo. Las tres obedecen y se apiñan tanto que parecen a punto de fundirse en un solo ser. Las observo, tan anormalmente distintas, tan inapropiadas a veces y tan certeras en otros momentos, tan auténticas y tan dispuestas a todo por una amiga. Y mentalmente me digo: una para todas y todas para una.

Me acerco a una zona más céntrica para poder observar todo el perímetro del jardín y, con cuidado, abro un hueco entre el follaje. Después de tantos meses, después de tanto dolor, después de tantos sueños deshechos y tanta incertidumbre, por fin, le veo. Siento cómo todo mi cuerpo se paraliza. Le observo, sereno y concentrado, empuñando un arco de madera con una mano y tensando con la otra la cuerda que sostiene la flecha que debe impactar en la diana situada frente a él a unos cuantos metros. Guiña un ojo y se concentra para apuntar mejor. No parece que lo suyo con el arco sea fallar, teniendo en cuenta que la diana tiene cuatro flechas más arrebujadas en su centro. Sigo concentrada en él, en la forma que dibuja el músculo en su brazo cuando tensa la cuerda, en su pelo oscuro brillando bajo el sol, en la perfección de su espalda... cuando de pronto siento el cuerpo de Alicia pegado a mí y, antes de ser capaz de reaccionar, lanza una piedrecita hacia Berto para captar su atención. Su concentración se ve alterada ante el inesperado elemento volador, pivota sobre sus pies para mirar hacia el matojo de pino y su mano suelta la cuerda tensada para después preguntar,

«¿quién anda ahí?», al tiempo que la flecha vuela en mi dirección e impacta en mi hombro izquierdo, atravesándolo.

Un grito de dolor desgarra el silencio. La puerta del jardín se abre y aparece Berto. Su sorpresa al encontrarme allí es evidente y, más aún, al verme con una de sus flechas incrustada en el hombro.

—Roberta... Roberta... perdóname. Algo me ha golpeado y me he asustado. —Se arrodilla junto a mí y pasa su mano por mi pelo.

Me quedo sin habla. Estando él allí, junto a mí, hasta no parece que tenga una flecha clavada.

—Joder, joder... ¡Lo siento! Lo de la piedra no ha sido buena idea —dice Ali sintiéndose culpable en cierta medida—. Pero ¿es que a quién se le ocurre ponerse a jugar a ser Arrow en un jardín...? —murmura con los ojos clavados en mi hombro y una mueca de dolor en el rostro—. ¿Te duele mucho?

—Un poco —acierto a decir, sin quitar los ojos de él.

—Hay que llevarla a un hospital, ¡ya! —Sara se sitúa detrás de mí para ayudar a levantarme—. Andrea, ayúdame por el otro lado. Ali, tú conduces.

—Un momento. Antes de llevarla es mejor cortar ambos lados de la flecha para evitar que se enganche o se roce —informa Andrea y, en el acto se pone manos a la obra.

—Parece que lo hubieses hecho más veces —dice Alicia, realmente sorprendida ante la habilidad de Andrea para partir ambos extremos de la flecha sin dañarme más aún.

Berto continúa en silencio, observándome. Una mueca de dolor y culpa se dibuja en sus labios. Por fin, parece reaccionar.

—Dejadme, yo la cojo. —Y, aunque tengo la flecha clavada en un hombro y no en una rodilla, sus fuertes brazos me elevan sin ninguna dificultad y decido no aclarar que no tengo problemas para caminar—. ¿Dónde está el coche?

Mis tres amigas trotan por delante de nosotros, girándose de vez en cuando para comprobar que sigo ahí. Aún no he mirado mi hombro. Giro la cabeza con cautela y veo la flecha, cruzando mi carne de lado a lado, la sangre brotando de la herida. La cabeza empieza a darme vueltas. Pienso en la tan mítica escena de *El guardaespaldas*. Vuelvo a mirar a Berto e imagino que es Kevin Costner y que yo soy Whitney Houston —solo que un poco más blanca—; intento no pensar en la sangre que mana de la herida, intento evadirme pensando en películas. Pero esto no es una película y descubro que, a pesar de mi trabajo, un trabajo que me obliga a lidiar con la muerte una y otra vez, no estoy acostumbrada a la sangre. Y menos a la mía. Porque mis métodos siempre son limpios (inhalación de gas, inyección letal, aire en vena, barbitúricos, asfixia...) y rara vez hay sangre y menos en cantidad tan abundante. Miro al suelo y observo el reguero escarlata que marca nuestro camino. Sangre, sangre. Mi propia sangre. Y, por segunda vez, pierdo el conocimiento.

29
Hospital. Otra vez

Abro los ojos lentamente, desorientada. La luz que invade la estancia me ciega. Cierro los ojos de nuevo. Intento ubicarme mentalmente antes de volver a abrirlos. Oigo la inconfundible voz de Alicia decir «está despertando». Siento unos pasos apresurados acercándose hacia mí. Mis párpados comienzan a ascender, temerosos ante un nuevo estallido de luz, pero, poco a poco, me voy adaptando a la luminosidad. Contemplo los rostros de las personas congregadas en torno a la cama en la que guardo reposo: mis amigas, con unas expresiones indescifrables, mis abuelos, con la preocupación aún anclada en sus facciones, Evangelia —parece que la abuela aún no se ha deshecho de la momia griega— y Berto. Su nombre resuena como un eco constante en mi cabeza, su expresión de tristeza absoluta y su sentimiento de culpa me conmueven. Intento incorporarme cuando un dolor punzante atraviesa mi hombro izquierdo. El flechazo, claro. Por eso estoy aquí. Por eso está Berto aquí. Por eso esa cara, porque me ha clavado una flecha y, de haberse desviado unos centímetros más hacia la derecha, seguramente no estaría en una cama de hospital sino en una caja de pino.

No sé cuánto tiempo ha pasado desde el accidente. No sé si estamos en el mismo día o si la fecha en el calendario ha cambiado. La luz ya no me resulta tan cegadora una vez que mis ojos se han adaptado tras venir de la inmensa y plácida oscuridad de una sedación. Me dejo de suposiciones y decido preguntar, rompiendo el tenso silencio acomodado en la habitación.

—¿Cuánto tiempo ha pasado? —pregunto, con la voz ronca por la sequedad.

—Son casi las siete de la tarde —informa mi abuela, y se acerca más a mí para depositar un cálido beso en mi mejilla. Y luego otro y otro y otro. De esos besos que solo saben dar las abuelas—. Te sedaron para extraer la flecha y comprobar que no había ningún daño interno. Todo ha sido limpio y pronto estarás bien.

—Franklin no quería matarte, cariño. Es un buen hombre. Solo se asustó —aclara mi abuelo, a quien el síndrome kaprino no le abandona ni un instante cuando se trata de Berto.

—Deberíais hablar. A solas —interviene Sara, al tiempo que sujeta una de mis manos, apoyadas sobre mi vientre.

—Lo siento mucho, Roberta... —dice Ali sin atreverse a acercarse a mí.

Le guiño un ojo para quitar hierro al asunto. No quiero que se sienta culpable ¿Cómo iba a saber que pasaría algo así?

La aparente amabilidad de todos con respecto a Berto me hace sospechar que, mientras yo estaba sumida en un profundo sueño, ellos estaban inmersos en una intensa conversación acerca de varias cosas: empezando por su repentina desaparición y terminando por el flechazo en mi hombro. Que vale, ha sido un accidente, pero no creo que a mis abuelos les haya hecho gracia el asunto, por muy accidente, muy susto o muy despiste que haya sido.

—Sí, salgamos —confirma mi abuela, agarrada del brazo de Juanito.

—Fácil es decir, lo difícil es hacer. —Son las palabras que Andrea dirige a Berto antes de salir de la habitación.

—Por una vez, yo no lo habría dicho mejor —secunda Alicia, y dirige una mirada cargada de reproches a Berto—. No te la mereces.

—Lo sé. —Es lo único que Berto consigue decir.

Mientras masco la tensión generada en el ambiente, me percato de que Evangelia sigue anclada en el mismo sitio, a los pies de mi cama.

—¡Abuela!

Isabel gira sobre sus pasos y asoma la cabeza por la puerta.

—Dime, cariño.

—Que te dejas a Evangelia.

—No os preocupéis por ella, no dirá nada, si la cabrona no ha abierto el pico desde que llegó —dice molesta aún por el intercambio infructuoso.

—Abuela, por favor —insisto—, me incomoda bastante tener a esta señora a los pies de la cama.

—Tienes razón, que da cosilla. Yo cuando me la encuentro por algún pasillo, me doy unos sustos... —Se acerca hasta la griega y la empuja en dirección a la puerta—. He intentado devolverla, pero no hay forma de dar con la familia. Fíjate que yo creo que me la han colado, pero bien. Ahora me va a tocar quedármela, porque dime tú qué hago si no. —Dirijo una mirada muda a mi abuela que ella entiende inmediatamente—. Sí, ya me voy. Ya me voy.

Evangelia y ella salen de la habitación y, por fin, Berto y yo nos quedamos a solas. Él evita mirarme. Yo clavo mis ojos en el techo. Me duele el corazón. También el hombro. La tensión entre ambos va creciendo minuto a minuto, entre el silencio espeso.

—Recuerdo ese último día, en el Madrid Río, tumbados sobre la hierba. —Son las palabras que salen de su boca y que siembran en mí un odio profundo hacia su persona—. Recuerdo cada día juntos.

—Yo recuerdo la cara de gilipollas que se me quedó en el portal de mi amiga cuando saliste corriendo en busca de altramuces y nunca regresaste —escupo amargamente para dejar salir el odio, el rencor y la ira—. Por no hablar de la tinta imborrable en mi espalda, esas palabras a las que di mil vueltas para intentar comprender. Sin éxito.

Él está aquí, frente a mí, nuevamente en una habitación de hospital. Así nos las gastamos nosotros. Sí, Berto está aquí, a mi lado, después de tanto tiempo soñando con este momento. Pero las cosas no son como las imaginamos cuando realmente suceden. Nunca lo son. Si en mis fantasías hubiese concebido un reencuentro como este, unas palabras como las recién dichas, muy probablemente mi reacción imaginaria hubiese sido saltar de la cama, a pesar de las heridas, y abalanzarme sobre él. Besarle, sin preguntas, sin dudas y sin miedos, besarle sin medida y sin cautela. Sin embargo, la realidad es esta: después de tantos meses de ausencia, estamos en una habitación de hospital y él dice lo que tanto he deseado volver a escuchar, pero no quiero saltar de la cama y besarle, quiero hacerme con algún objeto contundente y estrellárselo en la cabeza. El culo del elefante sobre él me sigue pareciendo una idea tentadora. Yo no le he preguntado si tuvo de pronto un ataque de Alzheimer y olvidó que yo existía, como para que se ponga a hablarme de sus recuerdos. Porque las cosas no son así, porque no se puede reaparecer después de generar tanto dolor y decir eso sin antes dar una explicación convincente a cuenta de lo ocurrido.

—Roberta, déjame que te explique. —Su voz suena rasposa y se aproxima con precaución hacia el borde de mi cama—. ¿Puedo sentarme?

—Haz lo que quieras, pero no me toques.

Él acata mi petición. Se sienta en el borde de mi cama, respira profundamente y, por primera vez desde hace mucho tiempo, nuestras miradas vuelven a encontrarse. Tras unos extraños segundos en los que el corazón parece que se me va a salir por la boca y se va a poner a bailar una jota aragonesa, retiro mis ojos de los suyos y él comienza a hablar.

—Aquel día, cuando fuimos al piso de tu amiga, sabía que si subía daríamos otro paso, al igual que en tu casa. Si me quedaba allí, sucedería lo inevitable. Un paso que nos uniría más aún...

—Sí, follar es lo que tiene, que une —interrumpo, siendo consciente de la grosería tan impropia de mí. Él se queda mudo ante la sorpresa, nada grata, imagino, y pronto me arrepiento de mi ataque—. Perdona, continúa.

—Sabía que *hacer el amor contigo* —recalca mi misma expresión en su forma biensonante— me haría más difícil de lo que ya era tomar una decisión. Aunque no es preciso hablar de decisión, puesto que nunca tuve elección. De haberla tenido, jamás habría huido de la única persona que me ha hecho comprender el significado de la palabra *amor*.

—Creo que no lo estoy entendiendo —intento ordenar mis pensamientos—. Quizá si empiezas por explicarme lo de tu inminente boda, pueda comprender mejor esto que acabas de decir.

—Es una boda concertada.

Me quedo tiesa en el sitio. ¿Boda concertada? ¿Pero eso sigue existiendo en España en pleno siglo XXI?

—Sí, por raro que parezca —reafirma, leyendo mis pensamientos a través de mi cara de estupor—. Ella es hindú y su familia, a pesar de llevar años viviendo en España, está muy arraigada a las tradiciones y costumbres de la India. Allí sigue funcionando el matrimonio concertado, aunque ya no es obligatorio, en realidad pueden elegir aceptarlo o no.

—¿Y tú no puedes elegir?

—En mi caso es diferente. Si quiero que mi familia siga viva, no tengo más alternativa que casarme con Nila —confiesa entre susurros, cada vez más cerca de mí—. Mi padre debe mucho dinero a su padre. Como te conté, tuvo problemas con el juego, empezó a apostar en carreras de caballos. Por eso aquellas llamadas me alteraban tanto, me estaba presionando, pero no podía decirte todo lo que estaba ocurriendo, no sabía cómo. Estaba atado de pies y manos y solo pude contarte una verdad a medias. Mi padre... Cada vez hacía apuestas más arriesgadas, estaba convencido de que acabaría por hacernos ricos y siguió apostando hasta que agotó todos los ahorros familiares. Mathali, el padre de Nila, se convirtió en su principal prestamista. Todo lo que tenemos le pertenece, nuestra casa, el coche de mi padre, mi moto, nuestras vidas. Él le dejó gastar y gastar, hasta que la deuda fue tan elevada que el pago era inabarcable. Estamos en la ruina. Mis abuelos nos han ayudado en todo lo que han podido, pero no ha sido suficiente. Yo soy el capricho de Nila desde que era una niña y Mathali nunca le ha negado nada a su pequeña, así que...

—Casándote con ella saldas la deuda de tu padre —resumo.

—Así es —confirma tristemente—. Mi padre es un buen hombre, Roberta, pero está enfermo.

—¿Sabías esto cuando nos conocimos? Lo de la boda, quiero decir —pregunto, porque es lo último que necesito saber.

—Por supuesto que no. De haberlo sabido, jamás me habría acercado. Cuando lo supe, ya estaba enamorado de ti.

Una lágrima resbala por mi mejilla y entonces, de un plumazo, todo el odio, todo el rencor y todas las ganas de golpearle, se esfuman. Intento incorporarme, con cierta dificultad. Él hace un amago de estirar los brazos para alcanzarme, pero se retracta.

—Olvida lo de no me toques. Abrázame, por favor, aunque me duela.

Un mar de lágrimas y anhelos envuelven nuestro ansiado abrazo. Y mi cabeza empieza a maquinar a gran velocidad. No permitiré que Berto condene su vida y, de rebote, la mía. Si estuviese aquí Andrea, diría algo así como: «Mathali, el que a hierro mata, a hierro muere».

30
Planes

Jueves catorce de octubre. Dos días antes de la boda y aquí estoy, con el plan sin trazar. Necesito elaborar algo urgentemente y no puedo seguir tomando café a este ritmo, porque la taquicardia me impide pensar con claridad. De cualquier modo y, a rasgos generales, voy a llevar a cabo la introducción del caballo en Troya y hacer que todo arda. Metafóricamente hablando, claro, que no estoy tan loca como para ponerme en modo Carrie y hacer que todo se prenda a mi paso. Aunque ganas no me faltan...

Tras el incidente de la flecha y después de haber aclarado todo, Berto y yo nos vimos en un par de ocasiones por Madrid, de forma discreta y sin ir más allá de una aparente amistad. Tuvimos que hacer un esfuerzo titánico por no lanzarnos el uno en brazos del otro, un esfuerzo descomunal por no perder el control. Él sabía que no era buena idea vernos porque seguíamos alimentando algo que nos estaba vetado. Yo también lo sabía. Si no conseguía que Berto se liberase de las cadenas, mi corazón quedaría hecho pedazos, y aun así decidí arriesgarme a tener que recoger mis trozos. Ver su sonrisa bien merecía el riesgo. Pero la mala suerte, una vez más, estuvo de nuestra parte. La mala suerte o los informadores. Berto tenía ciertas sospechas de que Mathali intuía que su futuro yerno tenía algunas actividades extraescolares y, probablemente, había decidido estar al tanto de sus movimientos. ¿Qué otra explicación podría haber para que se hubiese enterado de que Berto se estaba viendo con alguien? El mensaje fue muy claro: «¿QUIÉN ES ES-

TA?» con foto adjunta de los dos paseando por el Palacio Real. Decidimos dejar de vernos. Era lo más sensato. Berto con la intención de condenarse para salvar a su familia. Yo con el firme propósito de salvarle a él. Por eso, y aunque Berto no espere mi presencia en su boda, allí estaré. Entre las sombras, como una invitada más a la cárcel de su enlace con Nila.

Cuando me dieron el alta en el hospital, regresamos a Madrid y comenzó la operación. Ya teníamos la Operación Estremera, cuyo objetivo era descubrir por qué Berto iba a casarse y con quién, y como las operaciones siempre deben llevar un nombre —Operación Gürtel, Operación Pokemon, Operación Abanico...—, esta no podía ser menos. Pero como no tenía la cabeza para pensar en algo original y épico, decidí que esta nueva misión sería la Operación Estremera 2.0.

Lo primero que hice cuando supe que algo debía hacer, fue poner a mis padres al tanto de toda la historia y mi padre, con su nuevo ojo de color verde desconcertante, se ofreció para realizar un trabajo extra sin expresa petición. Y aunque sabía que lo decía con la boca pequeña, me negué en rotundo. Nosotros no eliminamos a gente inocente y de ninguna manera permitiría que el amor de mi padre hacia mí le hiciese tirar por la borda las sólidas bases de una empresa cuya máxima es hacer un bien a la sociedad. Tampoco permitiría que su amor le convirtiese en una persona indeseable, en un burdo asesino. Y, aunque en un primer momento, mi odio hacia la familia hindú me había empujado a plantearme la idea de eliminar a todos y convertirme así en una más de aquellos a los que nos enfrentamos cada día, la cordura se antepuso a la enajenación mental transitoria. Mi expresión debió de torcerse demasiado cuando mi padre añadió: «Sabes que lo digo para animarte, hija. Eres luchadora, perspicaz y, ante todo, buena persona. Confío plenamente en ti y en tus capacidades». Sus palabras calaron en mí llenándome de energías renovadas, y con su mano en mi hombro supe que sería capaz de conseguirlo todo. Solo necesitaba encontrar la manera.

En la cocina de mi casa, con un bloc de notas y un boli mordisqueado, apurando la tercera taza de café y con el sol a punto de desaparecer en el horizonte, espero con ansia y cierto temor la llegada de mis amigas. Hoy es el día en que Sara y Andrea sabrán toda la verdad. Han decidido ayudarme sin cuestionar nada, sin hacer preguntas, han decidido agarrarse de mi mano y saltar conmigo al abismo de la locura. Están conmigo en esto y lo menos que puedo hacer es brindarles una verdad que durante tanto tiempo les he mantenido oculta.

Mientras mis oídos se mantienen alerta a la espera del sonido del timbre, sigo dando vueltas a las posibilidades con las que cuento para poder rescatar a Berto de la boda concertada. Cuando la idea de envenenar a los hindús vuelve a mi cabeza hago un gesto con la mano como intentando espantar moscas. «Ni de coña, Roberta, eres una persona decente y las cosas se pueden hacer bien, solo tienes que estrujarte un poquito más el cerebro», me digo.

Por fin suena el timbre y salgo disparada hacia la puerta. Las tres entran como un huracán y se instalan en la cocina, junto a la isla de *silestone* roja y mis papeles garabateados de absurdeces e incomprensión.

—¿Tienes algo en mente? —pregunta Sara mientras observa el bloc de notas.

—Primero tengo algo que deciros... —No sé ni por dónde empezar, no es fácil contar que tu oficio es matar y, más aún, cuando tienes un miedo atroz a las reacciones que dicha información pueda provocar. Y aún más cuando es gente a la que quieres por encima de todo, cuando son personas cuya opinión sobre ti es importante.

—Desembucha. No tengas miedo que estas son de confianza —dice Ali con su mano acariciando los rizos de Sara.

—Veréis, hay algo relacionado con mi trabajo que nunca os he contado con claridad y no quiero que haya secretos entre nosotras porque somos un equipo. —Tomo una bocanada de aire y decido desembuchar, explotar como un volcán contenido durante décadas—. La empresa de mi padre y, como consecuencia, a lo que yo me dedico, se encarga de «eliminar gente indeseada».

El silencio se instala en la cocina y las caras de estupefacción intentando asimilar la información no tardan en aparecer en los rostros de Sara y Andrea.

—Pero eliminar en plan «les meto en una caja y les mando a una isla», eliminar en plan «les quito la identificación y ya no existen», eliminar en plan... —Las palabras de Sara se quedan pendiendo de un hilo.

—Eliminar en plan quitarles la vida —puntualizo e intento disimular el tembleque que me recorre de arriba a abajo.

Sara ahoga un grito con sus propias manos y Andrea parece estar buscando en su cerebro algún refrán acorde a la situación que no logra encontrar. Empiezo a ponerme nerviosa y las palabras se me ahogan antes de conseguir salir a nado. ¡Ay, Dios! Van a salir corriendo... van a odiarme... van a temerme...

Por fortuna Alicia sale en mi ayuda y explica todo, todo desde sus inicios, desde que mi abuelo empezó a tomarse la justicia por su mano, pasando por cómo mi padre se hizo cargo después de lo que ya se había convertido en una empresa clandestina y llegando hasta mí, la heredera.

—Somos conscientes de que esto es para quedarse un poco patidifusa así a bote pronto, pero ¿cuántas veces veis a inocentes que mueren a manos de lunáticos y pensáis: «¡Habría que matar a esos hijos de puta!»?

—La justicia es el pan del pueblo, que siempre está hambriento de ella. —Es la respuesta de Andrea, que parece haber encontrado la frase adecuada—. Y yo también veo las noticias y pienso en que ojalá alguien les diese su merecido a todos aquellos que creen que pueden robar la vida a los demás sin consecuencias. Toda esa gentuza no debería quedar impune. Siempre he sido muy fan de la ley del Talión: ojo por ojo, diente por diente.

—¡Coño, Andrea! Creo que nunca te había oído hablar tanto de seguido, estoy flipando ahora mismo, ¡qué discurso, hija! ¡Ni el mismísimo Mahatma Gandhi! —Alicia le da unas enérgicas palmaditas en la espalda mientras yo espero con angustia la respuesta de Sara, que aún sigue muda, pero no ha huido—. Sara, mi amor, di algo.

—Un momento, que estoy viendo a ver si la sangre me vuelve a las venas.

Agacho la mirada, temerosa. Siento sus ojos castaños sobre mí, pero no dice nada. El silencio vuelve a inundar la estancia y siento cómo algo se agarra en mis tripas y me las retuerce. Y de pronto el sonido de su voz se hace latente y me sorprende.

—Creo que voy a necesitar una infusión y una transfusión de sangre. Todo al mismo tiempo, gracias. —Sara se recoge la larga melena en un moño de bailarina y agitando las manos suelta todo el aire contenido—. Veamos, entonces eres algo así como Dexter, pero en versión femenina y castiza, ¿no?

Alzo la mirada aún con recelo e intento averiguar de qué narices me está hablando, pero sin éxito.

—¿Quién es Dexter?

—¿En serio no sabes quién es? ¡Pero si es el puto amo! —dice Ali casi escandalizada ante mi total desconocimiento sobre el tal Dexter.

—Es el protagonista de una serie cojonuda. —Ante semejante palabra, Sara se tapa la boca y mira a Alicia risueña—. Cariño, al final se me pega tu mala lengua.

—Pegarse sí que se pega. A la tuya.

—Yonquis del amor, ¿podéis parar un momento y continuar con lo que estábamos?

—Dexter es el protagonista de una serie que se emite en la cadena Showtime. Tiene tendencias homicidas, pero decide canalizar ese extraño gusto suyo por la sangre para intentar hacer, dentro de lo que cabe, el bien y se dedica a matar a gente indeseada.

—Bueno, yo no mato por gusto, todo sea dicho. Y además, me da pánico la sangre. Solo es mi trabajo. Lo que más me apasiona es la parte táctica, la localización del sujeto y el estudio del mismo hasta llegar a él. —Empiezo a relajarme y me animo a seguir explicándoles un poco más.

—No hay anormal que se considere como tal —puntualiza Andrea.

La miro extrañada. ¿Acaba de llamarme anormal una de las personas que sería en sí misma la definición de dicha palabra?

—¡Hostia puta la coletas! Cómo te la acaba de tirar —dice Alicia al tiempo que golpea levemente la cabeza de Andrea como si fuese un perrito que acaba de dar la patita.

Me quedo muda y continúo analizando la frase. Sara, abrazando por la espalda a su chica, pone en contexto la frase ante mi mutismo.

—Cada uno, con nuestras costumbres y nuestra particular forma de ver la vida y de entenderla, nos consideramos normales y vemos a los que son diferentes a nosotros como los «raros». Tú has vivido todo esto desde pequeña, lo has mamado y te parece lo más normal del mundo, pero analízalo, la gente va a la cárcel por cosas así.

—¿Insinúas que voy a ir a la cárcel? —pregunto alarmada.

—Oye, que el secreto familiar está a salvo con nosotras y supongo que si ninguno de tu familia estáis entre rejas es porque manejáis bien el cotarro. —Sara me guiña un ojo y mis músculos comienzan a relajarse—. Además, que te acabo de decir que a mí *Dexter* me parece una serie cojonuda. —Alicia sonríe al escuchar de nuevo esa palabra en labios de Sara—. Aunque he de decir que jamás de los jamases habría imaginado vivir algo así tan de cerca... Creo que a partir de ahora te llamaré Roberta Morgan.

—¿Morgan?

—Sí, ese es su apellido, el de Dexter. Aunque el tuyo se ajusta bastante a tu perfil. Lamata Feliz.

—Esta no será normal —dice Alicia refiriéndose a mí—, pero nosotras la seguimos de cerca cuando no hemos salido corriendo.

—Yo no he salido corriendo, pero lo de la infusión iba en serio —dice Sara.

—¿Y yo puedo fumarme un piti? —pregunta Andrea mientras el mono se la empieza a comer por dentro.

Asiento con la cabeza y Andrea no tarda en enchufarse el cigarrillo en la boca como poseída. Me quedo observándolas durante un instante. Lo que está claro es que el buen ojo que no tuve nunca con los tíos, lo tuve al elegir amigas. Putas locas. Siguen aquí después de todo y eso me emociona. Y siento cómo suena de nuevo en mi cabeza esa grandiosa frase de los tres mosqueteros: «Una para todas y todas para una». Nuestro lema. Usurpado, pero nuestro.

Aclarado el asunto y liberada del peso de guardar tanto tiempo el secretito, el siguiente paso es elaborar un plan a marchas forzadas. Dos días. Solo quedan dos días. Me va a dar un ictus como no consigamos definir esto en las próximas horas. Lo primero que hago es informarlas sobre la familia hindú a la que he investigado en profundidad. Quizá con la esperanza de encontrar alguna mancha en su expediente, pero más allá de la extorsión del padre, todos están más limpios que la patena.

El clan de los indios consta únicamente de cinco miembros: el padre, Mathali; la madre, Laranya; el hijo mayor, Naaz; la hija consentida, Nila, y la única hermana de Mathali, Radha.

Durante al menos dos horas debatimos sobre diversas posibilidades, todas ellas absurdas y sin sentido. En un momento dado, Andrea propone entrar vestidas de flamencas y montarnos un tablao. Aprovechando el desconcierto podríamos llevarnos a Berto y esconderle en algún lugar. No puedo evitar pensar que, si Paul tuviese unos añitos más, harían una pareja perfecta. Obviamente descartamos de forma inmediata lo de ir de flamencas, porque no hay por dónde agarrarlo. Sara demuestra ser la más prudente, y también la más inocente, diciendo que podría hablar con Nila y su padre para ablandarles el corazón, explicarles que Berto y yo estamos enamorados y que, poco a poco, iremos saldando la deuda que el padre de Berto contrajo con el cabecilla del clan hindú. Pero no se puede ablandar un corazón que bajo coacción arrebata la libertad de una persona.

—¿Y si hacemos que parezca un accidente? —dice Alicia.

—¿Qué parezca un accidente? —pregunto alarmada.

—Sí, la muerte de todos. Es que yo no veo otra salida, joder.

—Ali, ninguna de nosotras podría vivir con una carga así. Aquí no va a morir nadie, si no conseguimos un plan moralmente aceptable, prefiero perder a Berto, aunque algo dentro de mí se muera y él quede condenado de por vida.

—Berto no se va a casar con esa de ninguna manera, eso te lo digo yo. Prepara más café que tenemos una larga noche por delante —remata Sara con una seguridad apabullante apurando las últimas gotas de su taza de té.

Las dos de la madrugada, los ojos ya inyectados en sangre y la cafeína corriendo por nuestras venas. Y nada. La última propuesta de Sara consiste en imitar el baile de máscaras de la película *El hombre de la másca-ra de hierro*, pero teniendo en cuenta que vamos a una boda y no al festival de Venecia, resulta bastante inapropiado. Ella insiste de todos modos, dice que podríamos encontrar a alguien que se parezca mucho a Berto y dar el cambiazo. Sí, definitivamente las horas de pensamien-tos infructuosos le están causando estragos a la rubia. Por mi parte creo que hasta han empezado a salirme canas. Otra taza de café. Conseguir no sé si conseguiremos algo, pero lo que está claro es que un paro car-díaco nos puede dar en cualquier momento. Me pongo a repasar todas las opciones barajadas y me doy cuenta de algo. Andrea dio una idea disparatada al comienzo y, analizándola, caigo en la cuenta de que hay una parte que sí podemos aprovechar.

—Andrea, tu plan inicial. Lo de ir de flamencas no, pero yendo con una indumentaria discreta... Y cuando digo discreta digo cero colori-nes, podríamos secuestrarle. —Enlazo las manos y retuerzo mis dedos de forma maquiavélica.

—¡Lo que he dicho hace un momento! —exclama Sara.

—Mi amor, tú has propuesto un cambiazo —dice Ali acariciando la pierna de su chica.

—Bueno, pero lleva implícito lo del secuestro.

—Venga, Sara, *pa'* ti la perra chica —dice Andrea mientras chuperre-tea un mechón de su pelo.

Sara pone los ojos en blanco y se amohína contra el hombro de Alicia.

—Centrémonos. Secuestrarle es la única opción y esconderle en al-gún lugar durante un tiempo prudente. Un lugar que aún no sé cuál es, pero que encontraremos.

—Un momento. —Alicia me para en seco—. Llamadme loca, pero yo a lo del secuestro le veo lagunas. Bastantes ojos van a estar allí mirando a los novios por eso de que se casan y tal. Decidme cómo vamos a llevarnos a Berto sin que nadie se dé cuenta. Hasta donde yo sé no tenemos una manta élfica de la invisibilidad.

—¡No la necesitamos! —Me vengo arriba, estoy eufórica, no sé si por la altísima dosis de café o porque por fin comienzo a ver una luz al final del túnel—. Una de nosotras se encarga de hacer algo que desvíe la atención de todos los presentes. —Andrea despliega una sonrisa de oreja a oreja e imagino en lo que está pensando—. Un tablao flamenco no, Andrea. Me refiero a algo del tipo «a alguien le ha dado un chungo», «hay un tipo con un bazooka en la puerta» o algo similar. Que cunda el pánico durante unos instantes para poder llegar hasta Berto de forma discreta y sacarle de allí.

—Yo puedo ponerme muy dramática cuando quiero —sugiere Alicia.

—¿Ahora no te parece tan descabellado el plan? —pregunto.

—Sigue siendo descabellado, pero quiero irme a la cama y no creo que saquemos un plan mucho más elaborado. —Ali da un gran bostezo y apoya los codos sobre la encimera para reposar su cabeza entre las manos.

De manera frenética empiezo a valorar las posibilidades para el secuestro. Si Berto supiese lo que va a ocurrir igual nos facilitaría las cosas, pero igual es mejor contar con el factor sorpresa. No sé por qué, pero el factor sorpresa siempre es muy útil en las películas y aquí nos hemos montado una película que ni Steven Spielberg.

—Tengo que enterarme del lugar donde se celebra la boda.

—Hombre, eso estaría de puta madre porque si no... tú me dirás —dice Ali con otro bostezo a punto de brotar de sus labios.

—Lo sé, mañana a primera hora llamo a mi abuela, seguro que está al tanto de todo. En cuanto sepa algo os informo. —Paso una hoja del bloc y comienzo a garabatear—. Ya mismo os dejo ir a dormir chicas, ¡sois increíbles!

Rápidamente les explico la idea que ha ido tomando forma en mi cabeza mientras voy trazando dibujos bastante confusos, más propios de un niño de dos años que de alguien de mi edad. Un coche esperando en alguna puerta trasera. Sea donde sea el enlace, tiene que haber una. Ali aparece y monta un poco el espectáculo. Ya concretaremos qué dirá y en qué momento hará su aparición estelar. Y mientras tanto, las otras dos aparecen en el altar y se llevan a Berto. Con pasamontañas, importante. En este punto es cuando detecto la importancia del factor sorpresa. Berto no sabrá nada y si alguien nos ve llevárnoslo pensará que es un secuestro exprés y nadie le relacionará con lo sucedido.

—Solo espero que esto salga bien, porque si no... ¡se me casa!

—¡Que aquí no se casa nadie! —exclama Sara—. Todo va a salir bien.

—¿Confías en nosotras, no? —pregunta Alicia con una mirada inquisitiva.

—Por encima de todo. —Me acerco a las tres y, como puedo, las envuelvo en un abrazo de agradecimiento—. Venga, a dormir que os lo habéis ganado.

—Triste es amar sin ser amado, pero más triste es dormir sin haber cenado —dice Andrea con mucho acierto, porque no les he ofrecido ni una mísera loncha de pavo desde que llegaron a mi casa. Eso sí, café a raudales.

Me disculpo por ser tan explotadora y mala anfitriona y me ofrezco a cocinar algo rápido para que no se vayan a la cama con el estómago vacío. Alicia interviene rápidamente alegando que cada cual coma en su casa, porque lo único que ella desea es irse de cabeza a la cama. Y así, con las cartas sobre la mesa a la espera de ser organizadas correctamente y los nervios a flor de piel, cerramos la sesión hasta el día siguiente. El reloj con su cuenta atrás se va comiendo las horas a bocados. Tic, tac, tic, tac.

31

Pica la curiosidad

El despertador me arranca del precioso sueño que estaba teniendo con Berto en el mejor momento y pataleo de rabia bajo el nórdico. «No hay tiempo para tonterías, Roberta, ya llegará el momento del romanticismo, ahora hay que revisar el plan y no dejar cabos sueltos», me digo.

Lo primero que hago es llamar a mi abuela a ver qué sabe. Responde al segundo tono y voy directa al grano. Me asegura que la boda tendrá lugar en Nuestra Señora de los Remedios, en Estremera, pero que de la hora no está muy segura. Unos dicen que será por la mañana, otros que a mediodía y otras lenguas aseguran que será una boda de tarde. Ya se sabe que en los pueblos la información pasa de boca en boca y es como el teléfono escacharrado. De seguro sé que la boda se celebra en Estremera, pero necesito confirmar los datos. No hay cabida para el error. Solo tengo una bala en el cargador y el disparo debe ser certero.

Salto de la cama como un militar obediente y me visto a marchas forzadas, tan forzadas que me pongo la camiseta del revés y ni me molesto en cambiármela, total, en la moda hay cabida para todo. Desayuno lo primero que pillo en la nevera, un yogurt con tropezones y unas lonchas de pavo, y salgo disparada de casa en busca de la cabina más cercana. Sería más fácil tirar de móvil, pero con esto de que Mathali tiene informantes, estoy bastante paranoica. Necesito hablar con Berto y confirmar la hora del enlace. Por el camino voy pensando en cómo conseguir dicha información sin levantar sospechas.

Consigo localizar un teléfono público a quince minutos y me apresuro a marcar el número de Berto. Un tono. Dos tonos. Tres tonos. Por favor, contesta. Cuatro tonos. Cinco tonos. Contestador. ¡Fantástico! Ahora la cabina se ha tragado el euro. ¡Ladrona! Respiro hondo y cojo el penúltimo euro que me queda suelto, porque yo soy así de precavida. Un tono. Dos tonos. El pulso se me acelera. Tres tonos. Cuatro tonos. Y por fin su voz adormilada al otro lado.

—¿Eres tú, verdad? Te echaba de menos.

—Espero que nadie te esté oyendo —le digo y él me informa de que no hay moros en la costa, aunque sería más apropiado decir que no hay indios aunque nos carguemos el dicho popular—. Yo también te echo de menos...

—¿Desde dónde me llamas? —deja escapar un bostezo.

—Desde una cabina.

—¿Tienes el móvil estropeado? ¿No tienes teléfono fijo en casa?

—A ver Berto, no me fío nada de ese Mathali. Toda precaución es poca. —Aunque igual sí que se me está yendo un poquito de las manos.

—Cariño, creo que has visto demasiadas películas.

Acaba de decirme *cariño* y a mí casi se me escurre el teléfono de las manos del impacto emocional. Qué bonita resulta esa palabra saliendo de sus labios. Me quedo unos instantes obnubilada hasta que él vuelve a tomar la palabra.

—¿Pasa algo?

—En realidad no, aparte de que vas a casarte mañana. Bah, nimiedades. —Intento quitar hierro al asunto mientras encuentro el camino para conseguir verificar la información sin que se me vea el plumero—. He ido a pasear de buena mañana, para despejarme y esas cosas, y me he encontrado con una amiga que tiene una amiga india que se casa justo mañana. ¡Qué casualidad! Me ha dicho que se casa en Nuestra Señora de los Remedios a las seis de la tarde. ¿Tu boda cuándo es? Porque a ver si va a ser la misma y menuda gracia... —Y de esta forma queda patente que de sutileza ando bastante justa.

—¿Por qué quieres saberlo? Dadas las circunstancias, creo que es mejor mantenerte al margen de todo esto. No quiero hacerte más daño —responde con un hilo de voz.

—Ya, si lo sé, es solo por curiosidad. Por saber si es la misma boda o no. Tampoco es que vaya a presentarme allí, claro...

—Me alegra saberlo, no podría hacerlo si tú estuvieses allí. Siento tanto odio ahora mismo, Roberta. Odio por tener que cargar con los problemas de mi padre, sacrificar mi vida, sacrificar mi felicidad. Sacrificarte a ti.

—El odio no te va a llevar a ningún lugar. —Y mientras hablo sigo pensando en qué más añadir para sacarle la información que se resiste a darme—. Sería horrible para mí que te cases y encima la india y yo tengamos amigos en común. Imagínate si me la encuentro en un cumpleaños o cualquier otro acontecimiento, que en la vida pasan estas cosas... —Esta es la primera chorrada que se me ocurre. Genial.

Él se queda en silencio unos segundos. Yo me percato de que estoy haciendo un poco el ridículo mientras él intenta abrirme su corazón y decirme cómo se siente a escasas horas de la boda. Pero he de ser meticulosa. Y además, en ese aspecto estoy bastante tranquila porque sé a ciencia cierta que le voy a secuestrar y no va a haber ningún tipo de sacrificio.

—Me caso en Nuestra Señora de los Remedios a las doce de la mañana, así que puedes estar tranquila. —Noto cómo la tristeza inunda su voz y me siento culpable por mi falta de tacto, pero victoriosa de haber conseguido lo que estaba buscando. Que yo sepa lo que va a ocurrir, no significa que él, desconocedor de lo que pronto acontecerá, no sienta que estoy pasando de él olímpicamente, como un bicho sin sentimientos, obsesionado únicamente por saciar mi morbosa curiosidad—. Tengo que dejarte.

El tono de su voz, sus palabras, me golpean el corazón y por un momento me planteo decirle que no tenga miedo, que todo saldrá bien. Quiero decirle que haría cualquier cosa por él, hasta vestirme de Wonder Woman para salvarle si es necesario, a pesar del trauma experimentado después de lo de Jean Grey. Que hasta contactaría con los alienígenas si tuviese el wasap de alguno para que nos llevasen a otra galaxia, muy muy lejana. Pero no puedo, porque esa información despertaría sus sospechas. Por eso me despido fríamente, con una punzada de dolor atravesándome por dentro y los dientes rechinando para no decir «te quiero».

Regreso a casa con la velocidad de quien lleva un petardo en el culo mientras voy escribiendo un mensaje a mis amigas avisándolas de que ya tengo confirmada la información y que ya podemos ir a inspeccionar la zona para desarrollar el plan. En eso estoy cuando la vida me da una lección sobre la importancia de mirar por dónde andas. Meto la pata, literalmente, en un boquete en mitad de la acera. Un importante abismo entre dos baldosas acoge mi pie y mi tobillo cruje. Y no es un crujido agradable como el del pan recién horneado o los barquillos, es un crujido de esos de «me he roto algo», *¡¿cómo puedo ser tan inútil?!* Como a cámara lenta, me desparramo en el suelo sujetando el móvil con las dos manos como si al soltarlo fuese a desintegrarme o algo peor. Y ante la falta de manos para apoyarme —porque no, el móvil no lo suelto que la pantalla se parte por menos de nada—, clavo la barbilla en la acera después de haber hincado primero las rodillas. Yo, que siempre he pensado que mejor morir de pie que vivir de rodillas y que mejor móvil a salvo y barbilla hecha un asco. Eso último me lo he inventado, sobre la marcha. Es que estoy muy nerviosa. Y me duele el tobillo horrores. Y no quiero ni verme la cara porque seguro que estoy hecha un cuadro.

Veo estrellas dando vueltas alrededor de mí e intento aullar del dolor, pero la intensidad del mismo me oprime las cuerdas vocales. De repente, unas cuantas personas se arremolinan a mi alrededor y preguntan si estoy bien. «Pues mira, no; si sigo en el suelo no es porque le haya cogido el gusto», me dan ganas de decirles. Pero hago gala de una educación exquisita y en lugar de eso digo que me duele mucho el pie izquierdo. Uno de ellos decide que lo mejor es levantarme para ver si puedo apoyar el pie, otro propone llamar a una ambulancia y otra decide que no tiene nada que hacer allí y se larga. Hasta que una chica menuda, con pelo moreno corto e inmensos ojos castaños, se acerca con una sonrisa cálida, aparta con delicadeza a toda la gente y observa mi tobillo magullado.

—Cuidadín, no te muevas. Soy enfermera, voy a echar un vistazo a ese tobillo. —Con sumo cuidado me quita la deportiva y palpa mi pie izquierdo—. No parece que haya fractura, pero lo mejor es que vayas a un hospital y que te mire un médico. Seguramente tengan que inmovilizártelo —explica la chica que por su aspecto y su dulce voz me recuerda a la mismísima Amélie.

—No puedo ir a un hospital, tengo un día... complicado y no puedo perder ni un solo minuto y en Urgencias rápidos, lo que se dice rápidos, no son —le digo con cierto agobio. Desde luego que no he elegido el mejor momento para doblarme el tobillo.

—Pero es que con ese pie no vas a llegar muy lejos. Como mínimo tienes un esguince y eso requiere inmovilización y reposo —me dice la doble de Amélie, pero me da igual porque no puedo perder tiempo ni ir a secuestrar a Berto con muletas ni andador.

—Entre hoy y mañana se decide todo, si pierdo al amor de mi vida o, por el contrario, gano la partida. Por eso no puedo ir al hospital, ¿entiendes? Este pie tiene que resistir aunque sea lo último que haga. —Y al decir esto me doy cuenta de que estoy contándole mi vida a una completa desconocida, pero al menos ya estamos solas.

Ella me mira atenta, con los ojos brillantes de la emoción. Y eso que le he contado la historia resumida, que si le cuento la versión extendida se cae de culo. Medita durante unos segundos y deja asomar a sus labios una sonrisa de medio lado.

—Trabajo en La Paz y tengo el coche aquí mismo. Podría intentar que alguien te atienda rápidamente.

—¿Me ayudas a levantarme mientras lo pienso?

La chica se acuclilla a mi lado, pasa sus brazos por debajo de mis axilas y me va levantando con prudencia. Una vez de pie, sosteniéndome sobre una pierna y apoyada en ella para no caer de nuevo, me pide que apoye el pie con cuidado para ver si puedo caminar. El pie roza el suelo y solo con ese gesto vuelvo a ver las estrellas.

—Ya lo he pensado... —digo con los dientes apretados—. Llévame al hospital y cortemos por lo sano.

—Has tenido suerte. Creo que no hará falta amputar —responde risueña mientras me cuelgo de su cuello y ella me pasa la mano por la cintura para ayudarme a llegar hasta su coche—. Seguro que con vendaje y unas muletas será suficiente.

—Gracias por todo —le digo sinceramente—. Por cierto, ¿cómo te llamas? Yo soy Roberta.

—Y yo Amelia. ¡Encantada!

Y he aquí otra de las casualidades de la vida.

Subo en la parte trasera del coche con la pata extendida todo lo larga que es y escribo un mensaje a mis amigas con el encabezamiento: Urgente.

«LA QUE ESTÉ DISPONIBLE QUE VAYA A INSPECCIONAR LA IGLESIA Y HAGA UN CROQUIS. YO VOY CON AMÉLIE AL HOSPITAL PORQUE ME HE HECHO UN ESGUINCE EN EL TOBILLO. EN CUANTO TERMINE OS LLAMO. CORTO Y CAMBIO.»

La respuesta de Alicia no tarda en llegar.

«TÍA, ERES UNA NAZI, AQUÍ DÁNDONOS ÓRDENES, ADEMÁS DE TORPE. Y POR CIERTO, ¿QUÉ COÑO TE HAS FUMADO? ¿AMÉLIE? EN FIN, YA ME DIRÁS A QUÉ CAMELLO LE COMPRAS. VOY A LA IGLESIA. IGUAL APROVECHO Y ME CONFIESO, QUE EL PADRE SE VA A QUEDAR MUERTO CUANDO LE CUENTE.»

Esguince. Una buena faena, pero al menos llevo el pie vendado y no escayolado que es mucho más dramático y aparatoso.

Gracias a Amelia me han atendido rápidamente y puedo marcharme pronto. Ella se ha ofrecido a llevarme a casa, pero no he querido abusar más de su generosidad. Le he dicho que iría en taxi, aunque en realidad solo llevaba un euro. Ella me ha dado su teléfono y me ha hecho prometerle que ganaría la partida y luego la llamaría para contárselo. Se lo he prometido. Y lo he hecho porque no contemplaba más opción que la de ganar, porque cualquier otra posibilidad no tiene cabida, porque si no gano, le pierdo y si le pierdo... si pierdo... «No, Roberta. No se admite la palabra perder en ninguna de sus formas. Que te quede claro», me dice la voz de mi diosa particular. Claro que sí *Meryl, the winner takes it all* y aquí la *winner* voy a ser yo.

De camino hacia la salida me doy cuenta de la poca habilidad que tengo con las muletas. Soy Bambi recién nacido intentando mantener el equilibrio. Igual unas clases prácticas no me habrían venido del todo mal. Pero no hay tiempo para eso.

Pienso en llamar a mi padre para ver si puede venir a recogerme, pero entre que viene de donde sea que se encuentre y me lleva de vuelta a casa, mínimo voy a perder una hora. Además, tiene un ojo menos. Descartado. Barajo la posibilidad de ir en metro, pero con esta agilidad que tengo con las muletas no lo veo nada claro y lo mismo me da por meter el pie entre coche y andén. Descartado también. Al final decido ir en taxi porque, total, llevo solo un euro, pero el taxista no lo sabe.

Alzo la mano. El taxista baja rápidamente al ver mi estado para abrirme la puerta y ayudarme a subir. Hoy llevo tal cúmulo de buenos samaritanos que hasta me dan ganas de llorar. Pero no tengo tiempo.

Le digo la dirección al señor y arranca con energía.

Al llegar a casa le advierto al buen hombre de que no llevo dinero encima pero que no se alarme que no pienso hacer bomba de humo. Paso a casa, lo más rápido que me dejan las muletas, y enseguida salgo para saldar mi deuda.

Me acoplo en el sofá con la pierna estirada sobre la mesita y antes de meterme de lleno en el asunto que acontece —preparar el secuestro—, me hago una fotografía para enseñarles la obra de arte a mis padres bajo el aviso «no os alarméis. Sobreviviré». Seguidamente, informo por el grupo de wasap de que ya estoy en casa y que, cuando acaben sus respectivas labores, pueden venir y serán recibidas como merecen, con té y pastas, a la inglesa.

Acelga viene a mi encuentro y se sienta junto a mí en el sofá. Tiene cara de haberse caído de la cama hace unos segundos. La verdad es que el animalito da poca guerra y Paul está cuidando muy bien de él, cosa que me sorprende y me alegra a partes iguales. Puede que esté madurando, por fin.

—*Acelga*, mañana vamos a secuestrar a Berto, ¿tú cómo lo ves?

Sus redondos ojitos marrones me miran fijamente y le veo mover la cabeza en lo que parece un gesto de asentimiento. ¡Qué heavy! El suricato acaba de darme su aprobación. Igual ha sido un mero acto reflejo o un espasmo, pero el caso es que creo que me entiende. Con las charlas que Paul le da, puede que el animal tenga ya un Advance en español. O el Toefl, que Paul cuando quiere tiene cuerda para rato.

Me pego un susto mortal cuando la puerta de casa se abre y entra mi madre como un torbellino. Entra en el salón y me observa con cara de horror como si en vez de tener un pie vendado tuviese el hígado colgando.

—¡Mi niña! Acababa de salir de casa cuando he recibido tu mensaje. ¿Qué te ha pasado? ¿Ha sido el indio? ¿Te ha partido la pierna él? Si se va a poner a lanzar amenazas de este tipo, va a tener un serio problema con esta familia...

—¡Alto! Estoy bien. He metido el pie en un agujero de la acera, nadie me ha agredido y menos el indio, que no sabe ni quién soy. O al menos eso espero —me apresuro a decirle antes de que empiece a tejer una historia más enrevesada y despliegue todo un operativo por su cuenta.

—¡Qué torpe eres, hija!

Ahí no voy a llevarle la contraria. Hábil, lo que se dice hábil, no he estado mucho. Se sienta a mi lado y pasa su mano con delicadeza sobre el vendaje.

—¿Sabes ya qué vas a hacer mañana? ¿Necesitas ayuda? —me pregunta.

—Sí, pero no te preocupes que tengo ayuda de sobra. Ali, Sara y Andrea vienen conmigo.

—Tienes unas amigas que valen oro —dice ella mientras se levanta de mi lado con esa energía suya—. Me voy corriendo porque en diez minutos llega un paciente que está como una regadera y, entre otras cosas, no soporta que le hagan esperar. Cariño, si necesitas algo me llamas, ¿vale?

—Sí, mamá, no te preocupes. En un rato vendrán las chicas de oro.

Desde la parte de atrás del sofá, deposita un beso en mi coronilla y se marcha igual que entró, como una exhalación.

En cuanto a mi padre, debe estar metido en faena, porque aún no ha puesto el grito en el cielo ante la imagen que le he enviado. Tengo unos padres bastante melodramáticos, aunque supongo que influye el terror por la herencia paterna, la de que todos caigan como moscas.

Una hora más tarde aparecen Andrea y Alicia. Sara no puede venir porque le toca encargarse de la taberna dado que se ha tomado el día de mañana libre para la no-boda.

Ponemos las cartas sobre la mesa y empezamos a trabajar en el plan. Ali ha revisado de arriba abajo la iglesia de Nuestra Señora de los Remedios y confirma que hay puerta trasera y sitio para poder dejar un coche aparcado. Hasta ha hecho el boceto de la iglesia como le pedí. Observo que no soy la única que dibuja de pena, pero se agradece el esfuerzo.

—¿Y este mojón qué es? —pregunto para provocarla.

—Es el cura idiota, está bien claro. Altar y cura, ¿ves? —dice señalando con el dedo sobre las confusas líneas que ha trazado.

Repasamos todo una y otra vez para no dejar cabos sueltos. Ali será la que lleve el coche alquilado en el que huiremos, Andrea y Sara serán las que entren sigilosamente por la puerta trasera hasta llegar al altar y llevarse a Berto cuando yo haga mi aparición estelar montando un drama victoriano. Pero llegados a este punto, me doy cuenta de lo inapropiado de ir con muletas y, más aún, con mi cara. No solo por el rasguño que luzco en la barbilla, sino porque Berto me verá enseguida y no sé de qué forma podría reaccionar.

—Te pones un velo, como si fueses musulmana —propone Andrea mientras da una honda calada a su cigarrillo.

—A ver, cazurra, la idea es que vaya discreta. Una musulmana en una boda de españoles e hindúes como que destacaría bastante —responde Alicia.

—Pueden tener amigos musulmanes, digo yo.

—Sí, pero el caso es que si no los tienen todo el mundo se preguntará quién es. Que lo mismo saltan las alarmas pensando que va a poner una bomba o algo —explica Alicia.

Yo sigo callada intentando pensar en una solución viable que no requiera de burka ni nada por el estilo.

—Mata a un gato y te llamarán matagatos.

—Andrea, bonita, ¿qué quieres decir?

—Que no todos los musulmanes ponen bombas, qué manía con generalizar.

—Ahí tiene razón —intervengo.

—Pues sí la tiene, pero te voy a decir una cosa, guapita —dice Ali apuntando hacia Andrea con un dedo acusador—, me gustabas más cuando te limitabas a soltar refranes.

Las dos se ríen y se dan un abrazo ortopédico convirtiéndome en el relleno del *sándwich*. Una idea viene a mi cabeza. Las aparto con las manos y les pido que presten atención.

—Necesito que me cambien un poco la cara.

—Tía, no tenemos tiempo para cirugías —protesta Alicia.

—Con cirugía no, bestia. Con maquillaje y prótesis. Como en *Señora Doubtfire*.

—¡Ay, vas a ir de ancianita a la no-boda! ¡Qué adorable! —exclama Alicia entusiasmada ante la idea.

—Tampoco hace falta que vaya de abuelita, se me puede caracterizar de otra manera. Creo que de chico sería lo más acertado, pero... ¿conocemos a algún caracterizador?

Cada cual por su cuenta empieza a estrujarse la cabeza para pensar en alguien que pueda echarnos una mano en este aspecto. La única idea que me viene es David, por eso de que trabaja en el mundillo del cine, pero no es una opción válida de ninguna manera. A ver cómo le explico que me cambie la cara para acudir a la boda de mi novio sin que me reconozca. Sería raro, se mire por donde se mire.

Alicia propone poner un anuncio en Internet buscando a un caracterizador de urgencia. Dice que si ofrecemos una buena cantidad de dinero por el trabajo, nos saldrán de debajo de las piedras en cuestión de minutos. Pero no creo que anunciar nada en Internet sea lo más sensato, cuantas menos pistas dejemos mejor.

Al final, Andrea sugiere hacerlo ella misma y Ali y yo nos quedamos ojipláticas ante su ofrecimiento.

—¿Desde cuándo eres tú caracterizadora? —pregunto, no sin cierta curiosidad.

—No lo soy, pero desde luego pinto mejor que Alicia y que tú —señala con el dedo el boceto de la iglesia que reposa sobre la mesita.

—¡Oye, tú! Vamos a llevarnos bien —replica Alicia con fingida indignación—. Que dibujes bien no significa que puedas cambiarle la cara a esta mujer.

—A ver, seguro que en Youtube hay tutoriales y yo soy muy apañada. Con modificarle la nariz, poblarle un poco las cejas, una peluca masculina, unas lentillas y un buen traje, nadie sabrá que es ella.

—Visto así... —medito unos segundos la idea—. Yo lo veo, ¿podéis ir a comprar los utensilios necesarios?

—¡Qué coño! ¡Vamos! —Alicia se levanta e invita a Andrea a hacer lo mismo—. Más vale que dejes a esta mujer como un auténtico *gentleman*.

Ambas salen por la puerta a por lo necesario para mi transformación. Cojo el móvil y veo un mensaje. Probablemente sea mi padre. Lo abro y el corazón se me para cuando veo en la pantalla el nombre de Berto.

«SIENTO QUE TE PIERDO.
SIENTO COMO QUE, POCO A POCO, YA NO ESTOY.»

Y aunque es una imprudencia responder a escasas horas de su boda, y más después de todo el cuidado que hemos puesto en los días previos, no puedo permitir que piense lo que está pensando, porque mi amor hacia él es infinito, inquebrantable, porque todo lo que estoy haciendo es solo por él. Y por mí también, claro. El amor también es egoísta. Y respondo, dejando la sensatez aparcada y guiada únicamente por el corazón.

«ESTÁS. EN CADA LÍNEA DE MI PENSAMIENTO.
ESTÁS. EN CADA PÁRRAFO DE MIS PULSACIONES.
ESTÁS. EN CADA TILDE DE MIS LATIDOS.
ESTÁS. CON TINTA IMBORRABLE.»

32
El día ha llegado

Sábado 16 de octubre. Once menos cuarto de la mañana. Estoy frente a la iglesia donde tendrá lugar el enlace, en Nuestra Señora de los Remedios, con traje gris marengo, corbata, una peluca que hace que me pique el cuero cabelludo como mil demonios, un bigote que temo que se desprenda en un descuido y las manos sudando a chorros. Ironías de la vida lo de que la iglesia se llame *remedios* y que una familia hindú tan anclada a sus tradiciones opte por este lugar para la ceremonia. Puntualizaciones de este tipo aparte, observo a los invitados uno a uno con discreción y, de pronto, alguien muy familiar se cruza en mi campo visual. El sujeto en cuestión no es ni más ni menos que David. Mi ex. ¿Pero qué narices hace este en la boda de Berto?, me pregunto. Con su habitual pelo revuelto, sus gafas de pasta y ataviado con un traje negro y una camisa plagada de personajes de *Star Wars*, va de la mano de una chica con gafas de enormes dimensiones y cristales tan gruesos que hacen que sus ojos parezcan dos albóndigas. Me percato de un detalle en la chica que me provoca un ataque de risa que a duras penas logro contener. Lleva en el pelo las dos ensaimadas de la princesa Leia.

Las pulsaciones se me paran de golpe cuando veo que ambos se acercan hacia mí. «No puede ser que me haya reconocido», me digo. Ni yo misma pude hacerlo cuando me miré por primera vez al espejo después de la transformación que tan habilidosamente llevó a cabo Andrea. Llegan a mi lado y, rápidamente, empiezo a barajar las posibilidades: salir corriendo o evitar hablar si me hacen alguna pregunta. Quizá pueda dar el pego con este disfraz, pero mi voz sería inconfundible a sus oídos.

—Disculpa, ¿nos conocemos de algo? Es que tu cara me resulta familiar y al mirarme he pensado que igual nos conocemos de algún curro o algo y no quisiera ser tan descortés de no saludar —dice David con su dedo índice deslizando las gafas de pasta por el puente de la nariz y la otra mano aferrada a la extraña chica que le acompaña.

Durante unos segundos que me parecen interminables pienso en las salidas con las que cuento para no ser pillada con el carrito del helado. Finalmente, opto por hacerme la muda. Hago un gesto con la mano intentando explicarle que no puedo hablar y, seguidamente, hago una serie de gestos con las manos esperando que ninguno de los dos sepa nada sobre lenguaje de signos.

—Oh, vaya, perdóname. Creo que me he equivocado de persona —dice David apurado.

Dejo caer una mano tonta como queriendo quitar importancia a la equivocación y él me pregunta si he venido al enlace de Berto y Nila. Asiento con la cabeza deseando que se marchen y me dejen tranquila. Debo estar atenta a todo y con estos dos dándome palique se me va a complicar el asunto. Pero parece que lo de ser mudo no evita que David tenga ganas de cháchara. Igual no conoce a nadie y quiere hacer un amigo para el resto del día, pero no ha dado con la persona más indicada, desde luego.

—Ella es la prima de Roberto, Petronila. He venido a acompañarla y no conozco a nadie.

—Si vienes solo, puedes venir con nosotros —dice ella con una sonrisa de oreja a oreja que deja al descubierto unos *brackets* que me deslumbran—. Por cierto, puedes llamarme Petri.

Vuelvo a asentir con la cabeza, pero procuro no sonreír por miedo a que se me despegue el bigote. La chica no debe de ser muy avispada cuando acabo de decir que soy mudo y ella me dice que puedo llamarla Petri. De pronto todas mis alarmas se disparan porque caigo en la cuenta de que David sabe quién es Berto, pudo verle aquel día en el puente y David es de esas personas que no olvidan una cara.

—¿Conoces a mi primo Roberto? —dice ella con una sonrisa bobalicona y vuelvo a percatarme de su habilidad para tratar a un mudo. Me dan ganas de decirle que, si no tiene una pizarra y un rotulador, deje de hacerme preguntas que no puedo responder. Pero en vez de eso decido negar con la cabeza, mejor que piensen que vengo de parte de la familia hindú, no sea que le dé por preguntar a su primo y pedirle que me siente con ellos en la mesa del banquete. Un banquete que de ningún modo puede tener lugar.

Mientras la pareja sigue dándome conversación, intento buscar la manera de alejarme sin resultar maleducado.

—David no conoce a mi familia, pero hoy va a ser el día, ¿verdad, pichurri?

¿Acaba de llamarle *pichurri* o tengo un inmenso tapón de cera en el oído?

—Sí, pastelito, hoy es el día de las presentaciones familiares.

¿Y él acaba de llamar al bicho este *pastelito*? Porque sí, la tal Petri es un poco bicho, todo hay que decirlo, aunque parece simpática. Pero lo que está claro es que no ha heredado los perfectos rasgos de su primo. En fin, que se llamen como quieran, *pastelito*, *pichurri*, *ravioli con queso* o *albaricoque en almíbar*, lo importante es que David no identifique a Berto y que yo salga de aquí pitando antes de que la líe parda.

Y como estoy bastante inquieta, hago lo más absurdo que se me ocurre, saco el móvil y finjo que voy a responder a una llamada. Bien, Petronila no será muy hábil, pero yo como mudo acabo de coronarme.

—Nosotros vamos a ir pasando, ¿vienes? —pregunta David observando atónito mi intento de hablar por teléfono. Para disimular hago un ruido raro con la garganta para que entienda que aunque soy mudo, puedo escuchar lo que me dicen desde el otro lado sin necesidad de hablar.

Les indico con la mano que vayan pasando y, por fin, los veo alejarse. Siento un alivio momentáneo, pero la congoja la tengo metida en el cuerpo. No contaba con mi ex en esta boda. La vida tiene casualidades muy puñeteras. Solo espero que no encontremos más elementos sorpresa que entorpezcan la misión.

Dirijo la mirada de nuevo hacia la pareja, con el móvil en la oreja y, justo cuando van a entrar por la puerta, David tropieza con el minúsculo escalón de la entrada y cae de bruces al suelo. Y ya sí que sí, rompo a reír sin poder evitarlo.

Cuando desaparecen ante mis ojos, guardo el teléfono y dejo de hacer el paripé. Doy un paso detrás de otro, acercándome con cautela y terror hacia la puerta de entrada. ¡Madre mía! Vamos a secuestrar a Berto... creo que aún no me he hecho a la idea de la locura que vamos a llevar a cabo en escasos minutos.

Saco de nuevo el móvil y envío un mensaje a las chicas advirtiendo de que procedo a entrar en la casa del Señor y que estén preparadas para entrar en acción en cuanto les dé el aviso.

Una vez dentro, tomo asiento a medio camino del altar, entre dos personas que no conozco absolutamente de nada. Pongo una forzada expresión de felicidad y emoción, sin sonreír mucho para no perder el bigote y me concentro en controlar la danza frenética de mis piernas y el tic nervioso que comienza a atacar uno de mis ojos.

Berto ya está esperando, ataviado con un elegante traje negro con camisa granate y corbata gris perla. Está radiante y, al mismo tiempo, enormemente triste. Veo cómo su mirada recorre los bancos y agacho la cabeza para evitar ser vista, olvidando que ahora soy un hombre.

La idea es que, antes de que los novios se den el «sí, quiero», tengo que levantarme, ponerme en mitad del pasillo y fingir espasmos como si me estuviese ahogando. Mi actuación debe ser lo bastante buena e impactante para que todo el mundo me preste atención y las secuestradoras entren en acción. Una vez saquen a Berto de la iglesia, me repondré de mi asfixia momentánea y volveré a tomar asiento para que la boda pueda continuar. Pero para entonces el novio ya no estará en el altar.

La música nupcial da comienzo y, con los ojos aún clavados en el suelo santo, oigo abrirse la enorme puerta de madera por la que Nila, del brazo de su padre, hará su aparición en menos de diez segundos. Giro levemente la cabeza hacia el pasillo central y la veo, con un impresionante vestido rojo con adornos y bordados en hilo de oro. A pesar de querer decir algo así como «es más fea que un kilo de mierda» para sentirme mejor, he de reconocer que es muy hermosa, tanto que podría pasar por alguna de las bellísimas actrices de Bollywood. Y me jode. Porque no solo es bonita, sino que además tiene cara de buena persona. Pero no hay vuelta atrás, pronto se quedará más plantada que un geranio.

Observo su lento caminar hacia el altar y me quedo prendada de su elegancia, de esa feminidad que desprende a cada paso. Y me pregunto: ¿cómo puede sentirse como un castigo tener que casarse con una mujer como esta? La respuesta no tarda en llegar cuando los ojos apagados de Berto se desvían de la trayectoria de la novia y me observan. Una mueca extraña se dibuja en su rostro, como de confusión. Y rezo para que no me haya reconocido. El tiempo se para durante unos instantes y veo cómo hace un leve movimiento con la cabeza, un movimiento que parece decir «no puede ser» y sus ojos vuelven hacia el pasillo central por el que Nila avanza y esos inmensos ojos castaños vuelven a perlarse de tristeza.

Hay personas que están predestinadas a encontrarse y, cuando esto ocurre, sus almas se unen para siempre. Y da igual cuánta belleza haya alrededor, porque tienes claro dónde quieres que esté tu hogar. Aunque sea comparar un dúplex con un palacio, pero es tu dúplex. Claramente, yo soy el dúplex y Nila es el palacio. ¿Qué estoy diciendo? No, si al paso que voy me enamoro yo de ella.

En lo que comparo a seres humanos con tipos de vivienda, Nila llega hasta el altar y Berto le ofrece su mano para que ascienda los dos pequeños escalones que hay hasta llegar a su altura. Los novios se toman de las manos y se miran fijamente a los ojos. El sacerdote comienza con su perorata y yo siento cómo comienza a faltarme el aire. Los minutos parecen contraerse en el tiempo y cuando, por fin, llega la parte de las preguntas, yo estoy a punto de sucumbir al mareo. No, si al final monto el espectáculo de verdad.

—Roberto Bernal y Nila Nayak, ¿venís a contraer matrimonio sin ser coaccionados, libre y voluntariamente?

—Sí, venimos libremente —recitan ambos al unísono trastabillándose ante la falsedad de sus palabras.

—¿Estáis decididos a amaros y respetaros mutuamente, siguiendo el modo de vida propio del matrimonio, durante toda la vida?

—Sí, estamos decididos. —Berto miente de nuevo. O al menos, eso espero.

—¿Estáis dispuestos a recibir de Dios responsable y amorosamente los hijos, y a educarlos según la ley de Cristo y de su Iglesia?

—Sí, estamos dispuestos.

Y ahora, sí que sí, se acerca la respuesta definitiva. El maldito «sí, quiero». Envío el mensaje de alerta y me preparo para que dé comienzo el espectáculo. Nada más enviar el mensaje, veo una cabeza asomar por detrás de una cortina. Una cabeza con un tirante moño sujeto por un lazo rosa fucsia. Maldita Andrea, es que no puede dejarse los colorines aparcados ni en una operación de secuestro. ¡La voy a matar!

—Nila, ¿quieres recibir a Roberto como tu legítimo esposo y prometes serle fiel en lo bueno y en lo malo, en la salud y en la enfermedad, en la riqueza y en la pobreza, y así amarle y respetarle hasta que la muerte os separe?

Aprieto fuertemente los dientes esperando la respuesta de Nila para empezar con mi sublime actuación de asfixia, pero esa respuesta no llega. Transcurren unos segundos en silencio. Ella mira fijamente a Berto y cuando sus carnosos labios se despegan, mi esfínter se contrae y espero a recibir en mis oídos, como un disparo al corazón, su consentimiento. Pero sus palabras son otras.

—Sé que no me amas y sé que crees hacerme un favor a mí y a mi familia casándote conmigo, cosa que te agradezco, pero te libero a ti y me libero a mí misma. Eres un hombre maravilloso, fuiste mi gran amor cuando era niña, pero la vida cambia y nosotros cambiamos en el trayecto. Yo tampoco te amo, Roberto —dice Nila con la fuerza y la serenidad de quien ha tomado la decisión de tomar las riendas de su vida.

Berto suelta todo el aire acumulado en su interior a consecuencia de la ansiedad y el color regresa a su cara. Sus ojos se dirigen hacia mí y sonríe abiertamente. ¡La leche! Sabe que soy yo. Sus ojos vuelven a posarse sobre Nila. La besa en la mejilla y le da las gracias. Ella se gira hacia el banco ocupado por sus cuatro sorprendidos familiares.

—Padre, siento desobedecer tus órdenes, pero no quiero ser eternamente desdichada. Amo a otra persona. —Nila hace una pausa y respira profundamente el miedo que siente ante lo que está haciendo—. Estoy enamorada de Birgitta.

«Y yo estoy enamorada de ti por ahorrarme tanto sufrimiento y evitar que la del moño rosa fucsia salga a escena», quiero gritar.

—¿La sueca que ayuda a tu madre en casa? —atina a decir Mathali.

Nila asiente con la cabeza, temerosa de la reacción de su padre. La cara de Berto muestra también pánico. Quizá se esté preguntando cómo tendrá que pagar la deuda de su padre si la opción de casarse con Nila se ha volatilizado en cuestión de un minuto. Y a pesar de la felicidad que siento en mi interior ante la negativa de la preciosa india a casarse con Berto, yo me pregunto lo mismo. ¿Qué ocurrirá ahora?

Desde mi posición no acierto a ver la expresión de Mathali, pero debe de ser un poema, como poco. No creo que el tema de la homosexualidad esté muy aceptado por la sociedad hindú. La que sí puedo ver es la cara de Nila que comienza a desencajarse por momentos. Y entonces se produce lo indescriptible, lo inesperado, lo inimaginable. Una sucesión en cadena, un castillo de naipes derrumbándose, un potente día soleado abriéndose hueco entre los nubarrones, un destino que nos favorece y enseña el culo a quienes pretenden aprovecharse de los problemas de los demás. Mathali se desploma debido a lo que, a todas luces, parece un desmayo, pero resulta ser un infarto fulminante. Del impacto, la madre, Laranya, se atraganta con un chicle y se ahoga, ante la pasmosa ineficiencia de quienes la rodean, cayendo inerte sobre Radha, su cuñada, provocando a su vez que esta caiga y se golpee en la nuca con el respaldo del banco. Tres muertos en un momento y unas cuantas mandíbulas desencajadas ante el suceder de las cosas. ¡Ay señor, la que se ha liado en un momento!

Nila baja del altar y se dirige hacia su hermano que, arrodillado, toma el pulso de su padre, su madre y su tía.

—Creo que ya no será necesario que yo también les cuente lo de mi homosexualidad —concluye Naaz.

—¿Están muertos? ¿Los tres? —pregunta Nila, algo alarmada pero serena al mismo tiempo. Su mano se posa sobre el pecho de su padre, después sobre su madre y, por último, sobre su tía. Una lágrima resbala por su hermoso rostro.

—Me temo que sí —afirma su hermano mayor, bastante tranquilo también, para mi asombro y el de todos los presentes.

Los hermanos se abrazan de rodillas en el suelo y lloran entre dolor y risas, una extraña combinación, supongo que consecuencia del *shock*.

—Naaz, sé que es cruel que piense lo que estoy pensando en estos momentos, pero... ¡ahora somos libres! —le dice Nila a su hermano con un hilo de voz mientras se seca las lágrimas.

Naaz asiente con la cabeza, entre catatónico, abrumado y liberado y, tras besar los cuerpos inertes de sus familiares más cercanos, se toman de la mano y salen corriendo de la iglesia, abandonando la cárcel que ha sido su vida hasta este momento y dando un paso hacia la libertad.

Yo, por mi parte, continúo pasmada en el sitio, contemplando la anormal escena desatada ante mis ojos, con una mezcla en mi interior de confusión y felicidad plena. La confusión viene, claramente, al preguntarme cómo una persona puede ver morir a sus progenitores y a una tía en cadena y salir flotando en una nube de hilaridad dejando atrás los cuerpos de sus seres queridos. Y no solo una persona, sino dos. Y me autorrespondo con una frase de Benjamin Franklin: «Donde mora la libertad, allí está mi patria».

—Lo primero, gracias a todos por venir. Y lo segundo, dadas las circunstancias, creo que podéis marcharos antes de que ocurran más desgracias —consigue decir Berto, en medio del caos reinante.

Y de esta forma, los invitados supervivientes salen apresurados de la iglesia sin mirar atrás. David sale también tirando de la mano de su nueva novia y desaparece sin volver a reparar en mí. Sonrío al pensar en que al final ha encontrado a su media naranja con la que construir una vida de guiones cinematográficos y noto cómo el bigote se me despega un poco del labio, pero bueno, ya da igual.

En cuanto al sacerdote, sigue plantado en el altar, lívido. No sé cuánto tiempo tardará la sangre en volverle a la cara. Supongo que no suele celebrar bodas tan fúnebres.

Berto se va acercando hacia mí, lo que confirma que a él no he podido engañarle con mi disfraz. Como consecuencia del repentino desastre, nuestra libertad también está ahí, entre nosotros. Es palpable. Puedo sentirla. Salgo al pasillo central y comienzo a caminar en su dirección. Los metros que nos separan se van reduciendo lentamente hasta ser inexistentes. Nuestros cuerpos, tan cerca que tiemblo, se funden en un ansiado abrazo.

—Sabías que era yo —le digo aspirando el aroma de su cuerpo.

—Podría reconocerte hasta con los ojos cerrados, solo tú mueves mi mundo.

Me aparta levemente para acoger mi cara entre sus grandes manos. Con una sonrisa arrebatadora en los labios, me despega el bigote y lo deja caer al suelo.

—Así mejor... Creo que deberíamos llamar al 112 —susurra, con su boca tan cerca de la mía que creo que voy a enloquecer—. Porque me da la sensación de que el sacerdote va a tardar un tiempo en reaccionar.

—Sí. Pero creo que antes deberías besarme.

Y entonces nuestras bocas se encuentran y el mundo y toda su locura, desparecen.

33
Nuestro nosotros

Al día siguiente, una vez solucionado el tema de los tres cadáveres y de los besos interminables que pretendían recuperar parte del tiempo perdido, llega el turno del nosotros.

Al amparo de un día soleado, mi abuela Isabel prepara la mesa para una comida en familia. Mis plegarias no solo fueron escuchadas, sino que mis primas, Adelaida y Ofelia, aún mantienen su relación con los dos chinos gemelos que conocieron en su viaje. Mi tío Pericles abrió los ojos al fin y se separó de la víbora de Martina. Hoy está aquí, solo y feliz. Zenón, envuelto en una *pashmina* lila con brochazos celestes también está presente, pero no solo. Le acompaña Zeus, su recién estrenado novio griego que no sabe ni papa de español. La cara de mi abuelo, que intenta esconder tras las páginas del periódico, es de desconcierto absoluto, pero al mismo tiempo, de aceptación. No se podía hacer el sueco de Suecia eternamente. Mis padres ayudan a la abuela —libre ya de la carga de Evangelia, a la que no sabemos si devolvió empaquetada con una hoja de reclamación o si la perdió por ahí voluntariamente— a preparar la mesa. Mi padre avanza con cautela hacia la mesa llevando en sus manos un bol de ensalada, con cautela porque aún se está acostumbrando a ver con un solo ojo. Mientras tanto, Paul pasea entusiasmado con *Acelga* por el jardín y la tía Helena da el biberón a su precioso bebé, Alejandro, por Alejandro Magno, en honor a mi abuela Isabel. Mi primo de verdad. Junto a ella, César, que mira a su futura esposa y a su hijo con devoción. Alicia y Sara juguetean con las manos por debajo de la mesa como dos colegialas y Andrea, con su peto azul eléctrico mal combinado con una camiseta amarillo fosforito, observa cómo se asfixia una avispa que se ha colado accidentalmente en su copa de vino tinto. Mi tía Afrodita está de viaje con su quinto marido, Manuel, que le está durando más de lo habitual, para nuestra sorpresa y nuestra alegría. Se le ha permitido la ausencia, porque el viaje fue un regalo de los padres de Manuel y estaba feo decirles que no por una comida familiar. Se merecen este viaje y este tiempo de desconexión juntos. Quizá mi tía haya encontrado por fin el amor verdadero. Al destino hay que dejarle su tiempo, sin agobios, para que ponga en orden las cosas.

Y sentado en el borde de la piscina, con los pies inmersos en el agua helada, junto a mí, Berto. Nunca una comida familiar había sido tan anormalmente perfecta.

Mi abuelo deja el periódico sobre la mesa y se acerca hacia la piscina con una bandeja de croquetas. Quizá para aislarse un rato de la imagen de Zeus y Zenón, que no paran de hacerse arrumacos y carantoñas. A mi tío le ha costado años salir del armario, pero ahora que lo ha hecho, ha sido abriendo las puertas de par en par y dando un buen portazo.

—El otro día fui a visitar a Menchu —nos informa mi abuelo.

—¿Menchu? —pregunta Berto intrigado.

—Menchu y sus espíritus. Una vidente a la que mi abuelo acude con frecuencia para comunicarse con Benjamin Franklin —le aclaro a Berto.

—Le he dicho que ya no necesito ir más por allí porque, ahora que has regresado, espero que sea para quedarte. —Despliega una amplia sonrisa y nos ofrece la bandeja para que piquemos algo—. ¿Os traigo algo de beber?

Levanto mi lata de cerveza, aún llena.

—¿Y tú, Franklin?

—Estoy bien, Juan, muchas gracias —dice Berto con una cálida sonrisa, acostumbrado ya a su papel habitual a ojos de mi abuelo.

Mi abuela Isabel se acerca también hacia nosotros limpiándose las manos en un trapo de cocina. Agarra a mi abuelo del brazo y tira de él hacia la mesa, no sin antes comerse una croqueta.

—Deja a los niños que hablen de sus cosas. —Me guiña un ojo cómplice—. Mientras se termina de hacer la paella y la carne os voy a contar la historia de Medusa.

—¿La de *Troya*? —pregunta mi abuelo que tiene un buen batiburrillo de mitología griega en la cabeza

—No, tonto, esa es Helena —le dice mi abuela cariñosamente—. Medusa es la que convertía en piedra a aquellos que osasen mirarla fijamente a los ojos.

—Isabel, pero si nos has contado esa historia mil veces —se queja mi abuelo.

—Calla, viejo cascarrabias, a las amiguitas de Roberta no se la he contado aún.

—No vuelvas a traer a gente que no haya escuchado las historias de tu abuela —me advierte mi abuelo mientras se alejan agarrados del brazo.

Mientras los observo alejarse, enamorados, después de tantos años y tantas batallas vividas juntos, la imagen de unos ojos de albóndiga se cruza por mi mente.

—¿Tienes una prima llamada Petronila?

—Sí, menudo personaje, ¿la conociste?

—Sí, me la presentó su novio. David. No sé si le recuerdas, es el tipo que se precipitó desde el puente Lozoya.

—Cómo olvidarlo... ¿Y dices que mi prima está con ese?

—Sí, pero no te preocupes. Es buen chico.

—Un poco majareta —dice Berto haciendo círculos con el dedo sobre su sien—. Al final va a ser cierto eso de que el mundo es un pañuelo y lo de que Dios los cría y ellos se juntan.

—No me seas Andrea, ¿eh?

Él rompe a reír y me dejo envolver por ese sonido que me fascina. No puedo dejar de mirarle. Hasta evito pestañear por miedo a que, en uno de esos instantes en que mi visión deje de verle, desaparezca. Porque no sería la primera vez. Lo mismo recuerda que ha olvidado comprar anacardos y sale corriendo. Con Berto nunca se sabe. Y volviendo a la boda, me doy cuenta de que hay un dato que me dejó bastante contrariada y que aún no he aclarado.

—¿Por qué ibas a casarte en una iglesia? ¿Los hindúes no bailan alrededor del fuego y esas cosas? —pregunto con curiosidad y coloco mi cabeza en el hueco entre su cuello y su hombro.

—Mathali decidió hacer una ceremonia que mezclase ambas religiones. Después de la iglesia, íbamos a dar las cuatro vueltas alrededor del fuego —me explica—. ¿Puedo preguntarte algo?

—Lo que quieras.

—¿Por qué estabas allí? Y vestida de hombre...

Su pregunta me hace replantearme las únicas dos opciones disponibles: mentir como una bellaca o decir la verdad. Y dado que una relación sana no puede sostenerse en una base de mentiras, opto por la sinceridad. Una verdad que debe abarcar más allá de la idea del secuestro. Una verdad que lo abrigue todo. Al fin y al cabo, ya se lo confesé en una ocasión, aunque sospecho que se tomó a broma el asunto porque, pensándolo bien, dudo mucho que dijese en serio lo de que él hablaba por *ouija* cada jueves de luna llena con Mandela, Platón, Kennedy y Mahatma Gandhi. Aunque con las rarezas que encuentro en mi entorno, ya nada me sorprendería. Y, de hecho, no me sorprendió.

—Tenía un plan —confieso.

—¿Qué clase de plan? ¿Secuestrarme? —Su sonrisa cala mis huesos.

—¿Cómo lo has sabido? —pregunto sorprendida.

—¿Me lo estás diciendo en serio? ¿Habrías hecho eso por mí?

—Haría cualquier cosa por ti...

Él despliega una amplia sonrisa y acaricia mi pelo, enredándolo entre sus dedos. Querría abalanzarme sobre él ahí mismo, pero debo mantener la compostura ante mi familia y también debo hablar de una vez. Sin miedos. Sin tapujos. Sin frenos. Saco los pies del agua y me giro hacia él.

—No podía permitir que condenases tu vida. Pero el karma jugó su partida antes de que yo jugase la mía. Y debes saber que hasta los habría matado si no hubiese ido contra mis principios. Porque eso hago, Berto, debes saberlo, mi profesión es eliminar a toda esa gente que infesta el mundo, pero aquella familia no tenía las manos manchadas de sangre y esa opción no era viable de ninguna de las maneras —digo a media voz.

Un silencio abrumador se instala entre nosotros para hacernos compañía. Su cara se transforma en una máscara de confusión y en ese preciso instante empiezo a temer que la verdad no se convierta en la sólida base de nuestra relación, sino en el final de la misma. No todo el mundo está preparado para comprenderlo y no puedo culparle por ser uno de ellos. Al fin y al cabo, demasiada suerte había tenido hasta el momento con la plena aceptación de todas mis amigas.

—La idea de secuestrarme para librarme de esa cárcel es lo más anormalmente romántico que nadie ha hecho por mí, incluso la idea de matar lo habría sido —responde, para mi sorpresa—. Además de reconocerme a través de un teléfono solo por mi respiración.

Sonrío ante esa apreciación. Lo sabía, no estaba loca. Era su inconfundible respiración.

—Y otras muchas cosas que no sabes...

Es un pensamiento en voz alta, por lo que provoco lo inevitable, su curiosidad. Durante unos segundos medito la posibilidad de contarle que yo ya le soñaba incluso antes de que supiese de mi existencia, que le observaba en el metro mientras leía, que mi mirada le buscaba allá donde iba y le encontraba donde menos le esperaba, como aquel día en El Retiro en el que terminé en el agua acompañada de patos mutantes. Pero decido que hay informaciones que, por el momento, es mejor obviar, no sea que me tache de loca, sin ser yo nada de eso. Me centro en el tema que nos atañe que, en este instante, es lo fundamental para poder continuar con nuestra historia si es que después de esto queda lugar para ello.

—Estoy hablando en serio, lo sabes, ¿no? —digo volviendo a encaminar la conversación para no dejar cabos sueltos ni dar lugar a confusión.

—La última vez que nos vimos y te pregunté por tu profesión, además de periodista, me estabas diciendo la verdad, ¿no es así? —Saca los pies del agua y se coloca frente a mí, con las piernas estiradas en torno a mi cuerpo.

Asiento, sin ser capaz de mirarle a los ojos.

—Entonces, ¿eres algo así como un sicario? —pregunta con cierta tensión y nerviosismo. Espero que no piense en que yo pueda hacerle lo de Deyanira, no mi madre, sino la de la mitología griega.

—No exactamente.

—¿Y cuál es la diferencia?

—Tenemos ciertas normas. Esto es una empresa.

Su cara parece palidecer ante mis palabras. Supongo que no había oído hablar de empresas así antes. No son servicios que puedas encontrar en las páginas de un periódico o en Internet. Le explico que no aceptamos cualquier encargo y que, ante todo, investigamos en profundidad cada caso para evitar que nos cuelen venganzas o cualquier otro ajuste de cuentas. Los casos que aceptamos son, única y exclusivamente, los que atañen a asesinos, violadores, pederastas o maltratadores. Aunque con él hubiese estado a punto de saltarme todas las normas a la torera, por fortuna aquel momento de enajenación mental fue transitorio, de lo contrario, no habría podido vivir con la culpa.

—Intentamos que se cumpla el mandamiento fundamental: «No matarás», añadiendo algunas variantes que atentan contra la integridad humana.

—Pues, según parece, vosotros os saltáis plenamente ese mandamiento.

—Pero es distinto —le digo convencida.

—¿Por qué?

—Volviendo a los diez mandamientos, esto es como el que miente, si la mentira es piadosa, te convalidan el pecado.

—¿Pero tú no eras atea?

—Sí, pero esto es solo a modo teórico, para que lo entiendas.

De nuevo un silencio incómodo se instala entre nosotros, un silencio que puede ser la antesala de su huida, de su desprecio hacia mi persona, de tantas y tantas cosas que la cabeza comienza a darme vueltas y siento que voy a desplomarme como aquel día en que descubrí que el amor de mi vida se casaba con otra. Pero antes de que el desplome tenga lugar, él rompe el silencio.

—Roberta, yo... —titubea antes de continuar—, no sé si entiendo lo de eliminar gente indeseada como una profesión ni como algo legal.

El silencio vuelve a hacerse palpable, un silencio que intuyo no traerá consigo el desenlace esperado. El tiempo se expande y mientras encuentro las palabras apropiadas para impedir que vuelva a marcharse, me doy cuenta de que no hay nada más que pueda hacer ni decir para retenerle. Las cartas están sobre la mesa, ahora es él quien debe tomar una decisión. Sujeta mi mano con suavidad y con la cabeza gacha me informa de lo que ocurrirá a continuación.

—Voy a comer con vosotros hoy y después me marcharé. Necesito asimilar toda esta información, porque ahora mismo estoy un poco en *shock*. Espero que lo entiendas. —Caballerosamente toma mi mano y deposita un beso sobre ella.

Asiento con la cabeza mientras ese beso me quema y siento cómo mi corazón se va resquebrajando poco a poco. Otra vez. Y una voz en mi interior me advierte de la necesidad de ser fuerte, de la necesidad de ir preparando el Loctite para ensamblar de nuevo mis roturas, porque en cuanto la comida de hoy concluya y Berto salga por la puerta, las posibilidades de que no vuelva son infinitas. Pero es necesario que se tome ese tiempo, es necesario que medite las cosas en frío, aunque ese frío le diga: «Márchate y no vuelvas. Encontrarás a otra persona. A una persona normal».

Y me paro en este punto. Toda la vida creyéndome la normal en un mundo de raros y la realidad es que no soy diferente a ellos. ¿Quién soy yo para juzgar a nadie? ¿Quién es nadie para juzgar a los demás? Supongo que a todos nos pasa igual, vivimos con nosotros mismos, con nuestra particular forma de ver y entender la vida, con nuestro sentido del bien y del mal, nuestras rarezas y las infinitas características que nos definen como personas y creemos que eso es lo normal, pero ¿cuál es la definición de normal? Es tan subjetivo que no entiendo cómo he podido permitirme el lujo de asignarme tal adjetivo sin dudar ni un momento.

—Por favor, no estés triste. Solo necesito pensar. —Su mano acaricia mis dedos y esta vez sus ojos me miran fijamente. Una vez más intento retener su imagen en mi memoria, captar todos los detalles y almacenarlos para que el paso del tiempo no dé lugar a recuerdos difuminados que acaben por desvanecerse.

—Voy a perder a la única persona con la que he querido compartir el resto de mi vida, ¿cómo no voy a estar triste?

—No adelantemos acontecimientos...

—Los adelanto, así ya llevo algo de trabajo hecho. —Desprendo mi mano de la suya y le aviso de que ya podemos ir a la mesa a comer.

Con ese gesto no pretendo ser borde ni desconsiderada, no pretendo hacerle sentirse mal, porque le comprendo y respeto su decisión, pero si me quedo un segundo más agarrada a su mano, no podré soltarle.

Se irá. Me lo dicen mis entrañas. Se irá. Pero esta vez se va con la verdad como aliada. O mejor dicho, como enemiga. Pero lo cierto es que prefiero saber que lo nuestro termina por algo a quedarme plantada como un pasmarote mientras él se va a por altramuces y yo me quedo sin entender nada con un mensaje por descubrir en la espalda. La incertidumbre es la peor de las torturas. En esta ocasión no tendré que convivir con el dolor de su ausencia y las preguntas sin respuestas. Esta vez solo tendré que convivir con lo primero, que no es moco de pavo. A ver cómo me las apaño. Quizá tenga que pedirle a mi padre que me aumente las tareas para tener la mente ocupada y no darle al coco. Sí, hablaré con él.

Durante la comida intento aparentar normalidad, no sin esfuerzo, para evitar preguntas que me hagan derramar las lágrimas que a duras penas estoy conteniendo. Berto me mira de soslayo cada pocos minutos y yo procuro tragar el filete que desde el primer bocado se me está haciendo bola. Vamos a verle el lado positivo. Lo mismo bajo unos kilos sin necesidad de hacer dieta. ¿Qué tonterías digo? Prefiero estar con él y no caber en los pantalones. Sigo intentando masticar la bola de carne mientras el resto parece no percatarse de nada. Mis abuelos embobados con su nieto Alejandro, mi tío haciendo el avioncito con un trozo de tomate a Zeus, mi madre y mi tío Pericles enzarzados en una discusión sobre la Tierra Media, sin saber a cuento de qué han llegado tan lejos, Helena y César debatiendo sobre la educación del pequeño Alejandro, Paul poniéndole al suricato un babero, mis amigas pendientes del suricato y Berto sin abrir el pico, perdido en un universo que no logro alcanzar. El nudo en mi estómago comienza a crecer y me siento incapaz de llegar al café sin montar un melodrama. Así que tomo una decisión. Saco mi teléfono móvil y finjo hablar con alguien. Un alguien que, obviamente, no está al otro lado porque para empezar ni conozco ni tengo su número de teléfono. La madre de Berto.

—Sí, ahora mismo se lo digo. —Cuelgo y me dirijo a Berto.

—Me ha llamado tu madre, dice que tienes que ir inmediatamente porque la cocina de tu casa está ardiendo.

—¿Tienes el teléfono de mi madre?

—Arde. La cocina. Mucho. Fuego. ¡Corre! —Empiezo a hacer aspavientos con las manos y consigo captar la atención de todos los presentes.

Mi mirada desesperada parece darle la clave. Sin necesidad de decir más comprende que necesito que se vaya inmediatamente.

Berto se disculpa ante todos y se marcha a apagar un fuego que únicamente prende entre él y yo.

Me levanto y le acompaño hasta la puerta, nos miramos sin decirnos nada. Ahora mismo las palabras no tienen cabida. Él intenta abrazarme, pero le ruego que no lo haga. Necesito mantenerme entera el resto de la comida. Necesito que nadie me pregunte «¿qué te pasa Roberta?». Y se va. Observo desde la puerta cómo se aleja e, inevitablemente, las lágrimas comienzan a rodar por mis mejillas.

Aquí se queda nuestro *nosotros*. Aquí muere lo que ni siquiera había empezado a vivir.

34
Muñeca de trapo

Tras una semana de trabajo intensivo, de mancharme las manos de sangre a pesar de no ser muy fan de tales métodos, de dormir mucho y mal y de contemplar un teléfono que sonaba, pero nunca ponía el nombre de Berto en la pantalla, me subo a la báscula y compruebo que peso cuatro kilos menos. Venga, positivismo, quizá en una semana más pueda ir a casa de Alicia y ponerme su ropa. O bien acabar devorada por pastores alemanes. Cómo te entiendo ahora Bridget Jones... cómo te entiendo.

Salgo de casa con el pijama puesto. He llegado al punto en el que he perdido la poca vergüenza que me quedaba. Camino hasta el supermercado más cercano y cojo cuatro tarrinas de helado de un litro para cargarme de un plumazo el positivismo de mierda que no me consuela en absoluto.

En la cola para pagar, observo a la gente mirarme. No debe ser habitual ver a una chica con pijama de *Pluto* y zapatillas de andar por casa. Y lo mejor de todo es que el pijama tiene orejas. Son geniales. Y muy grandes. Pago las cuatro tarrinas de helado y le digo a la cajera que el amor es una ful de Estambul. Ella me mira unos instantes sin saber bien qué decir y al final parece encontrar las palabras más oportunas. «Son seis con cincuenta.» Empatía, lo que se dice empatía, tiene poca. Como estoy enfadada con el mundo decido pagarlo con ella, porque es una desconocida y porque no pienso volver a ese supermercado.

—Espero que algún día el amor te joda tanto que tengas que salir en pijama a comprar mucho helado. —Cojo mis tarrinas y me marcho, muy digna. ¿Qué culpa tendrá la cajera de mis desgracias? Ninguna, pero me da igual.

Llego a casa con el firme propósito de ver muchas películas y zamparme todos los helados aunque me empache y recupere los cuatro kilos perdidos.

Mi madre está en la cocina y, al verme aparecer, su cara se torna preocupación. Obviamente, en mi casa ya saben todo lo ocurrido, puedo fingir un rato, pero no la eternidad. Mi padre no me ha ofrecido los servicios de empresa gratuitos para familiares porque sabe que Berto tiene motivos para salir espantado. Somos sicarios, pero comprensivos.

—Cariño, ¿por qué no me dejas que hable con él?

—Solo quiero helado —le digo mientras me acoplo en el sofá y enciendo la televisión.

—Si te apetece helado, come helado, pero déjame llamar a Berto. —Se sienta junto a mí y acaricia mi pelo enmarañado.

—No, mamá. Nadie tiene que convencerle de nada. Él ha tomado su decisión y yo la respeto. Demasiada suerte he tenido contando con gente tan comprensiva a mi alrededor. El problema es que él sí es normal.

—Igual necesita más tiempo, mi vida. —Su dedo índice se enreda en mi pelo. Ella intenta tirar para soltarse—. Ahora vengo. —Al momento aparece con un peine y empieza a cepillarme el pelo, como cuando era niña, y las lágrimas humedecen mi cara—. Me siento tan inútil —dice con tristeza.

—¿Por qué dices eso, mamá?

—Porque soy capaz de ayudar a cualquier desconocido y contigo no sé qué hacer.

Me abrazo fuertemente a ella y le digo que no se preocupe, que se me pasará. No pienso volverme loca, solo necesito pasar mi duelo para volver a ser yo de nuevo. Aunque a veces me cuesta creer mis propias palabras. ¿Se puede salir del fango sin arrastrar el olor eternamente?

En mitad del abrazo, el timbre comienza a sonar con insistencia. Mi madre se levanta para abrir. Oigo la voz de Alicia, Sara y Andrea saludando a mi madre e inmediatamente entran en el salón como en una estampida.

—Vístete ahora mismo porque vamos a salir —me ordena Alicia tirando de mí para levantarme del sofá.

—No, yo me quedo aquí. Si queréis hacerme compañía, hay sofá de sobra. Pero no habléis y, si podéis, tampoco respiréis —digo sin apenas mirarlas e hincando la cuchara con desesperación en el bote de helado.

—Creo que no me has entendido. Chicas, ayuda. Deyanira, prepara un sedante por si lo necesitamos.

Entre todas comienzan a tirar de mí y me obligan a subir a mi habitación para vestirme. Estoy tan cansada que no opongo resistencia, pero no hago el mínimo esfuerzo por ayudarlas en su tarea de acicalarme. Mi madre, desde el marco de la puerta, les agradece su ímpetu para sacarme de casa.

—Mamá, diles que se vayan o si salgo me emborracho.

—Emborráchate.

¿En serio? ¿A tal punto hemos llegado que le da igual que llegue etílica a casa? Muy bien, pues pienso vomitar en la alfombra como venganza.

No sé cómo, pero al final me sacan de casa, me montan en el coche y yo, cual muñeca de trapo, me dejo hacer.

Aparcamos en la plaza de Jacinto Benavente y nuestros pasos nos llevan por un camino que me resulta familiar, pero en sentido inverso. Y digo en sentido inverso porque solo vi ese camino al salir de cierto lugar, porque a la ida llevaba los ojos vendados.

—¿Estáis de broma, no?

—Vamos a cenar en Abayizimpumputhe —dice Andrea con alegría. Una alegría que también se refleja en la cara de Sara y Alicia y que, más allá de confundirme, me cabrea.

—¿Vosotras queréis que me hunda más en la mierda? Y yo que pensaba que erais mis amigas...

—La mejor manera de superar una crisis como la tuya es normalizar ciertas cosas. Este es el paso número uno —dice Sara al tiempo que me abraza por detrás. Sí, así, por detrás, como se dan las puñaladas, por la espalda.

—Pues no quiero ni pensar cuál será el paso número dos.

—El dos va a ser la hostia —responde Alicia mientras encabeza la marcha hacia el restaurante de la oscuridad.

Aún no sé por qué razón no he salido corriendo. Estamos en la boca del lobo y oigo una voz que me devuelve a tiempo atrás, a los días felices.

—Bienvenidos a Abayizimpumputhe. En unos minutos uno de los camareros los acompañará a su mesa. Espero que pasen una velada maravillosa. Dejen que sus sentidos se empapen de magia.

—Por mi parte, se puede tragar toda la magia y cagar arcoíris —respondo y el codazo de alguien se clava en mis costillas. Por el ímpetu tiene pinta de ser el codo de Alicia.

Nos sitúan en una mesa y les advierto de antemano que no voy a comer nada y tampoco voy a mirar cómo comen, básicamente, porque no veo un carajo.

Unas risas tontas comienzan a envolver el ambiente, las risas de mis amigas que me enfurecen. Tal vez esta sea su manera de alegrarme, pero lo cierto es que estoy de muy, pero que de muy mala uva, aunque me estoy conteniendo para que no sea la primera vez que me echan de un sitio público. Puedo ir a comprar al supermercado en pijama y pagar mi desgracia con desconocidos inocentes, pero que me echen de un local aún no está en mis planes. Por eso mismo, respiro profundamente y me ahorro el numerito.

Y de pronto, siento unas manos acariciar mi pelo y me pongo más tiesa que un palo. ¿Qué es esto? Esas manos continúan palpándome hasta acabar sujetando mi cara entre ellas. Ese tacto. Esas manos. Cierro los ojos instintivamente. Unos labios carnosos y cálidos se posan sobre los míos y, aunque no veo absolutamente nada, conozco ese sabor, imposible de olvidar. Mis manos acogen su cara y el beso lento se torna ansioso, desgarrador y salvaje. Creo que he muerto y estoy en el cielo.

—Nosotras nos quedamos a probar la experiencia, vosotros os vais a veros el careto que lo necesitáis —informa la voz de Alicia.

En la más absoluta oscuridad, pasando a tientas las manos por la mesa para intentar tocar a las amigas que me han devuelto la alegría, a pesar de que hace unos segundos quisiese matarlas, les doy las gracias y entre lágrimas y risas vuelvo a los labios de Berto para después levantarnos y marcharnos de allí hacia la luz.

En la puerta del restaurante de nombre impronunciable, me abrazo a él con furia y necesidad.

—¿Y si hubiese sido otro? No te lo has pensado mucho —me pregunta con la cabeza escondida entre mi pelo y pienso en que menos mal que mi madre me ha pasado un peine porque si no sería una trampa mortal.

—Es imposible confundirte ni en la más absoluta oscuridad. —Le miro fijamente con una única pregunta implícita en mis ojos.

Él, que sabe leerme como nadie, comienza a explicarme por qué ha decidido volver.

Durante una semana ha estado nadando en un mar de dudas sin ser capaz de llegar a puerto, pensando en si sería capaz de aparcar los prejuicios que le generaba mi legado familiar, el único motivo que le había alejado de mí. Y durante los primeros días, a pesar del inmenso amor, el no iba ganando con fuerza al sí. Pero ayer salió a dar un paseo y despejar la mente. En ese paseo se encontró con un amigo del pasado y él, sin mediar palabra, sin saber nada, le dio la clave. Hace siete años este chico perdió a su padre de la forma más cruel. El buen hombre era un empresario de éxito, había levantado un imperio de la nada. Un mal día, al salir de la oficina, tres tipos le asaltaron e intentaron que sacase todo el dinero de sus cuentas para entregárselo. Entregarles lo que con tanto esfuerzo y sudor había conseguido. Su negativa fue su final. Al tardar tanto en llegar a casa, cuando él siempre era puntual para la cena, la madre y el hijo se montaron en el coche y fueron a la oficina. Allí le encontraron, cubierto por un charco de su propia sangre, sin vida. Al encontrarse con su amigo, Berto recordó cuando este, entre lágrimas desconsoladas, le dijo en el funeral: «Ojalá pudiese matar a los cabrones que han hecho esto a mi padre y que han destrozado a esta familia». Ese recuerdo fue el clic definitivo. Fue la pieza que necesitaba para entender.

—Tú eres la persona que acaba mandando a esa escoria al lugar al que pertenecen, el infierno. A pesar de todo, sigo sin ver muy normal lo de matar a gente a sangre fría, aun se me hace extraño que mi chica sea una sicaria, pero ¿sabes una cosa?

—¿Qué cosa? —atino a preguntar saboreando aún el que se haya referido a mí como «su chica».

—Que nadie es perfecto.

Y con esa imagen, tan *Con faldas y a lo loco*, Berto recorta los milímetros que nos separan para unir sus labios a los míos una vez más.

Un beso con sabor a continuará, un beso con sabor a todo lo demás da igual, un beso con sabor a nosotros. Y, en medio del remolino que recorre cada átomo de mi cuerpo, certifico que el amor a veces es más que suficiente y que tal vez él tampoco es tan normal como había creído. Pero ¿y qué?

Berto se separa suavemente de mis labios, toma mi brazo y desliza la camiseta para dejar mi antebrazo al descubierto. Saca ese rotulador con el que firmó su despedida en mi espalda y, en un acto involuntario, mis músculos se tensan, pero le dejo hacer. La punta húmeda de tinta comienza a deslizarse por mi piel y esta vez el mensaje queda expuesto ante mis ojos.

«Con tinta me tienes. Siempre.»

—Tú sí que me tienes contenta.

Y me lanzo a sus brazos. Y muerdo sus labios. Sin miedos. Con verdades. Sin incertidumbre. Con la seguridad de que he encontrado a mi príncipe azul, de los que se pueden meter en la lavadora porque no destiñen, y con la esperanza de que yo sea para él su solomillo. Cincuenta años. O mejor, la eternidad.

Agradecimientos

A mi padre y a mi madre, por vuestro amor incondicional, por creer siempre en mí y permitirme despegar los pies del suelo. Soy quién soy gracias a vosotros.

A mi yayo, porque desde allá arriba sé que estás consiguiendo todos los ejemplares y presumes de mí en el cielo. A mi yaya, por compartir mi historia con tus amigas aunque algunas se escandalizasen y por tu amor inmenso.

A Javier Ruescas, mi gran amigo, mi referente, porque creíste en mi historia desde el principio y no dudaste en apostar por mí. Esta obra también es tuya.

A Esther Sanz, por brindarme esta maravillosa oportunidad, no sabes cuántas lágrimas de alegría derramé cuando recibí tu primer email. Eternamente agradecida. Y mil gracias también a todo el equipo editorial. Sois geniales.

A Alicia López, amiga, señoraza, ¡qué grande eres!, gracias por prestarme tu habilidad con las palabras para dar nombre a esta novela.

A Lola Rodríguez, por querer formar parte de este proyecto, por prestar tu arte para envolver mis palabras. Que tu genialidad esté siempre conmigo.

A Bea, mi hermana, que aunque no de sangre, como si lo fueses, porque has escuchado sin descanso mis lecturas y me has empujado siempre a seguir creciendo como profesional y como persona.

A Edu, mi masterpiece, porque fuiste el primero en conocer esta historia cuando apenas tenía escritas unas líneas en un servilleta arrugada y me empujaste a seguir volando. ¡Mira cuántas páginas!

A Gema, por aparecer en mi vida y quedarte a pesar de los kilómetros, porque escuchaste incansable cada nuevo capítulo que fui escribiendo en aquel sofá de Filadelfia, a pesar de que venías harta de vender quesos. Y comérnoslos, eso también.

A Alex, mi pájaro, que aunque haces pereza para leer, nunca lo haces cuando se trata de mí. Tú lo sabes, yo lo sé, el pájaro es la clave.

A Señorita Puri, porque no dudaste ni un segundo en leer mi libro y por alagarme la vida con tantas y tantas risas. ¡Qué humor tan magnífico!

A todos aquellos que formáis parte de mi mundo, familia y amigos, por quererme bien, porque gracias a todos vosotros tengo un equilibrio perfecto. Y habla de equilibrio una de las personas más desequilibradas del mundo (me refiero a la torpeza, de la cabeza ando bastante bien. O eso creo).

Y por último a R, por inspirarme las mejores partes de esta historia. Te llevo conmigo.